꿈을 꾼다

꿈을 꾼다

1판 1쇄 : 인쇄 2022년 04월 26일
1판 1쇄 : 발행 2022년 04월 30일

지은이 : 유양업
펴낸이 : 서동영
펴낸곳 : 서영출판사

출판등록 : 2010년 11월 26일 제 (25100-2010-000011호)
주소 : 서울특별시 마포구 월드컵로31길 62, 1층
전화 : 02-338-0117 팩스 : 02-338-7160
이메일 : sdy5608@hanmail.net

그   림 : 유양업
디자인 : 이원경

©2022유양업 seo young printed in seoul korea
ISBN 979-11-92055-12-1 03810
ISBN 978-89-97180-62-2(set)

꿈을 꾼다

2020 · 서영

유양업 수필가의
세 번째 수필집 출간을 축하하며

　　유양업 수필가는 전남 고흥군 도양면 관리에서 5남 2녀 중 차녀로 태어났다.

　　기독음대를 졸업한 뒤, 캘리포니아 유니온 유니버시티에서 음악 석사(성악) 학위를 받았다. 대한예수교장로회 총회파송 선교사로 러시아에서 4년, 싱가포르에서 11년을 보냈다.

　　모스크바 장신대 교수(음악)와 인도네시아 바탐 신학교 교수(음악)를 역임했다.

　　월간지 [문학공간]에서 시, 수필, 시조 신인문학상을 받아 문단에 데뷔했다. 이후, 향촌문학 전국여성 문학작품 시조 부문 대상, 국제 지구사랑 작품 공모전 시조 부문 대상, 향촌문학 수필 부문 대상, 시와창작문학 수필 부문 대상, 문학세계 문학상 수필 부문 대상, 제헌절·광복절 삼행시 문학상 대상, 대한민국 예술문화 세계대상, 대한민국 경제문화 공헌 대상, 향촌문학 시조 부문 대상, L.A. 한국의 날 미술축제 문학신문 시 부문 우수상, 한국문화해외교류협회 수필집 〈행복한 여정〉 2021 으뜸 작가상, 대한민국 문학대상 시조 부문 대상 등을 수상했다.

　　미술대전에도 그림을 출품하여, 대한민국남농미술대전 한국화 특선, 전국섬진강대전 한국화 특선, 전국춘향미술대전 한국화 특선, 전국순천미술대전 한국화 특선, 대한민국힐링미술대전 한국화 특선, 안중근의사 하얼빈의거 제111주년기념 국회 유명작가 초청전 서울시의회 의장상, 광주광역시 미술대전 특선, 대한민국 한국화 특장전 특선, 5.18 전국 휘호대회 서예 한글 부문 입선, 한국미술협회 광주 특장전 서예 한글 부문 입선 등을 수상했다.

현재, 한실문예창작 회원, 광주문인협회 회원, 한국문인협회 회원, 한국문화해외교류협회 공동 대표, 세계문화예술연합회 수석 부회장, 자살방지 한국협회 광주 본부장, 한국문화 예술연대 이사 등으로 활동하고 있다.

작품집으로는 시집 [오늘도 걷는다], 시조화집 [지금도 기다릴까], 제1수필집 [바람 따라 구름 따라 별빛 따라], 제2수필집 [행복한 여정]을 출간했다.

자, 마음이 아름다운 유양업 수필가의 작품 세계는 어떠할까. 지금부터 그 멋진 세계로 들어가 보자.

*

한번은 학교 수업시간에 철학 교수님이 내 이름을 불렀다.

"양업님은 불교 집안인가요?"

아마도 業자에서 불교의 중요한 용어인 업보를 생각한 것 같았다.

"아닙니다."

"그러면, 왜 불교에서 많이 쓰는 용어인 業자를 썼나요?"

"우리 가정은 3대로 이어온 기독교 가정입니다. 원래는 良玉인데, 호적에 良業으로 되어 있어서 그렇게 사용하게 되었어요."

"아, 그렇군요, 불교에서는 전생 현생 내생이 기독교에서처럼 직선적인 시간관이 아니고 순환적이라고 하지요. 전생에 좋은 일을 많이 해서 업보를 쌓으면 현생에서 잘 되고 또 현생에서 업보를 잘 쌓으면 내생에서 잘 된다는 것이지요. 잘못 업보를 쌓으면 잘못된 결과로 귀결되지요. 이렇게 불교는 윤회설입니다."

"우리 기독교는 윤회설이 아닙니다. 우리가 현생에서 잘못한다고 할지라도 하나님 앞에서 회개하고 예수 이름을 믿으면 구원을 받고 영생을 얻지요. 죄 없으신 예수 그리스도께서 우리를 대신해서 십자가에 못 박혀 죽으셨고 3일 만에 부활하셨지요. 우리도 예수님의 제자로서 고난을 받고 부활의 소망 가운데서 사는 것입니다."

들고 있던 모든 학생들은 의아한 표정으로 나에게 시선을 돌렸다.

　　　　　　　　　　　　　　　　　　　－ [이름이라는 것은] 중에서

이름에는 그 사람의 존엄을 인정한다는 뜻이 담겨 있다. 다른 사람들과 구분할 필요가 없다면 굳이 이름을 붙일 필요가 없을 것이다. 그런 면에서 이름은 그 사람만의 고유성이 담겨 있다.

태어나서 처음 갖게 된 자신만의 호칭이 이름이기에 사람들은 그 이름에서 자신의 정체성을 찾는다.

시인 김춘수는 [꽃]이라는 작품을 통해 이름의 의미를 이렇게 말한다. '이름을 부르기 전에는 하나의 몸짓처럼 의미가 없었는데 이름을 부르면서 꽃처럼 의미 있는 존재가 되었다.'

이 글에서의 서술자는 이름에 대한 탐구를 하고 있다. 어렸을 때 동네에서 부르는 이름이 호적과는 달라 당황했던 일, 대학 수업 시간에 철학 교수와의 대화를 통해, 업보에 대한 생각 등을 떠올린다.

이 외에도 성경에서의 이름들, 베드로, 바울, 아브라함, 프란시스 교황 등의 이름에 대한 정보도 나열해 놓는다. 서술자는 이름과 관련한 철학 교수의 질문에 대해 기독교 입장에서 자신의 의견을 또박또박 말한다. 아마 그런 질문들을 서술자는 살면서 수도 없이 받았을 것이다. 그 질문을 통해서 자신의 정체성을 고민하며 나아갈 방향을 찾았을 것이다. 서술자의 대답을 '듣고 있던 모든 학생들은 의아한 표정으로 나에게 시선을 돌렸'을 정도로 서술자는 당차게 자신의 정체성을 드러내고 있다.

이름의 무게가 느껴져서 그 당당함에 박수를 보낸다. 서술자가 모스크바에서 사역하던 중 얻게 된 닉네임 '야나'에 대한 회상도 곁들여 놓고 있다. 수필 속에서 이처럼 과거 체험담과 상식을 조화롭게 배치하여 수필의 맛깔난 세계를 보여주어 행복하다. 더불어 자기 이름에 얽힌 에피소드도 정리해 볼 기회를 가질 수 있어 좋다.

*

한국화, 서양화, 유화, 서예, 조각 등 다양한 작품들이 아름답게 전시되어 있었다. 밖에서 기다리고 있을 남편과 딸을 생각하니 차분한 마음으로 모두 감상할 수 없었다. 조급한 마음에 도록에서 차분히 보면 되지 싶어 전시회장을 급히 나와 기다리고 있는 딸과 남편을 만나서 차 파킹해 놓았던 장소로 갔다. 그런데 있어야 할 차가 보이지 않았다. 심상치 않는 예감이 엄습했다. 분명히 여기에 파킹했는데 없다니, 어인 일일까, 참 당황했다. 딸과 함께 이쪽저쪽 둘러보아도 보이지 않아 찾을 수가 없었다. 남편은 차를 잃어버린 것이 우리 형편에 얼마나 엄청난 일인가를 계산했을 것인데, "큰일 당하면 크게 생각하자."하며 사람이 살다 보면 더 큰 일도 당할 수 있다고 말하며 우리에게 위안의 말도 했다.

- [국회의원회관 미술 전시회] 중에서

그림과 문학을 하며 창작하는 삶을 살아가는 유양업 수필가가 참 멋스럽다. 창작은 아무나 할 수 없기에 사람들은 예술가에게 존경을 표한다. 그림은 사람들에게 색깔로 말하며 다가가는 언어다.

　이 글에서의 서술자는 국회의원회관에서 열리는 미술품 전시회에 참여하기 위해 서울에 도착한다. 버스 안에서의 자연 예찬, 전시회장 입장을 못해 안타까운 마음, 입장하지 못한 동료 화가의 모습, 전시회장의 아름다운 정경 등을 그려놓고 있다. 무사히 행사를 마치고 나왔는데 차가 보이지 않아 당황한다. 코로나 상황 속에서도 '한국화, 서양화, 유화, 서예, 조각 등 다양한 작품들이 아름답게 전시되어' 있지만 정작 입장을 못하는 사람들은 발을 동동거리고 있다.

　그 상반된 모습이 잘 그려져 있어, 코로나의 아픔이 느껴진다. 행사 후에도 그림은 여전히 어디로도 이동하지 않고 잘 전시되어 있는데 정작 서술자가 타고 온 차는 어딘가로 이동해 사라지고 없다.

　상반된 장면들이 겹쳐 보이면서 글의 긴장감을 주고 있다. 수필도 이렇듯 반전에 반전을 거듭하며 글을 전개해 가면 긴장감이 느껴져 독자의 시선을 잡아끌 수 있어 좋다.

　서술자는 차가 없어져 당황했을 텐데, 남편의 '큰일 당하면 크게 생각하자'라는 말을 듣고 힘을 얻는다. 여기서 우리도 수필이 지닌 깨달음의 멋을 함께 향유한다.

　서술자는 다행히 주차 관리인의 친절한 안내로 차를 찾게 된다. 이때 잃었다가 다시 찾는 기쁨을 만끽한다. 또 어려운 상황 속에서도 감사할 수 있는 여유, 좋은 일을 되새겨보는 시간을 갖게 된 것을 기뻐한다. 끝으로 시 한 편을 곁들여 수필의 멋을 더 한층 높여 놓고 있다.

*

　다른 장소로 이동하려고 돌아서는 순간 아 앗, 소리를 내며 넘어졌다. 발을 헛디뎌 균형을 잃고 넘어질 때 오른쪽 옆에 있는 낯모르는 여인의 옷을 붙잡은 바람에 그녀와 함께 엉켜 넘어졌다. 너무 미안하여 몸 둘 바를 몰랐다.

"아, 미안합니다. 다친 데는 없으신지요? 몸은 어떠세요?"

그녀는 일어나 옷을 털며 걸어보고 몸을 이리저리 움직였다.

"네, 괜찮아요, 다친 곳 없네요."

"아이고, 다친 데 없어서 다행입니다."

난 예전에 발목을 크게 다쳤던 후로는 자주 삐끗하며 잘 넘어졌다. 그녀는 나를 부축하여 일으키고 상처난 곳을 보더니 자기 보라색 가방에서 조그만 비상용품 주머니를 꺼냈다. 손수 후시딘 연고를 바르고 밴드로 덮고 아픈 곳을 찾아 파스를 발목에 붙여주었다. 상비약을 가지고 다닌 그녀가 지혜롭게 보였다. 모르는 척 지나쳐버릴 수도 있을 텐데, 그 따스한 마음과 베푸는 배려가 천사로 보였고, 고마웠다. 그녀는 내 나이와 같았고 상주에 사는데 바람 쐬러 나왔다고 했다. 나는 강가에 있는 식당에서 식사를 대접하면서 서로 많은 얘기를 나누었다. 그때 그 인연으로 해서 친구가 되었으며 유명한 상주의 곶감도 보내주어 그 맛을 음미했다. 지금도 피차 연락하며 우정이 지속되고 있으니 도리어 전화위복이 되었다.

- [상주 낙동강 벨트] 중에서

이 글에서의 서술자는 상주 지역 낙동강 벨트를 다녀온 체험담을 적어 가고 있다. 처음에는 낙동강 발원지에 얽힌 전설을 소개하여, 눈길을 끌고 있다. 상주에 도착하여, 자전거를 탄 모습의 조형물, 신비한 모습의 경천대, 바위 말먹이통, 정자 무우정, 전망대로 오르는 등산로, 낙동강 물줄기, 주흘산, 학가산, 백화산 등이 내려다보이는 전망대, 노송 사이의 굽이진 물결, 유유히 흐르는 물줄기, 강변 기암괴석의 풍광, 낙동강 위에 설치된 교량 등에 대해서도 섬세한 표현을 해놓고 있다.

서술자가 이동 중 넘어지는 바람에 알게 된 여성, 그녀와 지금도 친구로서 잘 지내고 있다며 우정을 소개하고 있다.

글은 생각과 감각의 확장성을 확인하는 공간이다. 글의 소재가 어떠하냐에 따라서 확장성은 미래로 가기도 하고 새로운 인연의 감사함에 닿기도 한다. 이 글은 낙동강을 소재로 하고 있다. 강만큼 인연의 뜨거운 기운이 움트는 곳이 또 어디 있을까. 그래서였을까, 그 낙동강에서 발을 헛디뎌 만난 인연도 낙동강만큼이나 마음의 울림이 깊다.

'손수 후시딘 연고를 바르고 밴드로 덮고 아픈 곳을 찾아 파스를 발목에 붙여' 주는 그 손길이 품 너른 낙동강처럼 따스하게 다가온다.

아름다운 인연을 새롭게 잇게 해 준 낙동강 벨트, 그 벨트의 힘이 짱짱하게 느껴진다. 마지막으로는 시조 한 편을 올려 놓아, 상주와 낙동강 벨트, 인공폭포, 야영장, 전사벌 왕릉, 전고령 가야왕릉, 드라마 세트장까지 경쾌한 붓터치로 수필을 완성해 가고 있다. 도중 에피소드나 체험담을 곁들여 이끌어 가는 수필 창작의 솜씨가 아주 좋다. 그 어떠한 소재나 체험담도 이처럼 수필로 척척 풀어낼 수 있다니, 참 멋지다.

*

병원에 가서 진단을 받고 X-Ray를 찍은 결과, 발가락뼈에 금이 가서 3주간 깁스를 하고 통원치료를 해야 한다며 약 처방을 해 주었다. 참 난감하기 짝이 없었다. 체중을 받히고 땅을 딛고 걸어야 하는데 불편이 심했다. 다행히 발뒤꿈치를 딛고 걸을 수 있어서 그나마 감사하기는 했다.

갑자기 몰아치는 회오리바람에 홀로 움츠린 마음은 눈보라 거센 풍파보다 더 차갑고 벼랑 끝으로 추락하여 파닥거린 기분이었다. 날개 활짝 펴고 다녔던 날들이 그리웠다. 만남이란 설렘의 행보인데, 모임들을 중지하고 집에만 있으니, 지난날 무사히 걷고 다녔던 발이 새삼스레 고맙게 느껴졌다.

무엇보다 2일 후 아정 김영순 님의 자서전 출간 기념행사에 축가를 해야 하는데 취소할 수도 없고, 깁스해 준 발을 보이고 싶지 않아 어떻게 해야 할지, 드레스를 길게 늘어뜨려 처리할까, 이리저리 궁리를 했다. 하늘이 무너져도 솟아날 구멍이 있다고 했던가, 마침 오래전에 선물로 받았던 개량 한복이 눈에 띄어 입어 보았다. 치마가 약간 짧았으나 최대한 내리니 맵시가 나지는 않았지만 아쉬운 대로 괜찮을 것도 같았다.

(중간 생략)

내 차례가 되자 나도 그 자리에 서서 편안한 마음으로 노래를 불렀다. 위기를 모면했다. 노래를 마치고 간신히 걸어 나오는데 아정 김영순 님이 일어나서 껴안아 주며 잘했다는 격려와 칭찬을 해주었다. 그게 많은 위로가 되었다.

- [수상에 참여하며] 중에서

이 글에서의 서술자는 눈길에 미끄러져 허리를 다쳤다. 게다가 발등까지 다쳐 깁스까지 해야 했다. 그런 몸인데도 지인의 출판기념 행사에 나가 축가를 불렀다.

서술자는 몸과 마음이 아픈 그 상황을 '갑자기 몰아치는 회오리바람에 홀로 움츠린 마음은 눈보라 거센 풍파보다 더 차갑고 벼랑 끝으로 추락하여 파닥거린 기분'이라고 말한다. 서술자의 일상을 뒤덮는 검은 그림자가 짙게 깔리고 그 그림자는 작은 즐거움까지 야금야금 갉아먹었을 것이다. 홀로 남겨졌다는 외로움으로 얼마나 마음이 아팠을까. 모든 것이 어두워지는 저녁의 그림자처럼 독자들의 마음까지 함께 캄캄해진다.

무너진 소중한 일상을 다시 일으켜 세워 주는 건 소소한 기쁨들이다. '껴안아 주며 잘했다는 격려와 칭찬을 해주었다. 그게 많은 위로가 되었'다며 서술자의 일상은 조금씩 활기를 찾아가고 있다.

수필에 대한 근본적인 물음은 인간 존재에 대한 성찰이다. 수필이라는 문학 장르 속에서 인간이란 무엇인가, 인간은 왜 사는가, 인간은 어떻게 살아야 하는가에 대한 깊은 성찰을 해야 한다. 그 깊은 성찰을 수필에 담아내어 깃발을 제시해야 한다. 결국 우리는 서로의 작은 관심과 격려와 칭찬으로 성장하며 나아가기 때문이다.

이어 서울 행사에서도 축가를 불렀다. 이어지는 문학상 수상식, 그 사이에 군 복무를 마친 외손자 둘을 만나 담소를 나눴다. 또 군 입대를 앞둔 다른 손자도 만나 얘기를 나눴다. 그 과정에 차로 데려다 주고 버스정류장까지의 친절한 안내는 딸이 도맡아 주었다. 효녀인 딸을 둔 부모의 흐뭇함이 곳곳에 깔려 있다.

무사히 집에 도착하여 깨달은 한마디는 '내 집 같은 곳이 없다'였다. 몸은 불편했지만, 행복한 마음으로 보낸 며칠 동안의 내면을 아름다운 글로 표현해내고 있다. 먼 훗날 읽어 봐도 정겨울 이 수필이 독자들에게도 따스함으로 다가오고 있다.

*

"여러분들이 부른 노래를 몇 분의 심사위원들의 종합 점수로, 대상한 사람만 뽑겠습니다. 상품은 교수님의 작품 한 점입니다."

사전에 이렇다 할 아무런 예고도 없이 극적으로 이뤄졌다.

'모두가 다 잘들 발휘했는데, 누구를 뽑을까? 갑자기 재미있는 일이네….'

초조히 앉아 있는데, 총무님의 카랑카랑한 맑은 소리가 크게 울려 귓전에 멈췄다.

"대상에 취원(翠園) 유양업입니다."

나는 생각 밖이라 어리둥절했고, 선생님의 그림을 받게 된다는 기대에 마음이 뿌듯했다.

다음 공부 시간에 회원들의 박수를 받으며 교수님의 작품을 상으로 받아 조심스레 펴 보았다.

예쁜 족자에 사랑으로 정성 담아 그린 해바라기 여섯 송이가 방글방글 웃으며 나를 반겨 주었고, 바탕에 곁들인 연보라빛 나팔꽃 다섯 송이도 다소곳이 나를 맞아주었다.

나는 한국화 공모전에서 입선, 특선을 몇 차례 받아 보았으나 이것 또한 차원 다른 기쁨이었다.

- [야유회 남해를 향해] 중에서

이 글에서의 서술자는 한국화 그리는 회원들과 함께 남해 여행을 하고 있다.

곡성 휴게소에서 식사를 하고, 섬진강변, 화개장터를 지나, 남해대교, 남해 앞바다, 삼천포 대교, 예담촌 한옥마을, 금산 보리암, 남해 바위산, 낭떠러지 나무들, 덕천 서원 등을 두루 구경하고 귀갓길에 오른다.

차 안에서 가동된 노래방 시간에 가장 좋은 점수를 받아, 지도교수의 작품 한 점을 선물받는다. 해바라기 여섯 송이가 그려진 그림이었다. 태양의 꿈이 여물어 자리한 해바라기처럼 서술자의 꿈이 성악으로, 문학으로, 그림으로 여문 것 같아 멋지다. 노년의 삶이 이러하다면 나이듦이 즐거울 것 같다.

서술자는 그 즐거움을 '생각 밖이라 어리둥절했고, 선생님의 그림을 받게 된다는 기대에 마음이 뿌듯'하다고 말한다. 또 '예쁜 족자에 사랑으로 정성 담아 그린 해바라기 여섯 송이가 방글방글 웃으며 나를 반겨 주었'다고 말한다.

삶이 아무리 힘들더라도 이렇듯 기대와 설렘이 있기에 우리의 봄날에는 꽃이 피는 것이다. 감동 받은 서술자는 [해바라기]라는 시를 지어, 그 소중한 감성을 오래도록 간직할 수 있었다.

'웃음꽃 노란 햇살/해맑은 사연 자락/설렌 맘 가득 피워/싱그럼 더해 주'는 시 [해바라기]가 서술자의 행복과 겹쳐지면서 마음까지 환해진다. 마치 실제 여행을 한 듯, 곁에서 사진을 설명한 듯, 자상한 정보 제공과 함께 체험담을 소박하게 꾸려 나가는 글솜씨가 아주 세련되어 있다. 읽는 독자도 덩달아 신바람 난 여행객이 되어 버려, 행복하다.

*

서울에서 살고 있는 초등학교 동기로 고향 친구 선봉덕이다.

어느 날 사랑하는 친구에게 나의 두 번째로 출간된 수필집 <바람 따라 구름 따라 별빛 따라>를 선물로 우편을 통해 보냈다.

며칠 후 친구에게서 전화가 왔다.

"책 받고 무척 기뻤어, 축하해, 서울에 있는 고향 친구들에게 나누어 주고 싶은데 너의 수필집 30권을 택배로 보내주면 어떻겠니? 그리고 계좌 번호도 알려줘."

"아니, 계좌 번호는 무슨 계좌 번호니, 책은 그냥 선물로 보낼게. 잘 나눠 줘."

"아니야, 계좌 번호 지금 알려 줘야 해."

"아니라니까, 그러지 마."

친구는 계속 다그쳐 졸랐다. 그 재촉과 성화에 이기지 못해 계좌 번호를 불러주었다. 다음 날 70만 원을 송금해 왔다.

나로서는 전혀 기대 밖의 일이어서 놀랐다. 너무 무리하지는 않았는지, 한편 미안하기도 하고 관심과 배려와 따스한 사랑이 감동으로 스며들었다. 갑자기 친구가 크게 보였다.

- [친구의 친절] 중에서

이 글에서의 서술자는 독일 시골에 사는 두 젊은이의 얘기를 서두에 깔고 있다.

화가가 되고 싶은 꿈을 이룬 친구가 기도하는 자기 친구의 손을 그린 "기도하는 손", 이 손이 바로 알브레히트 뒤러의 작품이란다. 이어, 고향 친구 얘기로 들어간다. 출간된 수필집을 여러 권 사주고 책값까지 기꺼이 보태준 친구, 남편이 죽은 뒤에도 따스한 마음을 잃지 않는 친구에게 큰 감동을 받는다.

친절은 상대방을 향한 마음의 각도가 45도라는 뜻이다. 가장 정중한 마음의 배려인 셈이다. 마음의 각도 45도로 상대방을 배려해 줄 때 상대방은 감동을 받는다. 친절을 받은 서술자는 자신의 마음을 '전혀 기대 밖의 일이어서 놀랐다. 너무 무리하지는 않았는지, 한편 미안하기도 하고 관심과 배려와 따스한 사랑이 감동으로 스며'들었다고 한다.

우리는 삶이 힘들더라도 가까운 지인들의 친절과 배려에 기대며 다시 일어서는 것이 아닐까. 그런 점에서 친절은 일종의 부축임과 같아서 내 삶을 다시 일으켜 세워 준다.

서술자는 받는 것보다 베풀며 사는 기쁨에 대한 체험담도 곁들인다. 러시아 선교사로 지낼 때, 도움을 주었던 고려인 할머니 얘기로 독자들의 마음까지 감동시킨다. 수필 전개를 하면서 적절한 에피소드를 끼워 넣어, 감동을 배가시키는 솜씨가 아주 세련되어 있다. 이게 바로 지루하지 않게 수필을 읽게 만드는 최상의 표현 기법이 아닐까.

유양업 수필가의 세 번째 수필집 출간을 축하하며

*

    8년 전 은퇴 후 광주에 와 살면서 여기저기 취미 생활을 할 수 있도록 연결 고리가 있어 즐겁고 보람 있게 지냈던 것들을 쓰려고 하는 것이다.

    어떤 단체에 가입하는 것은 그저 절로 된 것은 아니고 어떤 사람의 소개에 의해 이루어졌다는 점에서 연결 고리의 중요성을 깨달아서이다.

    나는 사랑하는 지인의 소개로 매주 1회 모이는 문학반에 가입했다. 참석할 때마다 작품을 써서 복사하여 가져가 나누어 주고 소리 내어 읽으면 참석한 문우들이 소감을 피력하여 장단점을 지적하며 토의한다.

    맨 나중에 지도 교수님께서 전체적인 평가를 해주며 작품을 수정 보완한다. 작품을 쓸 때는 약간의 부담이 있지만 작품이 완성되면 뿌듯한 기쁨과 보람이 느껴졌다.

(중간 생략)

    나는 평소에 성악에 대해 관심이 있어 늘 소리라도 낼 수 있는 공간이 필요했다. 다닥다닥 붙어 있는 길가 소형 공간에서 소리를 내면 이웃에 소음 방해가 될까 조심스러웠다.

    지인의 소개로 연결 고리가 되어 집 가까운 곳에 은파합창단이 있다는 것을 알게 되었다. 시니어 멤버들로 구성된 여성 합창단에 가입하여 주 1회 모여 합창을 연습하니 목이 녹슬지 않아서 좋았다. 해마다 정기연주회를 가졌고 때로는 독창을 하기도 했다.

- [내 삶의 연결 고리] 중에서

    이 글에서의 서술자는 세계 선교지에서 귀국한 뒤, 고국에서 노년의 삶을 어떻게 꾸려 나갔나를 회고하고 있다. 먼저 문학회 모임을 통해 시, 시조, 수필 등의 문학 장르를 익히고 창작하는 삶, 그리하여 수많은 문학상을 타게 된 기쁨, 또 여성 합창단에 들어가 합창 연습을 하며 음악 활동을 했다. 그리고, 한국화 그림반에 들어가 즐거운 마음으로 그림을 그려 공모전에 여러 차례 상을 받게 되었다. 그리하여, 문학, 음악, 그림의 삼관왕을 얻어, 진정한 예술인이 되어 갔다. 이렇게 되기까지 연결 고리를 해준 분들에게 고마움을 바치고 있다.

서술자는 '어떤 단체에 가입하는 것은 그저 절로 된 것은 아니고 어떤 사람의 소개에 의해 이루어졌다는 점에서 연결 고리'의 중요성을 얘기하고 있다.

삶을 연결시켜 주는 고리가 있어야 우리의 삶은 빛나는 법이다. 인연이라는 그 고리의 힘이 강할수록 잘 연결된다. 나의 삶 속에는 어떤 고리들이 있었을까, 잠시 생각해 본다. 새로운 일에 눈을 뜰 때는 늘 인연이라는 그 고리의 힘에 기대어 첫걸음을 뗐다. 막막한 내일로 나아갈 때도 안내자와 같은 그 고리에 의지하며 나아갔다. 삶의 고리로 연결된 것들이 취미 생활뿐이랴, 결혼 취업 생계까지 모두 고리와 고리로 연결 지어져 있다.

서술자는 그 중에서도 노년의 삶과 연관된 고리들을 소개하고 있다. 문학, 음악, 그림과 관련된 창작의 고리들, 그 고리들이 서술자의 삶을 밝고 희망차게 해주고 있다. '목이 녹슬지 않아서 좋았다. 해마다 정기연주회를 가졌고 때로는 독창을 하'며 살아가고 있는 서술자의 삶이 멋지다.

누구보다 열심히 살아가는 노년의 모습을 선보임으로써, 아름다운 노후의 전형을 보여 주고 있다. 이 수필을 읽는 독자들은 은은히 감동을 받아, 앞으로의 삶은 보다 더 알뜰한 시간으로 보내야겠다는 마음이 저절로 생기게 되는 것 같다.

*

무궁화 꽃나무 몇 그루가 우리 집 정원 옆에 자리 잡고 있었다.

어릴 때 무궁화 꽃잎을 따서 양쪽으로 얇게 펼쳐 코 위에 닭벼슬처럼 붙였다. '꼬끼오!' 하며 친구들과 닭놀이를 즐기면서 낄낄거렸던 생각이 떠올라 혼자 미소를 지었다.

무궁화 꽃이 보이면 마음이 설레어 꽃잎을 손으로 잡아 얼굴에 가져와 대어 보기도 했다. 다정스러웠다.

꽃나무 어린 가지에는 뽀송뽀송 털이 많으나 자라면서 점차 없어진다. 꽃은 가지에 한 개씩 달려 피어나는데 새벽녘에 피기 시작하여 오후에는 오므라든다.

해 질 무렵에는 꽃이 한 송이씩 뚝뚝 땅에 떨어진다. 그럴 때마다 내 가슴도 철렁 끊어진 듯 아팠다.

(중간 생략)

미국 조지아주 차타누가(아들 문은배 목사 담임) 교회에 처음 방문 때의 일이었다. 교회로 들어가는 입구 넓은 뜰에는 여러 색깔의 무궁화 꽃이 한일자로 길게 울타리가 되어 있었다. 반짝반짝 참으로 아름다워 가까이 갔다.

"무궁화 꽃이 활짝 피었네, 어쩌면 이렇게 예쁘게 피었을까."

무궁화 겹꽃이 너무 예뻐 혼자 중얼거리며 만지고 있을 때였다. 꽃을 심었던 박 권사님이 방긋 웃으며 내 옆으로 다가서며 말했다.

"내가 한국에 갔을 때 특별한 무궁화 씨앗과 갓 자란 나무를 가방 속에 넣어와 심었어요, 이민 생활이 너무 오래되어 고향 생각이 날 때면 보려고 가져왔어요. 해마다 정성을 다해서 가꾸었는데 무궁화 꽃이 길가는 사람들에게 즐거움을 주고 있네요."

- [무궁화] 중에서

이 글에서의 서술자는 처음부터 끝까지 무궁화 예찬을 하고 있다. '무궁화 꽃잎을 따서 양쪽으로 얇게 펼쳐 코 위에 닭벼슬처럼 붙였다. '꼬끼오!' 하며 친구들과 닭놀이를 즐기'며 놀았던 어린 시절을 통해 무궁화를 서술자의 삶 속으로 끌어당기고 있다.

지금은 이런 닭놀이가 없기에 그 놀이가 더 소중하게 느껴진다. 삶과 하나되어 녹아들었을 무궁화를 지금은 자주 볼 수 없으니 안타깝다. 서술자는 무궁화 개화기부터 생김새, 색깔, 열매, 종자, 약효 등에 대한 정보를 제공해 준다. 또, 오빠의 무궁화 사랑에 대해서도 말해 준다. 미국 교포의 무궁화 사랑, 머나먼 타국에서 무궁화를 심어 가꾸는 교포들에 대한 언급도 빼지 않고 있다.

'넓은 뜰에는 여러 색깔의 무궁화 꽃이 한일자로 길게 울타리가 되어' 있어 서술자를 환영해 주고 있는 듯하다. 우리나라를 상징하는 무궁화 꽃이 우리나라 국민들을 반갑게 맞이하듯 손 흔들고 있는 것 같아 가슴이 설렌다. '이민 생활이 너무 오래되어 고향 생각이 날 때면 보려고 가져왔'다는 그 말이 가슴에 박힌다. 무궁화 꽃을 보며 향수를 달래고 살았던 우리 동포들의 애환이 담겨 있어 마음이 아프다.

서술자는 또 30여 년간 무궁화를 연구 개발한 석학 얘기도 곁들인다. 끝으로 무궁화가 나라꽃으로 선정된 동기에 대해 밝히면서 수필을 마무리하고 있다. 문장 하나 하나 무궁화를 몹시 사랑하고, 더불어 애국심을 소중히 여기는 마음이 곳곳에 스며들어 있다.

*

다른 네 손가락은 펴지고 오므려지는데, 4번째 무명지 손가락만은 힘도 없고 축 처진 굽은 상태에서 전혀 움직여지지 않았다.

"어머, 이거 어떻게 해, 손가락이 움직이지 않네, 병신이 따로 없네, 피아노는 어떻게 치지?"

이런 말이 저절로 툭 튀어나왔다. 제일 먼저 염려되는 것은 피아노를 칠 수 없다는 걱정이었다.

날이 밝자 집에서 가까운 정형외과로 갔다. 손가락만 한 모양의 나무판자를 손가락 안쪽에 대고 붕대로 친친 감아 주며 일주일 후에 오라고 했다. 일주일 후에도 병원에서는 같은 방법으로 치료를 해주었다. 이렇게 평평한 상태에서는 손가락 힘줄이 붙지 않고 낫지 않겠다는 예감이 들었다.

마음이 불안하고 심상치 않아 다른 큰 정형외과 병원을 찾았다. 그곳에서는 90도 각도로 굽어진 단단한 얇은 스텐으로 손가락 길이만큼 된 의료기를 첫 마디 손톱 아래쪽이 쑥 들어가도록 대고 손가락 전체에 붕대를 꽁꽁 감아주며 기브스를 해주었다. 40일 후에 보면, 만에 하나 붙을 수도 있다고 했다. 40일 후에 병원에 갔다. 의사 선생님은 풀어보고 환한 미소를 지으며 말했다.

"정상으로 잘 붙었습니다. 축하합니다."

난 '감사합니다!'를 몇 번이고 되풀이했다. 그 후로 손가락은 별 탈 없이 지금까지 제 기능을 잘 하고 있다. 수도와 화장실도 고쳐서 불편함을 해소하고, 편리하게 지낸다는 것이 얼마나 감사하고 기쁜 일인지 모른다. 더 나아가 사람 관계에서도, 국가와의 관계에서도, 무엇보다도 하나님과의 관계에 있어서 불편함은 없는지 늘 살피는 생활이 있어야 하지 않을까……

- [불편함 해소] 중에서

이 글에서의 서술자는 집안의 수도꼭지, 변기를 뜯고 고치는 과정을 그려놓고 있다. 오랫동안 불편함을 견디고 살아왔는데, 새것으로 바꾸어 놓으니, 마음이 평온해졌다고 고백한다. 더불어 오른손 무명지 손가락을 다쳤을 때, 병원을 찾아갔을 때를 떠올리고 있다.

'제일 먼저 염려되는 것은 피아노를 칠 수 없다는 걱정'으로 서술자는 다친 손가락의 불편함을 토로한다. 생활 속의 불편함보다는 피아노를 칠 수 없어 다른 사람에게 피해를 줄까 봐 염려하는 마음이 참 따스하다.

손가락이 회복되었을 때 "'감사합니다!'를 몇 번이고 되풀이" 할 정도로 서술자는 기뻐했다. 관계에서의 불편함을 해소해서 얼마나 기뻤을까. 오늘도 피아노를 치는 그 손가락이 고맙다.

수도꼭지와 변기 수리, 손가락 완치 체험을 통해, 불편함을 해소하고 편리하게 지내는 생활에 대한 감사함, 더 나아가 관계에 대한 불편함, 편안함에 대해서도 생각할 기회를 갖는다.

불편하다는 뜻은 관계 설정에서 어긋남이 있다는 뜻이다. 그 어긋남이 지속되면 마음이 편하지가 않다. 가장 좋은 관계는 서로에게 편안함으로 다가갔을 때라고 한다. 편안해야 서로에게 오래 머물고 싶고 만남을 지속할 수 있다. 여러 에피소드를 통해, 사색하고 사고하는 기회를 가질 수 있는 수필의 특질을 여기서도 만날 수 있어 행복하다.

*

돌아오는 길에 부인이 했던 말이 귀에 쟁쟁했다.

"돌아서면 작품들로 집안에 꽉 차 있는데 이걸 어찌하지?"

나에게도 세월의 레일 위를 이렇게 무심히 돌다가 어느 때 스톱이 될 때 내 그림들은 어떻게 하지, 한번은 당해야 하고 오고야 마는 철칙인데……. 골똘히 생각에 잠겼다.

또한 20여 년 전 남동생이 교통사고로 뇌사상태에서 의식을 잃고

1년이 넘도록 병원 생활로 근심 걱정 쓰라린 고통 속에 지내다 결국은 괴로움도 아픔도 슬픔도 없는 천국으로 떠났던 생각들이 되살아났다.

(중간 생략)

참으로 인생의 무상함이 심장을 찌르고 허무감에 마음이 매우 쓰라렸다.

성경에 지혜의 왕 솔로몬이 "헛되고 헛되도다. 모든 것이 헛되도다(전도서 12:8).", "하나님을 경외하고 그의 명령들을 지킬지어다. 이것이 모든 사람의 본분이니라(전도서 12:13)."

나는 전도서의 이 두 구절의 말씀이 인생의 무상과 신앙의 중요성을 일깨워주어 깊은 상념에 잠겼다.

- [사람살이] 중에서

이 글에서의 서술자는 그림반의 총무 전화를 받는다. 회원 중 한 명이 쓰러져 의식을 잃었다는 소식을 듣고 회원 8명이 강진으로 내려간다. '세월의 레일 위를 이렇게 무심히 돌다가 어느 때 스톱이 될 때 내 그림들은 어떻게 하지, 한번은 당해야 하'는 일들을 떠올려 보며 마음이 착잡하다.

수필은 민낯의 얼굴로 독자들에게 다가가는 문학 장르이기에 자신을 꾸밈없이 드러내야 한다. 작위적인 설정 없이 자연스럽게 글쓰기를 해야 하기에 쉬우면서도 어렵다.

'교통사고로 뇌사상태에서 의식을 잃고 1년이 넘도록 병원 생활'을 하다 저세상으로 떠난 남동생을 떠올리며 아파한다. '인생의 무상함이 심장을 찌르고 허무감에 마음이 매우 쓰라'렸을 서술자는 '인생의 무상과 신앙의 중요성'을 깨닫는다. 아픔 속에서 빚어낸 깨달음에 공감이 간다.

병문안을 가기 위해 그림반에서 사용했던 회원의 비품과 화판 등을 챙겨 차에 싣고 떠난다. 어느 날 귀갓길에 넘어져 구급차에 실려 갔다는 회원, 교수를 은퇴한 후 서예와 동양화 그리기를 취미 활동으로 삼고, 여러 미술대전에서 수상을 했던 분이다. 요양병원에 도착했으나, 병문안은 허락되지 않아, 환자의 부인과만 대화를 나누고 돌아온다. 갑자기 쓰러진 회원의 비품을 전달하면서, 자신의 처지도 돌아본다.

'헛되고 헛되도다'라는 성경 구절을 떠올리며 지은 시 한 편 속에 자신의 심경을 쏟아 놓는다. 이렇듯, 수필 전반에 흐르는 조용한 일깨움이 독자들의 심경 속으로 소르르 파고들고 있다.

*

우리는 직접 간접으로 수많은 사람들의 은혜를 입고 사는 삶이다. 특별히 남편은 나이 들어 시력은 좋지 않는데 독서가 거의 유일한 삶의 낙이다. 필요한 책들을 서울에 있는 딸에게 연락하면 딸은 즉시 주문하여 보내준다. 책을 받은 남편은 무척 흐뭇한 표정이다. 부모가 베푸는 삶도 있지만 자녀가 극진히 부모를 섬기는 삶도 있다.

(중간 생략)

우리 인간의 삶은 서로 정을 주고 받으며, 서로 고마움을 간직하는 삶이어야 하지 않을까. 요즘 매스컴에서 '보은 인사'란 말을 듣는다. 보은이란 말은 매우 합당한 말이지만, 그렇다고 해서 부적격자를 중요한 자리에 임명하는 것은 바람직하지 못하다. 엄청난 나쁜 결과가 있을 수 있기 때문이다.

그런 의미에서 적재적소의 인물을 발탁하는 것은 매우 중요한 것이다. 나는 크리스천으로서 하나님께 감히 보은한다는 말을 할 수는 없다. 오직 하나님의 나에 대한 일방적인 만 가지 은혜, 무한한 은혜에 오직 감사할 따름이다.

- [보은(報恩)의 삶] 중에서

유양업 수필가의 세 번째 수필집 출간을 축하하며

이 글에서의 서술자는 보은하는 삶이 아름답다고 강조한다. 직간접으로 도움을 받은 이들에게 보은하는 삶, 그게 귀하다는 것이다. 서술자는 남편의 필요한 책을 구입해 보내주는 딸에 대해 고마운 마음을 갖는다. '부모가 베푸는 삶도 있지만 자녀가 극진히 부모를 섬기는 삶'이 아름답게 다가온다.

'인간의 삶은 서로 정을 주고 받으며, 서로 고마움을 간직하는 삶'이어야 서로가 행복하다. 그 행복으로 가는 길을 우리는 왜 멀리하고 있는가. 필요한 책을 주문해 주고 필요한 보살핌을 챙겨 주면 되는 것을, 그 간단한 동작들을 왜 우리는 힘들어하는 것일까, 곰곰이 생각해 보게 한다.

부모와 자녀의 아름다운 관계 맺기를 하고 있는 서술자의 삶에 박수를 보낸다. 서술자는 또 예전에 내장산 관광을 시켜 준 손 집사에게 식사 대접하기 위해 시간을 낸다. 메타세쿼이아 가로수, 담양댐, 목조다리, 고목 등을 구경한 뒤, 댐 근처의 식당에서 메기찜 요리를 마음껏 즐기고 돌아온다.

돌아오면서 다시 한 번 보은의 삶이 소중함을 깨닫는다. 하지만, 나라의 인재만큼은 적재적소의 인물을 발탁하는 게 좋겠다는 결론을 내린다. 일상 속에서 깨달음을 얻어 가는 모습이 아주 싱그럽다.

*

'어설프긴 하지만 이 급한 상황에서 방법이 없으니 어쩌겠나. 이곳 욕실이 좋겠다. 이곳으로 피신하자'

어두운 마음은 급하고 안정이 되지 않아 다시 밖으로 뛰어나갔다. 사람들은 여전히 밖에서 웅성거리며 동향을 살피고 하늘을 사방으로 두리번거렸다. 나도 함께 끼어 그 분위기 속에서 두려움 안고 주위를 살폈다. 아, 그런데 인도를 따라 늘 산책하며 걸었던 그 길가 가로수 나무들이 요란스럽게 멀리서 흔들리고 주위는 회색빛으로 어두워 왔다. 모여 있던 사람들은 겁을 먹고 재빨리 모두들 각자의 집으로 뛰어갔다. 나도 집으로 급히 들어가 남편에게 욕조 안으로 들어가라 했다. 아들 목사도 교회에서 일 보다가 황급히 집으로 왔다.

"토네이도가 오고 있으니 지금 상황에 대책이 없습니다. 지금 빨리 욕조로 들어가세요."

그는 자기 방으로 뛰어들어 갔다. 그 방은 큰 욕조가 있고 비상사태 대비는 본인이 더 잘 알고 있으니 설명이 필요 없었다. 나는 불안하여 타는 가슴으로 큰 타올을 모두 꺼내어 안고 급히 방 곁에 있는 욕조로 가서 남편 머리에 올리고 목에 두르고 나도 그렇게 준비하고 남편 곁에 앉았다. 거울에 비친 모습을 보니 참 가관이었다. 인간이 위기 앞에 얼마나 연약한 존재인가를 실감했다. 두려움과 공포 그리고 생명의 위기감이 엄습했다. 이 위기 상황에선 오직 하나님밖에 없었다.

"하나님, 우리의 잘못을 용서해 주시고, 이 토네이도가 이 지역과 인가들을 피해서 지나가도록 도와주세요……."

간절한 기도를 올렸다.

- [토네이도의 위력] 중에서

이 글에서의 서술자는 미국 아들집에 머물러 있을 때 겪은 체험담 하나를 펼쳐 놓고 있다. 여러 토네이도 정보를 아주 쉽게 전달해 주고 있다.

토네이도가 불어닥치자 '나무들이 요란스럽게 멀리서 흔들리고 주위는 회색빛으로 어두워 왔다. 모여 있던 사람들은 겁을 먹고 재빨리 모두들 각자의 집으로 뛰어'갔던 상황이 다급하게 그려져 있다. '불안하여 타는 가슴으로 큰 타올을 모두 꺼내어 안고 급히 방

곁에 있는 욕조로 가서 남편 머리에 올리고 목에' 걸치며 대비하고 있다. '두려움과 공포 그리고 생명의 위기감이 엄습'해 오는 장면을 통해서 토네이도의 위력을 느낄 수 있다.

한반도를 할퀴는 태풍도 무서운데 토네이도를 매번 겪어야 하는 사람들은 얼마나 두려움이 클까. 가장 안전한 곳 중의 하나라는 욕실에 은신해 있다가 나오니, 토네이도는 이미 지나간 뒤였다.

토네이도가 다시 돌아올 수 있다는 아들 얘기에 다소 긴장하긴 하지만, 약간의 피해를 봤을 뿐 무사한 길거리를 보면서 안도의 한숨을 내쉰다. 이국적인 정경을 소개하고, 이를 긴장감 있게 꾸려 나가는 수필이라서, 독자의 눈길을 끝까지 붙드는 데 성공하고 있다.

수필은 픽션인 소설과는 달리 논픽션의 세계를 다루고 있다. 작가의 체험 세계가 밑바탕에 깔리면서, 추억의 세계, 의식의 세계를 탐구하고 있다. 자유로운 형식을 앞세우지만, 수필 나름의 특성을 구비해야 한다.

먼저 서술이다. 사건의 줄거리를 액션 위주로 잘 끌어가야 한다. 무엇보다도 긴장감을 유지하면서 이끌어 가는 게 좋다. 또한 지루하지 않게 꾸려가는 것도 묘미다. 그 다음은 묘사이다. 서술과 서술 사이에 감칠맛을 더해 주는 인테리어 역할을 한다. 기둥과 기둥 사이를 이어주고, 미적 가치의 그릇에 담았다는 느낌이 들도록 우아한 문장을 빚어내야 한다. 그리고 대화의 적절한 삽입이다. 정보의 축약 역할을 하는 것도 대화의 몫이다. 대화는 글 전체의 싱그러움을 위해서 기여해야 한다. 뿐만 아니라, 수필 속에는 사색의 공간이 배치되어야 한다. 사건의 진행만으로는 독자들의 입맛을 만족시킬 수가 없다. 어느 순간에 사색의 터에 앉아, 인생을 되돌아보며 깊은 사색의 여백을 갖도록 해주어야 한다. 그곳에 앉아, 사색의 의미 방울을 한 모금 마시도록 배려해야 한다. 그래야만 독자들은 비로소 수필의 밭에 온 보람을 느낀다.

유양업의 수필들이 이런 요소들, 이런 특질들을 두루 갖추고 있어, 더욱 빛난다. 자신의 자서전적 회고담이면서, 동시에 여러 여행지에 대한 정보 제공, 수많은 사람과의 관계성, 자연과 사회 속에서 만나는 아름다운 정경들을 담아놓고 있으면서, 동시에 여러 각도로 인생과 사회와 역사를 되돌아볼 수 있는 기회를 제공해 주고 있어서, 좋다. 많은 독자들이 이 수필들을 읽고 잠시나마 위로의 시간, 치유의 시간을 가졌으면 좋겠다.

앞으로도 유양업 수필가는 지속적으로 수필을 집필해 나갈 것으로 여겨진다. 머잖아 또 다른 수필집이 선보이게 될 것 같다. 여생 동안 꾸준히 창작하며, 성실히 살아가는 모습이 아주 멋스러워 보인다. 부디 건강하여 장수하면서, 창작의 행복한 열매들을 주렁주렁 맺어가길 빌고 또 빈다.

- 행복한 봄날이 찾아와 비를 뿌리는 날

한실문예창작 지도 교수 박덕은

(문학박사, 전 전남대 교수, 문학평론가, 시인, 소설가, 동화작가, 화가)

추천사

유양업을 말한다

참으로 많은 것이 모여 우주가 되지 않았나. 우주, 그 이름이 얼마나 아름답던가!

유양업!

시인이며, 수필가이며, 화가이기도 하고 음악가이기도 한 여류 작가. 인간에 대한 온정 넘치는 마음씨가 주제이며 동인이다.

유양업!

재능기부로 사회에 공헌도 많이 하는 우주같이 큰 인물.

세 번째 수필집을 읽으며, 사람살이에 대한 유작가의 인생관을 깊이 음미할 수 있었다. 이 작품은 인간의 삶을 생태적 관점으로 조명한 문학이다.

- 한숭홍 박사

철학적 신학자 / 시인 장신대 명예교수

작가의 말

　우리는 수필 작가가 쓴 한 편의 수필을 읽는다. 그 속에는 작가인 화자의 진솔한 삶의 모습이 형상화되어 있으며, 대상에 대한 작가의 사상이 녹아 있다.

　이런 경우 화자의 체험과 삶에 대한 해명이 진지하면 할수록 독자는 감동적인 삶의 메시지를 듣게 된다. 타 장르의 문학도 그러하겠지만, 유독 수필은 인간 삶의 반영이라 할 수 있다.

　작가가 글을 쓰고자 할 때는 무엇보다도 자신을 객관화시키게 마련이다. 그러므로 자신을 단순한 자기 존재에 그치지 않고 확대하고자 하는 안목을 갖게 된다. 즉 인간이라고 하는 근원적인 문제에 뿌리를 내리고 좀 더 견고하게 자신을 구축하는 작업을 통해 삶에 대한 나름의 가치를 발견하고 진정 어린 자기와의 만남이 이루어진다.

- 한상열, 문학평론가 글 중에서

　필자는 은퇴하여 문학 공부를 하는 과정에서 문학 전문지인 〈문학공간〉을 통해 시인으로 수필가로 시조시인으로 등단했다. 꾸준히 글을 써 온 결과 시화집으로 〈오늘도 걷는다〉, 첫 번째 수필집으로 〈바람 따라 구름 따라 별빛 따라〉, 두 번째 수필집 〈행복한 여정〉, 시조화집으로 〈지금도 기다릴까〉를 출간한 후 이번에 세 번째 수필집으로 〈꿈을 꾼다〉를 내놓게 되었다.

주로 두 번째 수필집 이후의 삶의 궤적으로, 내 삶의 발자취를 소박하게나마 표현하려고 했다.

본서의 제목을 〈꿈을 꾼다〉로 했다. 우리 인간은 누구나 나름대로 꿈을 꾸며 살기 마련이며 그것은 그것대로 귀한 것이다. 우리는 꿈을 갖되 좀 더 위대한 꿈을 가졌으면 한다.

최근에 나는 교황 프란치스코의 저서 〈꿈을 꿉시다 -더 나은 미래로 가는 길〉을 접하게 되었다. 교황의 꿈은 우리 보통 사람의 꿈과는 달랐다.

교황은 본인의 관심을 이렇게 열거했다.

"첫째, 현실을 직시하는 것이다. 거북하더라도, 사회의 주변부가 고통 받고 있다는 진실을 외면하지 않고 현실을 똑바로 보는 것이다.

둘째, 사회에 작용하는 다양한 힘을 식별하는 것이다. 긍정적인 것과 파괴하는 것, 인간적인 것과 비인간적인 것을 구분하는 것이다. 다시 말하면, 하나님에게 속한 것을 구분하는 것이다. 하나님에게 속한 것을 선택하고 반대의 것을 거부한 것이다.

셋째, 우리를 괴롭히는 것을 진단하고, 우리가 어떻게 다르게 행동할 수 있는가를 처방하는 참신한 생각과 구체적인 단계를 제안하는 것이다."

이 세 단계가 그의 책 〈꿈을 꿉시다〉의 기본 골격이었다.

교황의 정신은 예수 그리스도를 따르는 삶이었는데, 이처럼 나역시 그리스도인으로서 오직 예수님을 철저히 따르는 삶을 계속 이어질 나의 꿈으로 여기고 나아가길 원한다.

끝으로 문학을 지도해 주시고 해설을 써주신 한실 문예창작 박덕은 문학박사님께 감사드리며, 장로회 신학대학교 명예교수이며 시인이신 한숭홍 박사님이 쾌히 추천의 글을 보내주셨음을 감사드립니다. 출판을 맡아주시고 나의 그림을 책 카바는 물론이고 책 요소요소에 배치하며 수고해 주신 서영출판사 서동영 사장님께도 감사를 드립니다. 한국예술인복지재단이 문학활동을 위해 지원금을 주시어 이 책 출판비에 보탬이 된 것을 감사드립니다. 또한 자녀들이 나의 팔순을 축하하며 출판비도 협조하는 그 효심을 고맙게 생각하며, 무엇보다도 미력하나마 한국화 화가로, 성악가로, 서예가로, 그리고 문학작가로 활동할 수 있도록 곁에서 성심으로 후원해 준 남편 문전섭 박사님께 고마움을 표합니다.

　　여기까지 인도해 주신 에벤에셀 하나님께 감사와 영광을 돌립니다.

\- 2022년 3월 사직공원 자락에서

시인 수필가 시조시인 유양업

차 례

꿈을 꾼다

제1부

[제4회 섬진강 미술 대전 특선] 유양업 作

김대중 대통령의 취임사를 읽고서

　나는 굴곡지고 파란만장의 삶을 산 김대중 대통령의 취임 연설을 읽고 싶었다. 나는 대통령의 취임 연설에서 그의 사상과 경륜을 알고 싶었다.

　김대중의 삶은 곧 20세기 한반도의 역사이다.

　1924년 남녘의 외딴 섬마을에서 태어나 2009년 8월 세계인의 애도 속에 고단한 몸을 뉘일 때까지, 그는 파란으로 가득 찬 한반도 현대사의 한복판을 헤쳐왔다.

　전쟁의 참화를 딛고 일어선 청년기에는 촉망받은 사업가로, 30여 년에 걸친 군사 정권의 통치기에는 민주주의의 뜨거운 상징으로, 21세기로 건너오는 길목에서는 겨레의 새 길을 여는 대한민국 제15대 대통령으로, 그는 거대한 생애를 실로 숨가쁘게 살아냈다.

　나는 그의 짧지 않은 취임 연설문을 소리를 내어 읽어보면서 주요한 사상 세 가지를 주목하게 되었다.

　민주주의, 경제, 남북문제.

　첫째는 그의 민주주의에 대한 신념이다. 그는 이같이 말한다.

"무엇보다 정치개혁이 선행되어야 합니다. 국민이 주인 대접을 받고 주인 역할을 하는 참여민주주의가 실현되어야 하겠습니다. 그래야만 국정이 투명하게 되고 부정부패도 사라집니다. 저는 '국민에 의한' 정치, 국민이 주인 되는 정치를 국민과 함께 반드시 이루어 내겠습니다."

둘째는 경제 문제에 대해서 이같이 말합니다.

"'국민의 정부'가 당면한 최대의 과제는 우리의 경제적 국난을 극복하고 우리 경제를 재도약시키는 일입니다. '국민의 정부'는 민주주의와 경제발전을 병행시키겠습니다. 민주주의와 시장경제는 동전의 양면이고 수레의 양바퀴와 같습니다. 결코 분리해서는 성공할 수 없습니다. 민주주의와 시장경제를 다 같이 받아들인 나라들은 한결같이 성공했습니다."

"경제를 살리기 위해서는 먼저 물가를 잡아야 합니다. 물가안정 없이는 어떠한 경제정책도 성공할 수 없습니다. 대기업과 중소기업을 똑같이 중시하되, 대기업은 자율성을 보장하고 중소기업은 집중적으로 지원함으로써 양자가 다 같이 발전해 나가도록 하겠습니다."

셋째는 남북관계입니다.

"남북관계는 화해와 협력 그리고 평화정착에 토대를 두고 발전시켜 나가야 합니다. 분단 반세기가 넘도록 대화와 교류는커녕 이산가족이 서로 부모 형제의 생사조차 알지 못하는 냉전적 남북관계는 하루빨리 청산되어야 합니다. 1천3백여 년간 통일을 유지해 온 우리 조상들에 대해서도 한없는 죄책감을 금할 길이 없습니다.

남북문제 해결의 길은 이미 열려 있습니다. 1991년 12월 13일에 채택된 남북기본합의서의 실천이 바로 그것입니다. 남북 간의 화해와 교류협력과 불가침, 이 세 가지 사항에 대한 완전한 합의가 이미 남북한 당국 간에 이루어져 있습니다. 이것을 그대로 실천만 하면 남북문제를 성공적으로 해결하고 통일에의 대로를 열어나갈 수 있습니다.

저는 이 자리에서 북한에 대해 당면한 3원칙을 밝히고자 합니다.

첫째, 어떠한 무력도발도 결코 용납하지 않겠습니다.

둘째, 우리는 북한을 해치거나 흡수할 생각이 없습니다.

셋째, 남북 간의 화해와 협력을 가능한 분야부터 적극적으로 추진해 나갈 것입니다. 남북 간에 교류협력이 이루어질 경우, 우리는 북한이 미국, 일본 등 우리의 우방국가나 국제기구와 교류협력을 추진해도 이를 지원할 용의가 있습니다."

선생님은 민주주의 문제, 경제문제, 남북문제 외에도 교육혁명 문제에서 정보화 시대를 내다보고 컴퓨터 학습을 강조했다든지, 남녀평등을 주장하면서 장관을 수장으로 한 여성부를 신설했다든지, 실로 선생님의 해박한 지식과 혜안에 감탄하지 않을 수 없다.

김대중 선생님은 늘 도전하는 존재였다. 사람이 누려야 할 자유와 인권이 유린당하던 시절 무법의 권력에 맞서기를 망설이지 않았고, 투옥과 사형 선고, 망명, 연금으로 이어지는 가시밭길을 기꺼이 걸었다.

대통령이 된 뒤에는 국제 금융 위기에 국민과 함께 두려움 없이 대처하여 나라를 파산 지경에서 건져내었다. 그는 민족 성원들의 운명을 가둔 분단체제의 철옹성 앞에 가장 창조적이고 대담한 도전자였다.

한 인간으로서도 스스로의 한계를 넘어서려는 각고의 의지를 잃지 않았다. 평생에 걸쳐 사색하고 준비하고 공부하는 자세를 간직한 그가 철학과 경륜을 갖춘 진정한 의미의 정치가로 올라선 것은 우연이 아니다.

선생님은 평화와 화해의 실천가였다. 모진 고난과 핍박의 세월을 보냈지만 복수 아닌 용서의 덕목을 행동으로 옮겼다. 그럼으로써 한국의 정치가 끝 모를 상쟁의 싸움터에서 21세기형 상생 윤리의 구현장으로 바뀔 기반을 닦았다.

남북이 칼날 같은 대치를 이어 온 한반도에서 탄생한 역사적인 6.15 남북 공동 선언 또한 그가 오랜 시련을 견디며 연마한 평화의 정신에서 우러나온 것이다.

선생님은 '지구적 민주주의(Global Democracy)'의 전망을 펼치는 가운데 국경을 넘은 지도자로 나아간 인물이기도 하다. 그는 아시아에서 근대적 민주주의가 불가능하다는 편견을 온몸으로 부수었을 뿐 아니라, 인간과 인간, 인간과 자연이 조화를 이루는 심화된 민주주의의 비전을 세계의 정치 외교 무대에서 설파하였다.

선생님에게 주어진 해외 각국의 수많은 인권상과 노벨평화상은 동아시아 변방의 약소국에서 모두가 부러워하는 민주 인권 국가로 성장한 한국과 그 나라를 이끄는 국제적 지도자를 향한, 진심에서 우러나오는 경의의 표현이었다.

나는 선생님의 생애를 어렴풋이나마 짐작은 했지만 그의 대통령 취임 연설을 읽어 보면서 그가 얼마나 감옥에서 책을 많이 읽고 사색하고 공부하였는가를 알게 되었고, 그의 생각과 사상을 자기의 어투로 그렇게도 쉽고도 명쾌하게 흘러 내려간 그의 명문의 연설은 매우 인상적이었다.

독도 사랑

독도는 역사적으로나 지리적으로 단연코 우리 영토이다. 독도는 두 개의 섬으로 이루어져 있고 독도 주변에는 아름다운 풍광으로 점철되어 있다.

독도는 경제적인 측면과 지리학적인 면에서도 가치가 매우 높다. 독도 주변의 바다는 명태, 오징어, 상어, 연어 등 다양한 물고기들이 많이 잡힌다. 바닷속에도 다시마, 소라, 전복 등 해조류가 다양하게 서식하며 상당량의 지하자원이 묻혀 있는 곳이다.

독도는 울릉도 동남쪽 87.4km 떨어진 곳에 위치하며, 일본의 오카시마로부터는 160km의 거리에 있다. 행정구역상으로는 경상북도 울릉군 울릉읍 독도리 산 1-37번지로 되어 있다. 또한 우리나라 천연기념물 336호로 지정되어 있다.

몇 년 전 일본의 국회의원들이 자기들의 영토라고 하면서 독도를 방문하기 위해 한국에 왔다. 우리 한국 공항에서 비자를 받지 못하고 일본으로 다시 돌아갔다.

우리나라 이명박 대통령은 대통령으로는 처음으로 독도를 방문해서 우리나라 땅임을 대내외에 과시했다.

일본 정부는 초 중 고등학교 교과서에 독도는 일본 땅이라고 하며 가르치고 있다. 독도가 자기들의 영토라니 어림도 없는 말이다.

독도가 우리 땅이라고 하는 것은 여러 가지 확실한 증거들이 있다.

* 독도, 서기 512년부터 한국 영토라는 기록
* 프랑스 지리학자 당빌의 '조선왕국전도'
* 일본 고문헌과 일본 고지도, 독도를 한국 영토로 기록
* 17세기 말 일본 정부, 독도 울릉도를 한국 영토로 재확인
* 19세기 일본 메이지 정부 공문서, 독도 울릉도를 한국 영토로 확인
* 일본 내무성, 독도 울릉도를 한국 영토로 재확인
* 일본 최고국가기관(태저관), 독도 울릉도를 한국 영토로 결정
* 19세기 말 대한제국정부, 독도 한국 영토로 표시
* 1900년 대한제국 칙령 제41호, 독도를 한국 영토로 세계에 공표
* 일본, 1905년 독도 강제 편입
* 연합국 1946년 1월 독도를 한국에 반환하는 군령 발표
* 연합국의 "구 일본 영토 처리에 관한 합의서" '독도는 한국 영토'
* 연합국, 샌프란시스코 '일본강화조약'에서 독도 누락
* 유엔군, 독도를 한국 영토에 포함

샌프란시스코 강화조약에서 누락된 일제 때 빼앗긴 독도를 지금도 자기네들 것이라고 주장하고 있다. 나중에 유엔은 독도를 우리나라에 귀속시켰는데 말이다.

우리나라 사람의 독도 사랑은 대단하다

섬 탐험가인 어느 한국인에 따르면 우리나라 유인도 446개 섬을 세 번이나 돌아보았다고 한다. 하지만 독도에서 집을 짓고

해초 채취를 하면서 사는 게 거의 불가능하다는 결론을 내렸다. 독도는 동해 한가운데 떠 있어 바람과 파도가 몰아닥치기 때문에 배식도 없고 물도 부족하여 사람이 살기에 매우 불편하단다.

그럼에도 불구하고 독도에서 독도 최초의 주민 고 최종덕 옹이 직접 식수를 구하러 물골로 넘어가는 998계단을 만들었던 일이라든가, 50년이 넘게 독도를 지켜 온 독도 지킴이며 이장이었던 김성도 부부를 우리는 기억해야 할 것이다.

항해하기가 어려운 시절에 풍향을 이용해 항해술을 발전시키며 울릉도와 독도를 찾았던 사람들이 있었다. 거기에 갔던 사람들은 주로 전라남도 사람들이었다. 1880년대 울릉도 개척 당시 원주민 80%는 전라도 출신이었고 독도라는 섬 역시 전라도 사람들이 부여한 지명인 것으로 드러났다.

고종 때인 1882년 이규원 울릉도 검찰사가 고종에게 올리는 보고서에 울릉도 전체 인구 141명 가운데 전라도 사람이 115명, 강원도 14명, 경상도 11명, 경기도 1명으로 기록했다.

전라도 출신의 개척민 가운데 각 지역별로는 흥양(현재 전남 고흥) 3도(죽도, 손죽도, 거문도) 출신이 61명으로 가장 많았고 흥해(여수) 초도 33명, 낙안(순천) 21명이었다.

여기에 나오는 초도 사람들은 먼 바다 한가운데 살았지만 험한 바다를 개척하는 개척자 정신이 있음을 엿볼 수 있다. 여수지방에는 노동요 술비(술값 빚) 소리가 전해온다. 이 소리는 여수의 거문도와 초도 어부들이 어구용 밧줄을 꼬는 작업을 하거나 배를 부릴 때 불러왔고 지금도 부르는 노래이다. 노랫말이 힘차고 가락 또한 역동적이다. 그래서 노래 부르는 사람이나 듣는 사람도 흥에 취한다. 그런데 이 노래 가사를 살펴보면 의미심장한 데가 있다. 멀리 울릉도와 독도의 뱃길을 개척하고 고기를 잡았던 숨은 역사가 담겨 있는 것이다.

'에헤야 술비야 / 어기영차 뱃길이야

울고 간다 울릉도야 / 알고 간다 아랫녘아

(중략) 돛을 달고 노니다가 / 울릉도를 향해 가면

고향생각 간절하다 / 울릉도를 가서 보면

에헤야 술비야 / 좋은 나무 탐진 미역 / 구석구석 가득 찼네.'

이 노래처럼 여수시 삼산면 초도와 거문도 사람들이 울릉도와 독도로 배를 타고 나가 고기를 잡고 좋은 목재도 가져온 것이다.

동력도 없던 때에 어떻게 그 먼 곳까지 진출하여 어장을 개척했는지 불가사의하기만 하다. 얼마나 진취력이 있고 지혜로운지를 알 수 있다.

우리는 우리의 귀중한 영토인 독도를 사랑하며 굳게 지켜서 감히 탐욕스런 왜인들이 넘보지 못하게 해야 할 것이다.

동남쪽 동해 바다 천혜의 절경으로

검푸른 바다 위에 폭발된 화산섬 둘

거칠은 풍랑 안고서 굳건하게 서 있다

작은 섬 여린 꽃들 갯바람 타 마시며

파도의 하얀 포말 그리움 업은 바위

날개 편 괭이갈매기 동도 서도 휘돈다

오천 년 우리 역사 진실을 왜곡 되게

잔꾀를 부려 가는 일본의 허위 망언

아서라 그 오만 술수 저 하늘이 두렵잖나.

- 졸시조 〈독도 사랑〉 전문

한국문화해외교류협회에 다녀와서

　가을이 짙어가는 2020년 10월 31일 한국문화해외교류협회 호남지회장직을 2년 10개월 마치고 후임 나명엽 박사가 호남지회 지회장 취임과 위촉장을 대전본부에서 받게 되었다.

　또한 대전에서 통기타 동호회 회장으로 활동 중인 송일석 시인도 한국문화해외교류협회 대전중부 지회장 취임과 '일송 그의 삶, 그리고 시'라는 그의 첫 시집 출판기념회도 겸하여 갖게 되었다.

　그의 이 시집 속에는 나의 그림 여섯 작품이 간지 그림으로 들어가 있어 나에게는 의의 있는 일이었다.

　이 행사에 두 분을 축하하기 위해서 나명엽 박사와 오전 8시 30분에 광주문화예술회관 후문에서 만나 그의 차로 떠나기로 했다.

　시간에 늦지 않기 위해 한국문화해외교류협회 고문인 남편과 나는 서둘러 만나기로 한 장소에 가서 40분을 기다려야 했다.

　쌀쌀한 아침 날씨에 너무 일찍 왔다 싶었으나 정한 시간에 늦는 것보다는 오히려 약속된 시간을 지킴이 더 중요하므로 여유로운 마음으로 기다리면서 가지각색으로 채색된 단풍잎의 아름다움에 도취되었다. 떨어진 낙엽을 책갈피에 넣었던 동심의 마음이 떠올라 희열로 가득 찼다.

시간이 되어 함께 가기로 약속한 손영란 화가도 합석하여 나명엽 박사의 차로 광주에서 2시간여 걸리는 대전을 향해 떠났다.

나 박사와 문 고문은 앞 좌석에서 쉴 새 없이 문학, 철학, 신학 등의 얘기를 시간 가는 줄 모르고 나누어 두 분 다 해박하다 싶었다.

드디어 모임 장소인 대전 중구 선화동 대림관광호텔에 도착하니 시작 시간 11시 5분 전이었다. 홀 안에는 마스크를 착용한 100여 명이 넘은 축하객들이 앉아 있고 정면에는 현수막이 아름답게 장식되어 있었다. 앞에 사회자 두 분도 서 있었다.

여는 무대로 대전 기타동호회원 한밭 낭만 트리오 3분이 '당신이 좋아'란 정감 있는 노래를 기타 반주에 맞추어 흥겨웁게 부르며 막을 열었다.

식전에 먼저 시상식이 있었는데 중한문화교류협회 장경률 회장이 중국 연변에서 직접 방문하여 한중문화 교류에 공로가 있는 김우영 대표를 비롯하여 5분에게 영예의 중국문학상을 수여했다.

그리고 한국문화 교류협회에 공로가 많은 회원에게 수여하는 감사장을 세 사람에게 주었는데 그중에 나에게도 호남지회장을 맡아 임기 동안 본회 발전에 기여함을 칭송하고 앞으로는 명예지회장을 수행하란 내용이 적어진 감사장을 주었다.

나명엽 박사의 한국문화해외교류협회 호남지회장으로 취임한 위촉장을 김우영 대표가 수여했다. 위촉장을 받은 후 호남지회에서 준비해 간 호남지회장 개인 명패를 드렸고 손영란 화가가 정성 들여 만들어 간 꽃다발도 손수 전달했다.

위촉을 받은 나 지회장의 노련한 인사말에 많은 박수갈채를 보냈다. 흐뭇한 분위기였다. 식순에 따라 축사 순서로 대전시 교육감과 중구청장의 축사가 있었다.

사회자석에 있던 김우영 대표가 우리가 앉아 있는 좌석으로 다가왔다.

"문 고문님 영어로 2~3분 축사를 해주시면 감사하겠습니다."

남편 문박사는 영어로 축사를 했다.

"나는 요즘 한국문학의 '문단유사' 책을 읽고 있는데 그동안 우리 문단은 양적으로나 질적으로 많이 발전된 것을 알 수 있었어요. 과거에는 의례히 책을 출간하면 출판 기념식을 갖곤 했는데 책을 낸다는 것은 그만큼 어렵고도 귀한 일이기 때문이었지요. 모이기가 힘든 코로나 기간에 이처럼 책 출간식을 갖는 것은 매우 귀한 일이고 저자와 관련된 분들에게는 기쁜 일이기도 합니다. 시집 출간과 지회장 위촉을 진심으로 축하합니다."

그리고 문 고문은 유명한 '에이브러햄 링컨'의 '게티스버그 연설'을 유창하게 암송하여 근 80의 나이인 그의 기억력에 관중들은 놀라기도 했다.

참석자 소개가 끝난 후 송일석 시인의 시집 출간을 축하하는 순서로 아들 부부가 첫 시집을 헌정했으며, 송일석 시인의 유창한 인사말과 그리고 송일석 시인의 부부와 두 손녀가 '동반자'라는 노래를 합창하여 환호의 박수갈채를 받았다. 어린 손녀들이 귀여웠다.

대전 통기타동호회 회원 중 영화 미션의 테마곡 '넬라판타지아'를 악기로 연주하여 힘찬 박수를 받았다.

김우영 대표의 부탁에 의해 축하 순서로 나는 특송을 하게 되어 이수인 작사 작곡 '내 맘의 강물'을 불러 환호의 박수를 받았다.

마무리 피날레로 한밭낭만트리오 기타 반주로 '사랑해'와 '찔

레꽃'을 함께 열창으로 문화마당을 성황리에 마쳤다.

행사장 옆에 마련된 한정식당에서 참석자들은 통키타 가수의 노래를 들으며 만찬을 나누면서 서로 친교의 시간을 가졌다.

이 흐뭇한 시간 중에 요청에 따라 나는 이태리 가곡 'Gianni Schicchi, O mio babbino caro'와 '아! 가을인가'를 불렀다. 나의 추천에 의해 남편 문 고문도 'Beautiful Dremer'와 '비목'을 불렀다.

청중 중에 누군가가 "늙지 말고 항상 아름다운 노래를 들려 주세요." 하여 모두 한바탕 웃었다.

나는 선물용으로 나의 수필집 '행복한 여정' 26부를 가져가서 나눠 주었다. 내 책을 받은 대전 조은영 시인은 자기도 첫 시집을 냈는데 필요한 만큼 책을 보내 주겠다고 나에게 주소를 적어 달라고 했다.

김우영 대표가 내게 찻값이라도 하라고 하며 5만원을 주었다. 사양했으나 강권함에 이기지 못했다.

오는 길에 전화벨이 울렸다. 강헌규 명예 교수님이었다.

"수필집을 받은 즉시 영국편 7편 중 지금 4편을 읽고 있는 중에 시편 23편 노래를 부른 내용이 오늘 모임 분위기와 비슷한 장면이어서 그 대목을 읽어드립니다. 생각나서요."

여행 중 영국에서 주일을 맞아 교회에서 불렀던 내용의 수필 부분을 읽어 주면서 고맙다는 인사도 주었다. 조금 지나서 단톡에 이런 내용도 올렸다.

"문 총장님. 유양업 사모님 역시 멋지십니다. 영국 여행기 우선 7편 다 읽었습니다. 멋진 내외분이십니다. 더욱 강건하시고 행복하시길 기원합니다. 강헌규 드림"

우리 일행은 중간휴게소에서 내려 김우영 대표님이 준 돈으로 자기 기호에 맞는 유자차와 커피를 택하여 마시며 대표님의 관심과 자상한 사랑에 감사함을 담았다.

운전 중에 나 지회장은 창밖을 바라보며 말했다.

"시간이 더 걸리더라도 정읍 내장산 단풍 구경을 하고 가면 어떨까요?"

나는 응답했다.

"내장산 단풍은 유명한데 구경을 하고 가면 좋겠네요."

옆에 앉아 있던 손영란 화가도 함박웃음을 지으며 말했다.

"날씨도 맑고 시간 여유도 있는데 그렇게 하지요, 대환영입니다."

우리 일행은 쪽빛 하늘 청명한 날씨에 단풍잎이 찬란함으로 어우러진 계곡과 산자락 가지각색으로 물들어 있는 장관을 보면서 그 아름다움에 탄성을 연발했다. 도중에 내려 절묘한 풍광을 배경으로 사진도 핸드폰에 담았다.

백양산 길목을 지나 광주에 이르렀을 때 문전섭 고문이 저녁 식사를 하고 가자 했다. 나 지회장은 우리를 이름난 식당에 안내하여 차에서 내릴 무렵 나 지회장의 핸드폰 전화벨이 울렸다. 김우영 대표가 나 지회장에게 잘 도착했느냐는 전화였고 오늘 행사에 대한 만족스런 심정의 교환이었으며, 내게로 전화를 돌려 주었다.

"오늘 문 고문님과 함께 오셔서 행사 때 축사와 노래로 식장을 빛내주어 고마웠고 또한 훌륭한 후임자를 세워서 흐뭇합니다."

"그럼요, 든든한 지회장님이셔서 저희도 무척 기쁘답니다, 대표님의 수고로 오늘 큰 행사가 기쁘고도 뜻깊게 잘 마쳤고 수고 많으셨습니다."

식당에 들어서니 손님들로 가득했다. 코로나 중에도 사람들이 붐비는 것을 보니 소문난 식당인가 싶었다. 우리도 자리를 잡아 육회와 불고기를 주문하여 맛있게 들었고 찻값을 치르고 남은 돈에 보태어 식비를 계산했다.

우리집 앞까지 데려다 준 나 지회장의 자상한 배려와 친절에 고마움을 느꼈다.

이번 행사에 중국 연변, 제주, 서울 경기, 경북, 세종, 광주 등 각양 각지에서 참석하여서 뜻깊고 보람 있는 모임이었다

평소에 영어 명문을 반복 연습하여 암송한 남편을 곁에서 보았는데 이런 기회에 잠깐이나마 발표하여 감명을 주었던 것을 기쁘게 생각하며 또한 나 역시 애써 수필집을 내었는데 읽고 반응을 보여주심에 대해 보람도 느꼈다.

이번 행사에서 나는 다른 분들에게 조금이나마 희망과 기쁨과 용기와 위안을 주었다면 보람 있는 일이었으리라.

유양업 作

광주문협 13대 회장 취임식

겨울 날씨답지 않게 포근한 날, 핸드폰 벨이 울렸다. 낯선 번호였다. 받을까 말까 망설이다가 받아보았다.

"여보세요, 유양업입니다. 누구시지요?"

"저는 광주문인협회 김용주라고 하는데 부탁이 있어서요, 다름 아니라 우리 광주문인협회 13대 회장으로 당선되신 탁인석 박사님의 취임식이 1월 10일에 있습니다. 사정이 어떠신지요. 그때 축가를 해주시면 해서요."

"아, 그러세요, 저를 어떻게 아셨지요?"

"제가 여러 번 노래하신 것을 들었습니다."

달력을 보니 비어 있었다. 나는 쾌히 승낙을 하고 무슨 곡을 부를까 생각하다가 이수인 시. 곡 '내 맘의 강물'이 떠올랐다.

'수많은 날은 떠나갔어도 내 맘의 강물 끝없이 흐르네⋯⋯. 고운 진주알 아롱아롱 더욱 빛나네⋯⋯.'

이 가사가 취임하신 회장님의 마음도 되겠다 싶고 취임식에 어울릴 것 같아서였다.

2020년 1월 10일 취임식 날이 되었다.

나는 도보로 모임 장소인 광주 향교로 갔다. 입구에는 축하 화환이 줄지어 온통 꽃길로 꽃동산을 이루었다. 솔향 품고 주위에 느긋하게 줄지어 서 있는 소나무들도 조화 이뤄 미소 짓고 바라보는 느낌이었다.

'와, 이렇게 화환이 많다니 정말 중요한 행사인가 보다.'

살며시 중얼거리며 2층 유림회관 식장으로 들어갔다. 많은 사람들은 미리 와서 이사 임명장을 줄 서서 받고 있었다. 듣는 바로는 광주문인협회 회원이 약 800여 명이라고 하는데 그 십분의 일인 80여 명을 이사로 위촉했단다.

이번 3년 임기의 회장으로 선출된 탁인석 박사는 1992년 '수필과 비평'으로 등단했고 광주대 교수, 광주시 교육위원, 한국폴리텍 대학장을 역임했으며, 현재 문화수도포럼 상임대표, 국제펜클럽 광주위원회운영위원장을 맡고 있는 등 다양한 문학계 활동을 하고 있다.

드디어 11시 취임식이 시작되었다.

연분홍 머플러를 어울리게 목에 두른 김용주 사무처장의 능숙하고 깔끔한 멘트의 사회로 취임식은 진행되었다.

식전 행사로 두 가지가 있었는데, 한복을 예쁘게 입고 나온 임서현의 '당신과 나의 해가 행복했으면 좋겠습니다'라는 축시 암송이 있었고, 다음으로 나의 축가 순서였다. 몸은 악기인데 악기 상태가 좋지는 않았지만, 취임하신 회장님을 비롯하여 참석자들을 의식하며 컨디션을 조절하면서 최선을 다했다. 많은 격려의 반응도 있었다.

취임하는 핸섬한 탁인석 회장님은 단정한 정장 차림으로 단위에 올라서서 취임 소감을 말하기 전에 먼저 광주 출신 박주선 국회의원을 비롯한 세 분과, 4월 15일 출마할 양향자 외 세 분을 소개하고 짧은 인사말을 하도록 부탁하면서 만면에 웃음을 머금고 한마디 던졌다.

"여러분! 모두 다 당선되기를 바랍니다."

재치 있는 유머를 띄운 그 말에 청중들은 폭소를 터뜨렸다.

천국도 힘쓰는 자가 빼앗는다는 성경 말씀도 있듯이 이들은 당선을 위해 사람들이 모이는 곳이면 열심히 찾아다니며 한 표 주실 것을 호소하고 있음을 볼 수 있었다.

탁 회장은 취임사에서 여러 가지 의욕적인 활동과 계획을 말하는 중에 문인들의 화합과 융합을 강조했고, 듣는 바로는 그동안 계간지로 나온 '광주문학'을 격월간지로 내겠다고 하며, 원고료도 지급한다고 했다. 그리고 문협회원들의 해외 문학탐방도할 계획이라고 했다.

아무튼 탁 회장의 인품과 광주 문학 발전을 위한 헌신적인 열의는 밤하늘 별처럼 빛났다.

특별히 이번 취임식을 빛낸 일로는 서울에서 한국문인협회 이광복 이사장과 부이사장단이 축하차 내려와 참석한 일이다. 스마트하고 겸손한 모습의 이광복 이사장은 한국문인협회의 활동과 위상을 간단히 압축하여 말했다.

필자가 이광복 이사장에 대해 관심을 갖게 된 것은 1970년대 중반에 현대문학지에 소설로 등단한 후 작품과 심사위원으로 열심히 활동하다가 최근에 부이사장과 상임이사로, 그리고 현재 약 2만여 명의 문협회원을 거느린 최수장(最首長)으로 활동하고 있다는 점이다.

소설가 윤진모는 어느 강연에서 '이광복 소설가의 삶과 문학'이라는 제목으로 연구 발표를 했고, 또한 윤진모는 이런 말도 썼다.

"한동안 섭렵하다시피 했던 선생님의 많은 작품들을 생각합니다. 비록 강단을 통한 배움이 아니더라도 '목신牧神의 마음'에서 '만물박사'까지 읽었던 것은 소중한 체험이었습니다."

이렇듯 훌륭한 분의 축사를 들을 수 있었던 것은 필자에게 기쁨이었다.

취임식이 끝난 후 지정된 식당으로 가서 스끼야끼 정식을 맛있게 들면서 친교를 나누고 집으로 오는 길에 가벼운 겨울바람이 옷자락 스치고 지났다.

부푼 맘 얼싸안고 모여든 발걸음들
빛나고 설렌 가슴 눈망울 반짝반짝
흥겨운 취임식 정경 환한 빛살 휘돈다

정담의 감동 잔치 웃음꽃 만개하고
온 정성 가득 쏟아 맘 향기 나래 펴서
순수한 창작의 열정 휘날리며 펼친다

성실히 건져 올려 환희의 사랑으로
농익은 지성의 빛 심연에 자리 잡아
순백의 글솜씨들로 영롱하게 빛난다.

- 졸시조 〈취임식〉 전문

이름이라는 것은

옛적부터 어지간히 사는 가정에서는 자녀들의 작명에 대해 많은 관심을 갖는다. 시골에서 태어난 나는 내 이름을 아버지가 양옥(良玉)이라고 지었고 가족과 동네 사람들은 의례히 그렇게 불렀다. 그런데 이게 웬일인가?

초등학교 입학 통지서에 이름이 양업(良業)으로 쓰여 있었다. 전혀 예상치 않은 일이어서 확인차 면사무소에 갔다. 어떻게 된 일인지 호적에 양업으로 되어 있었다.

개가 알을 날 일이었다. 지금 같았으면 왜 이렇게 되었느냐고 따지고 항의하여 고치기라도 했을 텐데 그 당시는 떨떠름한 기분으로 돌아왔다. 집과 동네에서는 계속 양옥으로 불리워 왔고 호적상의 공식 이름은 양업으로 되어 있어서 난감했다.

결국에 내 이름을 하나로 통일할 수밖에 없어서 편리상 호적에 적혀 있는 그대로 양업이라는 이름을 선택했다. 생각건대 양옥이라는 이름은 한자로 어질 良 구슬 玉 그런대로 뜻이 있었다.

그러나 시골태가 풍기는 것 같았고, 양업은 어질 良 업 業으로 물론 뜻은 좋았지만 어딘지 남자 이름 같기도 하여 이름만으로는 남자로 착각할 수도 있겠다 싶었다.

한번은 학교 수업시간에 철학 교수님이 내 이름을 불렀다.

"양업님은 불교 집안인가요?"

아마도 業자에서 불교의 중요한 용어인 업보를 생각한 것 같았다.

"아닙니다."

"그러면, 왜 불교에서 많이 쓰는 용어인 業자를 썼나요?"

"우리 가정은 3대로 이어온 기독교 가정입니다. 원래는 良玉인데, 호적에 良業으로 되어 있어서 그렇게 사용하게 되었어요."

"아, 그렇군요, 불교에서는 전생 현생 내생이 기독교에서처럼 직선적인 시간관이 아니고 순환적이라고 하지요. 전생에 좋은 일을 많이 해서 업보를 쌓으면 현생에서 잘 되고 또 현생에서 업보를 잘 쌓으면 내생에서 잘 된다는 것이지요. 잘못 업보를 쌓으면 잘못된 결과로 귀결되지요. 이렇게 불교는 윤회설입니다."

"우리 기독교는 윤회설이 아닙니다. 우리가 현생에서 잘못한다고 할지라도 하나님 앞에서 회개하고 예수 이름을 믿으면 구원을 받고 영생을 얻지요. 죄 없으신 예수 그리스도께서 우리를 대신해서 십자가에 못 박혀 죽으셨고 3일 만에 부활하셨지요. 우리도 예수님의 제자로서 고난을 받고 부활의 소망 가운데서 사는 것입니다."

듣고 있던 모든 학생들은 의아한 표정으로 나에게 시선을 돌렸다.

이름은 존재의 실체이다.

성경에서도 이름은 매우 중요한 것이다. 하나님은 아브람(Abram)을 아브라함(Abraham)으로 이름을 바꾸어 주셨다.

창세기 22장에서 신앙에 대한 시험으로 그의 독자 이삭을 희생 제물로 드리라고 아브람은 명령을 받는다. 그가 명령대로 실천하는 것을 하나님은 보시고 중지시키시고 새 이름 '아브라함'을 주셨다.

아브라함은 유대인 및 만인의 믿음의 조상이 되었다.

하나님은 야곱에게 '이스라엘'이란 새 이름을 주셨다. 이스라엘의 뜻은 하나님과 및 사람들과 겨루어 이겼다는 것이다(창 32:28).

이 말씀의 배경은 야곱이 형 에서를 속여 장자권을 빼앗았다. 오랜 세월이 지난 후 야곱이 형 에서를 다시 만나려고 하는데 보복이 두려웠다. 그래서 브니엘에서 결사적으로 축복을 주시라고 하나님과 씨름하여 이겨서 '이스라엘'이란 새로운 이름이 되었던 것이다.

야곱의 자손 중에 유다의 혈통에서 예수님이 나셨다. (마태복음 1장)

예수님의 수제자인 베드로는 본래 이름이 '시몬'이었다.

"주는 그리스도시오, 살아 계신 하나님의 아들이시니이다."(마태복음 16:16)라는 그의 유명한 신앙 고백으로 해서 '베드로'란 새 이름을 받게 되었다.

베드로란 반석(rock)이란 뜻이다. 이 베드로의 신앙 고백 위에 교회를 세우겠다고 예수님은 말씀하셨다.

베드로는 로마 가톨릭 교회의 초대 교황이 되었다.

사도 바울은 새로운 이름을 얻기 전에는 사울이었다. 그는 철저히 기독교를 박해하는 자였다. 스데반 집사를 돌로 쳐서 죽일 때 거기에 가담하기도 했다.

다메섹에 있는 그리스도인들을 잡아 색출하기 위해 가던 중

하늘에서 강한 빛이 내리비치며 음성이 들렸다.

"사울아, 사울아,"

"뉘시니이까."

"나는 네가 핍박하는 예수다."

사울은 다메섹 도상에서 부활하신 주님을 극적으로 만난 체험을 통해 크리스챤이 되었고 사울의 이름이 '바울'이 되었다.

그는 위대한 신학자요 보기 드문 헌신적인 선교사가 되었다. 신약 성경 27권 중에 바울이 쓴 13권의 서신들이 포함되어 있고 사도행전에서 그의 제1차 2차 3차 세계 선교 여행담을 읽을 수 있다(사도행전 9:-28).

가톨릭에서는 세례를 받을 때 자기 이름 외에 자기가 존경하고 본받고 싶어하는 사람의 이름을 선택해서 세례명으로 삼기도 한다.

현재의 프란시스 교황님은 아시시의 성자였던 프란시스(1181-1226)의 이름을 교황 명으로 삼았다.

성 프란시스는 부유한 집안에서 태어났으나 부를 거절하고 온전한 가난을 즐겼고 관대함과 단순한 신앙과 깊은 겸손과 자연 사랑으로 유명하여서 많은 추종자들이 있었다.

교황님은 '예수회'에 속한 분이었으나 프란시스의 이와 같은 인격을 존경하고 사모한 나머지 프란시스를 교황 명으로 택한 것 같다.

내가 모스크바에서 사역하면서 학생들을 가르쳤을 때 학생들은 나의 이름 양업이 발음하기가 어렵다고 해서 학생들에게 이름을 지어보라고 했다. 그래서 얻는 이름이 '야나'였다. 야나라는 이름은 나의 이름 양 yang자에서 g자를 빼고 a자를 대신 넣어 'yana'로 지었다. 러시아인 이름처럼 부드러운 느낌이었다.

그렇게 해서 학생들에게 yana로 통하면서 지냈다. 이렇게 된 것이 지금도 닉네임이 야나로 통한다.

실로 어떤 이름이든 나름대로 이름 배후에는 어떤 뜻이 있을 것인데 그 뜻을 알게 된다면 흥미도 있고 가르침도 받을 수 있을 것이다.

[제3회 전국섬진강 미술대전 입선] 유양업 作

꿈을 꾼다

창대하리라

2021년 7월 첫째 주일에 우리 내외는 광주광역시 봉선동에 자리한 남문교회 입당 예배에 참석하기 위해 부푼 마음 안고 택시를 탔다.

도심의 아름다운 전원 봉선동 603-2번지에 초록색 녹음들로 병풍처럼 둘러싸인 공원 같은 곳에 교회 건물이 예쁘게 자리 잡고 있었다.

지하 2층 지상 3층 건물 위로 높게 올린 십자가 탑, 좌측 넓은 벽면엔 예수님의 겟세마네 동산에서 기도하는 사진이 아름답게 그려져 있었다. 위에는 '광주남문교회' 간판이 멀리에서도 볼 수 있도록 표시되어 있었다.

6,228평 부지에 1,500평의 새 성전을 2018년 12월 15일 기공하여 2021년 6월 6일 준공하여서 50년 희년의 입당 예배를 드렸다.

예배 드리려 본당에 들어가니 공간은 높고 넓어 시원하게 보였다. 코로나19 확산으로 헤아릴 수 없는 많은 좌석에는 띄엄띄엄 거리를 두고 성가대석은 회중석을 마주보고 있었다.

우리는 안내를 받아 앞자리에 앉았다. 강단에는 아름다운 꽃과 갈색 강대상이 놓였다. 그 위로 대형 스크린으로 확대된 화면을 볼 수 있었으며 또 그 위에 십자가 조형물이 조명을 받아 빛을 발했다. 그 위로 '창립 50주년 새 성전 입당예배'라고 쓴 현수막이 붙어 있었다.

7개의 금촛대를 상징하는 창들은 가지각색의 색깔로 된 스테인드글라스로 장식되어 있었다. 외국에서 들여온 최고급의 파이프 오르간도 설치되어 매우 아름다운 음률이 흘러나왔다. 건축은 국내외의 고급 자재들로 이루어졌다.

양원용 담인 목사님의 인도로 시작된 입당 예배는 순서에 따라 진행되었다. '내 눈과 마음이 여기에 있으리라(역대하7:15-18)'는 양 목사님의 설교는 온 성도들이 성전 건축을 위해 말할 수 없는 기도와 헌신과 수고 속에서 이루어졌고, 100년을 내다본 교회의 비전을 높이 외치는 감격적인 메시지였다.

그리고 담당자들이 나와 성전 건축 소개, 건축 경과보고, 50년사 보고를 했다.

인도자와 회중의 교차되는 화답은 교회의 나아갈 방향을 뚜렷이 제시했다.

인도자: 희년에 성전을 건축하게 하신 여호와께 감사드립니다.

회중: 주님, 감사와 기쁨! 기도와 헌신으로 건축하였습니다.

인도자: 여호와의 눈과 귀 그리고 마음이 이 성전에 있습니다.

회중: 성령님! 여호와의 영광과 축복의 100년을 시작하겠습니다. 아멘.

광주남문교회를 개척한 제1대 문전섭 목사의 축도로 입당 예배를 마치고, 성전과 부대시설을 둘러보았다.

현대 교회생활에 필요하겠다고 생각되는 교육관, 부서별 방들, 식당, 카페, 그리고 노인과 장애인 성도들을 배려한 승강기도 설치되어 있었다. 건물에는 세심한 관심과 고려와 정성이 깃들어 있었다.

현대인들이 영적으로 육적으로 안식하고 휴식하기에 부족함이 없는 시설이었다. 아무쪼록 이 아름다운 성전을 통하여 많은 사람들이 풍성한 축복을 얻는 교회가 되기를 기원했다.

남문교회는 50년 역사에 네 분의 목사가 시무했다.

현재의 양원용 담임목사님은 1988년 3월 이래 지금까지 시무해 오고 있다. 앞선 3분의 목사님들도 나름대로 최선을 다하여 교회를 위해 사역해 왔으나 현재의 양원용 목사님은 시무 연한으로나 교회 발전을 위해 결정적으로 귀하게 사역해 왔다.

주로 서민들로 구성된 교회가 막대한 비용이 드는 교회 건축을 하기란 실로 쉬운 일이 아니었을 것이다. 오직 하나님의 도우심과 담임 목사님의 숭고한 의지와 성도들의 헌신적인 뒷받침으로 성전 건축은 이루어졌다.

어느 날 남문교회 초대 설립자인 남편 문전섭 목사가 은퇴 후 광주에 살고 있다는 소식을 듣고 남문교회 50년사 출판 위원들 중에 세 분의 권사님이 찾아와 인터뷰하기를 원해서 자리를 같이했다.

권사 중에 한 분이 수줍은 듯 머리를 만지며 질문을 했다.

"문 목사님, 처음에 교회를 어떻게 시작하게 되셨는가요?"

"저는 장신대와 연세대 연합신학대학원을 졸업한 후 20대 후반에 순창제일교회로 부임하여 사역했습니다. 그곳에서 2년 6개월 시무한 후 광주로 와서 무돌교회 개척교회를 섬겼습니다. 무돌교회는 기독교장로회로 이미 가입되어 있어서 예수교 장로회에 속한 저는 무돌교회를 사임하고 여동생 가족인 드맹 문광자 권사 내외, 전남대 명예 교수인 이무석 장로와 구세군 출신

장천수 집사 가족과 함께 1971년 6월 6일 만인 교회를 개척했지요. 그러다가 1973년 9월 8일에 예배 처소를 구 도청 건너편 희망예식장으로 옮겼어요."

신중히 말을 경청하고 있던 한 분의 권사님이 입을 열었다.

"교회 이름을 만인교회라 했는데 어떤 특별한 뜻이 있었나요?"

"네, 한정된 재정으로 우리는 값싼 건물을 얻을 수밖에 없었지요. 식당 건물 2층을 빌려 예배 처소로 사용했습니다. '만인'이라는 말에는 누구든 어떠한 죄인이든 주님께 나와 구원 얻을 수 있다는 것과 또한 처음에는 아주 소수가 시작하여도 나중에는 많은 숫자로 성장할 수 있다는 그런 비전이었습니다."

"그러면, 목사님은 왜 만인교회를 사임하셨나요?"

"우리 만인교회는 그 당시 구 도청 건너편 희망예식장을 빌려 광주 중심가에 쾌적한 건물을 사용하게 되어 꿈에 부풀어 일하게 되었습니다. 그런데 순천중앙교회에서 청빙이 왔습니다. 저로서는 30대 초반의 목사로 그처럼 역사 깊고 큰 교회가 초청할 줄 몰랐고, 나로서는 광주에서 만인교회를 키우고 싶었습니다. 결국 순천중앙교회의 간절한 요청에 따르기로 하고, 내가 존경하는 나이든 동기 동창 유이섭 목사님에게 만인교회를 시무토록 했습니다. 나의 지나온 삶을 생각해 볼 때 순천중앙교회(샌프란시스코신학교 목회학 박사 학위 받음), 대전장로회신학교 총장, 교단 총회 교육부 총무, 서울 새길교회 담임, 총회 파송 러시아 선교사, 싱가포르 선교사 등 모든 것이 내 생각대로가 아니고 하나님의 인도하심이었습니다. 함석헌 식으로 말하자면 하나님의 발길에 채인 삶이었지요. 하나님의 사랑과 은혜였습니다."

권사님들은 동그랗게 눈을 뜨고 열심히 경청하더니 한 분의 권사님이 말을 받았다.

"목사님 말씀을 듣고 보니 참 재미있군요. 감사합니다."

나는 오늘의 아름답고 멋진 남문교회를 직접 보면서 '네 시작은 미약하였으나 네 나중은 심히 창대하리라(욥기 8:7).'는 말씀이 생각났다.

나는 희년을 맞은 남문교회가 감격과 감사로 입당 예배를 드리고, 사회와 세계를 향한 선교의 비전을 힘차게 실현하여 가기를 기원했다.

초창기 가족 중심 조그만 이층 홀
따스한 온기 향기로 묶어
겨자씨 꽃망울들 하얀 눈빛으로
곱디고운 큰 뜻 모아 구원의 방주
창립의 신비로운 둑 쌓았다

움트는 주님 말씀 중심에 새겨
한길 향해 나래 펼친 기도의 숨결
감격의 설렘 교차된 큰 뜻 이뤄
그리운 사랑의 향기 가슴에 싹터 올라
수많은 소망 숨결 영롱히 빛난다

하늘이 내려다 준 황홀한 풍광 안고
빛의 은총 머문 흔적 별빛으로 빛나
새 성전 입당한 혜성 같은 남문교회
정성 쏟아 헌당하여 자자손손 신앙 교육
선교 열정 비전 펼쳐 온누리 밝히고 있다.

- 졸시 〈창대하리라〉 전문

국회의원회관 미술 전시회

단풍으로 물들어 있는 늦가을 갈바람 타고 지기인 손영란 화가로부터 전화가 왔다.

"안중근 의사 하얼빈 의거 제111주년 기념 국회 유명작가 초청전 행사인데 주최와 주관은 국회의원과 대한미협이고요. 후원은 서울특별시, 서울시의회, 안중근 의사 기념 사업회, 대한예총 등이에요. 대한미협 김부자 이사장이 광주에도 10호로 여섯 작품 출품해서 개인전 할 몇 사람과 한 작품 출품할 몇 사람을 초청하라 해서 야나 언니 얘기 하니 10호 한 작품 내라고 했어요."

"그래요, 10호 정도면 이미 작품이 그려져 있으니 새로 그릴 필요도 없고 부담 없이 바로 출품할 수 있겠네."

시골 마을 봄 풍경과 어촌 마을 여름 풍경, 2작품 중 한 작품을 택하기 위해 사진을 찍어 보냈다.

봄 풍경이 더 아름답다 하여 우체국에서 보냈다.

2020년 11월 11일 전시회에 참석하기 위해 남편과 나는 아직 어두움이 가시지 않은 이른 아침 7시 버스로 광주터미널에서 서울로 향했다.

날이 차차 밝아지자 차창 밖으로 비친 가지각색 농익은 단풍들이 아침 햇살을 받으니 더욱 아름답고 고왔다. 바람결에 흔들리며 꽃비처럼 내린 각색 단풍잎도 어우러져 장관이었다.

조물주의 솜씨를 찬양하며 '주 하나님 지으신 모든 세계 내 마음속에 그리어 볼 때, 참 아름다워라 주님의 세계는' 찬송을 맘속으로 조용히 불렀다. 자연의 아름다운 절경을 바라본 남편은 미소 지으며 말했다.

"우리나라라 생각하니 그렇지, 외국에서 이 풍경을 보면 얼마나 아름답겠소."

"햇빛이 조명이 되니 한결 더 곱고 예쁘네요. 우리나라는 특히 산이 많아 더 아름다운가 봐요."

나는 먼 산, 가까운 산을 관심을 가지고 살펴보았다. 한국화를 그릴 때 어떻게 적용하고 표현을 하면 더 아름답고 정확한 구도와 명암을 나타낼까 생각하면서 줄기에서 올라간 나무와 가지잎의 겹친 부분들을 그림에 활용하기 위해 자세히 관찰하며 눈여겨보기도 했다. 요즘 특장전에 내려고 작품을 그리고 있기 때문에 더 절실했다.

어느새 강남터미널에 도착하니 자상하고 효성스런 딸 은영 목사가 차를 가지고 나와서 우리를 픽업하고 내비게이션에 주소를 적고 출발하여 국회의원회관 1층 행사장에 도착했다. 여기저기서 모여든 사람들로 북적거렸다.

그런데 전혀 예상하지 않았던 일이 발생했다. 신분증을 내고 전시장에 들어가려고 하니 명단에 등록이 안 되어 못 들어간다는 것이다.

"분명히 우리 세 사람 인적 사항을 보냈습니다. 잘 찾아보세요."

코로나19 사태로 50명만 입장하게 되니 결국 남편과 딸은 이미 등록을 했어도 전시장 사정에 따라 들어가지 못해 참 난감했다. 나중에 나만 겨우 입장하게 되었다.

이번 행사에 6작품을 출품하고도 입장하지 못한 작가, 대전에서 한 작품을 출품하고 왔다는 작가, 그 외 여러 작가들도 식장에 들어가지 못하고 밖에서 맘 조리고 있었다.

손영란 화가는 미협 20여 년 동안 활약한 회원이었다. 개인전 여섯 작품을 출품했으나 아직 장소에 도착하지도 않아 내심 걱정도 되었다.

김영순 화가는 아예 한 작품을 하루 전에 손수 가지고 와서 이미 입장하여 식장 안에서 내 사정을 걱정하며 도와줄 수 없나 안타까워 왔다 갔다 했다.

개회식이 한참 진행되고 있는데 손영란 화가는 허겁지겁 뛰어와서 숨도 제대로 쉬지 못하고 입장을 하려 하는데 역시 확인해 보고 명단에 없다 하여 들어가지 못했다, 진퇴양난이었다. 그렇다고 포기할 수도 없었다. 나는 다시 가서 얘기했다. 명부를 확인하더니 입장이 허락되어 들어가니 일부 행사가 끝나고 시상식을 하고 있었다.

전시장은 입구 로비였다. 도록 3권을 안내자가 나에게 가져다주었다. 하얀 벽에 그림들이 정리되어 전시되어 있었다.

행사가 끝나갈 무렵인데 어느 사이에 손영란 화가가 들어 왔는지 한국미협상을 받았다. 축하하고 단체 사진을 함께 찍은 후 폐회되어 서로 헤어졌다.

먼저 내 그림이 어디에 걸려 있나 찾아보았다. 입구에서 가까운 하얀 벽에 시골 마을 그림이 다른 그림들 사이에 다정하게 나란히 걸려 있었다.

나중에 도록을 보니 인사말에는 대한미협 김부자 이사장, 국회의원 박성중, 국회의원 박성준, 축사에는 국회의원 서영교, 한국예술문화단체총연합회 회장 이범헌, 사단법인 한국미술협회 이사장 직무대행 조왈호 이런 분의 이름이 도록에 적혀 있었다.

축사의 요지는 대략 이런 내용이었다.

"안중근 의사 의거 111주년 기념을 맞아 대한민국 유명작가 국회 초청전 개최를 축하드립니다. 이번 초청전은 우리의 미를 널리 알리고 전통사상을 고취시켜 온 발자취를 더욱 돋보이게 해줍니다. 아름다운 그림, 작품들이 우리에게 삶의 여유를 안겨주고 지친 마음에 위안이 될 것입니다."

한국화, 서양화, 유화, 서예, 조각 등 다양한 작품들이 아름답게 전시되어 있었다. 밖에서 기다리고 있을 남편과 딸을 생각하니 차분한 마음으로 모두 감상할 수 없었다. 조급한 마음에 도록에서 차분히 보면 되지 싶어 전시회장을 급히 나와 기다리고 있는 딸과 남편을 만나서 차 파킹해 놓았던 장소로 갔다.

그런데 있어야 할 차가 보이지 않았다. 심상치 않는 예감이 엄습했다. 분명히 여기에 파킹했는데 없다니, 어인 일일까, 참 당황했다. 딸과 함께 이쪽저쪽 둘러보아도 보이지 않아 찾을 수가 없었다.

남편은 차를 잃어버린 것이 우리 형편에 얼마나 엄청난 일인가를 계산했을 것인데, "큰일 당하면 크게 생각하자."하며 사람이 살다 보면 더 큰 일도 당할 수 있다고 말하며 우리에게 위안의 말도 했다.

국회의원회관 주차장 주차를 담당한 안내자에게 찾아가서 물었다.

"국회의사당 앞길 건너편 나무 밑에 차를 파킹해 두었는데 차가 없어졌어요."

그는 파란 조끼를 만지며 여유 있는 표정으로 차분히 말해 주었다.

"국회의사당 앞쪽에 차를 대면 견인해 갈 수도 있고 또 어디로 견인해 간다는 표시의 종이가 땅 위에나 나무에 붙어 있을 겁니다. 다시 가서 한번 자세히 찾아보세요."

우선 찾을 수 있겠다는 가능성에 다소 안도감과 앞으로 차 잃고 복잡하겠다는 생각들로 염려된 마음이 바뀌어 한결 가벼워졌다.

우리 일행은 차를 파킹해 놓았던 장소로 다시 가서 살펴보니 아니나 다를까 땅 벽 가장자리에 노란 종이가 붙어 있었다. 반가웠다.

분명히 견인해 갔구나. 확신을 갖고 붙어 있는 종이를 집어 자세히 읽어 보았다.

'견인대상차량'이란 글귀가 쓰인 노란 종이에는 우리 차량번호가 적혀 있었다. 위반 내용은 무단주차였다.

국회의사당 앞길 건너에 차들이 줄지어 있어서 차들 뒤에 무심코 생각 없이 차를 파킹했던 것이 잘못이었다.

국회의사당 앞에는 차량 파킹 금지 구역이었는데 무식이 용감하다는 말이 있듯이 우리는 잘 알지 못하여 그곳에 차를 버젓이 주차했으니 참 민망한 마음이었다.

'국회교통관리 규정 제17조에 따라 귀하의 차량은 국회교통질서를 위반하여 견인대상 차량임을 알려드립니다.'

우리는 차를 찾기 위해 지나가는 택시를 타고 둔치 주차장으로 가는데 오히려 택시 기사님이 한마디했다.

"국회에 일 보러 왔으니 잘 보고 가도록 두지, 차를 견인해 가다니 내 원, 참!"

70대 후반으로 보인 운전기사는 국회 경내를 반 바퀴 돌아 둔치 주차장에 내려 주었다. 우리가 길에 익숙했다면 걸어서 갈 수 있는 가까운 거리였다.

주차 관리 안내원에게 노란 종이를 주니 우리 차가 있는 곳을 가르쳐 주었다. 차 있는 곳을 찾아가는데 파란색 견인차가 다른 하얀색 승용차를 뒤꼬리에 달고 달려왔다. 마치 경찰이 죄인을 수갑 채워 데려오듯 차를 끌고 와서 이미 견인해 온 많은 차들 곁에 나란히 세워 놓고 또 다시 윙 소리를 내며 속력을 다해 달려 나갔다. 아마 또 다른 차들을 견인하러 바쁘게 간 것 같았다.

견인해 온 20~30여 대 차가 노란색 딱지를 부치고 죄인처럼 나란히 줄지어 있었다. 이곳저곳 둘러보며 차를 찾는데 한참 걸렸다. 딸이 겨우 우리 차를 발견하여 차 곁으로 갔다. 얼마나 반가웠는지! 차를 쓰다듬었다. 딸이 차 안으로 들어가 운전하여 주차 관리 안내원 앞에 다다랐다. 견인비 3만원은 제하고 주차비만 4천원 받고 우리를 통과시켜 주어 밖으로 나왔다.

성경에 한 여인이 드라크마를 잃었다가 다시 찾고 매우 기뻐했는데(눅15:) 우리 역시 그런 심정이었다. 잃었다가 다시 찾는 기쁨, 마음도 환해지고 차도 한결 더 소중하게 보였다.

이번 행사에 입장도 어려웠고 차도 견인해 가버린 상황에서 참 황당한 희비애락이 교차된 순간들이었으나 인생의 삶이 순탄한 일만 있지 않다는 것을 인식케 되고 또한 이런 어려운 상황에서도 감사할 수 있는 여유와 좋은 일을 되새겨보는 소중한 시간이었다.

일제 강점기 때
억압과 짓밟힘 속에

속울음 꾹꾹 눌러 담고
숨죽이며 뼈저리도록
아픈 세월 살아왔다

굴곡 많은 침략 속에
오직 불철주야 나라 사랑
자주독립을 갈망하며
애국정신 하늘 찌르듯
불타올랐다

나라 되찾기 위해
올곧고 숭고한 불굴의 정신
가슴 에이다 결국 침략자
우두머리 이토 히로부미를
중국 하얼빈 역에서 처단했다

온 몸 바쳐 의거한
애국 독립투사 유언
"나는 천국에 가서도 마땅히
우리나라의 회복을 위해 힘쓸 것이며
대한독립의 소리가 천국에 들려오면
나는 춤추며 만세를 부를 것이다."

희생과 헌신의 투쟁
그 푸른 꿈 끈질긴 염원은
한줄기 고귀한 빛
민족의 영웅으로 꽃피어

밝은 미래를 열었다.

- 졸시 〈안중근 의사〉 전문

[제30회 대한민국 한국화 특장전 입선] 유양업 作

상주 낙동강 벨트

'낙동강'하면 '경상도'를 떠올리게 된다. 낙동강은 경상도의 발전과 번영에 밀접한 관계가 있다고 여겨졌다.

평소 여행을 즐기는 나는 아침 일찍 가벼운 옷차림으로 배낭을 메고 평소 한번 가보고 싶었던 상주지역 낙동강 벨트를 향해 출발했다.

천고마비의 가을 하늘은 높기도 하고 들판의 곡식들은 황금빛으로 무르익고 가지각색 단풍들은 설레는 맘을 부추겨 더욱 부풀게 했다.

버스 안에서 낙동강 발원지에 얽힌 전설이 살며시 뇌리를 스쳤다.

옛적에 황부자의 집에 노승이 와서 시주를 청했는데 외양간에서 소똥을 치우고 있었던 인색한 황부자는 시주 대신 소똥을 주었다.

이를 바라보고 있던 며느리가 당황하여 용서를 빌며 소똥을 버리고 쌀 한 바가지를 공손히 시주했다.

노승은 며느리에게 말했다.

"이 집안의 운이 다했으니 어떠한 일이 있어도 뒤돌아보지 말고 곧바로 나를 따라오시오."

며느리는 아이를 업고 노승의 뒤를 따랐다.

산마루에 오를 때 집 쪽에서 갑자기 뇌성벽력 소리가 났다. 소스라치게 놀라 뒤를 돌아보는 순간 아기를 업은 며느리는 그대로 돌이 되어버렸다. 집터는 무너지며 물이 솟아 나와 3개의 연못으로 변했다.

이 연못을 황지연못이라 하며 낙동강 발원지가 됐다. 상지, 중지, 하지로 물이 내려가는데, 상지 남측에 깊이를 잴 수 없는 수(水) 굴이 있어서 하루에 약 5천 톤의 물이 용출된다.

이 황지연못이 낙동강 발원지로, 태백 시내 중심부에 위치하여 있다. 이 물은 흘러 다른 샛강의 물과 합류하여 낙동강이 되었고 드넓은 영남 평야를 도도히 흘러 부산을 거쳐 남해로 흐른다는 전설이 있다고 들었다.

이런저런 생각을 하는 중에 드디어 상주에 도착했다는 안내방송이 들렸다.

상주는 경북 서북쪽 내륙에 위치한 도시로 소백산맥 자락에 있다.

삼백(三白)의 고장이라 하여 쌀, 곶감, 명주가 지역 특산물로 유명한 곳이며, 상주는 천혜의 자연을 가지고 있는 힐링 도시라고 들었는데 과연 도시가 깨끗하고 아름다워 아늑한 정감이 느껴졌다.

낙동강 주변을 돌아보는 방법으로 자전거를 타고 강변 주위를 도는 방법, 산책하며 강 주변을 걷는 방법, 보트를 타고 강변을 보는 방법들이 있다.

큰 자전거 박물관의 상징으로 긴 난간 위에 자전거를 탄 모습의 조형물도 인상적이었다.

경관이 신비한 경천대는 깎아지른 절벽과 노송으로 어우러진 절경이 빼어나고 자연경관이 뛰어났다. 바위를 파서 사용했던 말먹이 통도 신기하게 보였다. 하늘이 스스로 내렸다 하여 자천대라고도 한다.

상주의 선비들이 자주 찾았다는 장소, 유명한 정자인 무우정이 아름답게 절벽 위에 자리하고 있어서 토방에 앉아도 보았다.

전망대로 오르는 등산로는 삼림욕으로 우람한 소나무 숲이 맑은 공기를 더해줬다. 경천대 관광지의 최고봉인 무지산 정상에 전망대가 자리 잡아 지상 3층으로, 낙동강 1,300여 리 중 제일 아름다운 곳으로 강을 내려다보는 비경은 장관이었다.

낙동강 물줄기, 주흘산, 학가산, 백화산 등을 한눈에 볼 수 있었다. 낙동강을 낀 농토에서 가을걷이 하는 농부들의 모습이 마치 밀레의 '만종'처럼 아름다웠다.

푸르른 노송 사이로 굽이진 물결, 유유히 흐르는 물줄기가 아름다웠다. 강변의 높은 기암괴석의 어우러진 풍광은 창조자의 위대함을 다시 인식케 해줬다. 낙동강 위에 설치된 교량은 마치 물 위를 달리는 듯한 환상적인 느낌을 자아내어 마음을 사로잡았다.

긴 물줄기는 바위에 부딪치고, 폭우에 시달리고, 사람들이 버린 쓰레기에도 탓하지 않고 그대로 안고 말없이 흐르는데, 조그마한 일에 불평했던 내 자신에게 무언의 교훈을 주어 가슴에 아릿함으로 다가왔다.

다른 장소로 이동하려고 돌아서는 순간 아 앗, 소리를 내며 넘어졌다. 발을 헛디뎌 균형을 잃고 넘어질 때 오른쪽 옆에 있는 낯모르는 여인의 옷을 붙잡은 바람에 그녀와 함께 엉켜 넘어졌다.

너무 미안하여 몸 둘 바를 몰랐다.

"아, 미안합니다. 다친 데는 없으신지요? 몸은 어떠세요?"

그녀는 일어나 옷을 털며 걸어보고 몸을 이리저리 움직였다.

"네, 괜찮아요, 다친 곳 없네요."

"아이고, 다친 데 없어서 다행입니다."

난 예전에 발목을 크게 다쳤던 후로는 자주 삐끗하며 잘 넘어졌다.

그녀는 나를 부축하여 일으키고 상처난 곳을 보더니 자기 보라색 가방에서 조그만 비상용품 주머니를 꺼냈다. 손수 후시딘 연고를 바르고 밴드로 덮고 아픈 곳을 찾아 파스를 발목에 붙여주었다.

상비약을 가지고 다닌 그녀가 지혜롭게 보였다. 모르는 척 지나쳐버릴 수도 있을 텐데, 그 따스한 마음과 베푸는 배려가 천사로 보였고, 고마웠다. 그녀는 내 나이와 같았고 상주에 사는데 바람 쐬러 나왔다고 했다.

나는 강가에 있는 식당에서 식사를 대접하면서 서로 많은 얘기를 나누었다. 그때 그 인연으로 해서 친구가 되었으며 유명한 상주의 곶감도 보내주어 그 맛을 음미했다. 지금도 피차 연락하며 우정이 지속되고 있으니 도리어 전화위복이 되었다. 그때의 일이 종종 아른거려 즐거운 추억으로 남아 추억 속에서 나풀댄다.

경천대 내에는 인공폭포, 야영장이 있고, 인근에 경상북도 기념물 전사벌 왕릉, 전고령 가야왕릉, 강가에 MBC 드라마 세트장 등의 구경거리도 있었으나 보지 못했다. 아쉬움만 남긴 채 돌아와야만 했다.

하늘빛 푸른 물결 갈바람 스며들어

77

긴 세월 추억 안고 밤낮을 지새우며
흰 물결 날개깃 펴서 눈부시게 흐른다

천혜의 자연풍광 경천대 감싸 돌아
솔향기 흩날리며 그리움 풀어놓고
노을빛 황홀한 절경 바람 안고 설렌다

무지산 노란 햇살 환희로 가득 넘쳐
아련한 정든 체취 뽀얀 정 얹어 주고
훈훈한 사랑의 온정 쉬임 없이 휘돈다.

- 졸시조 〈상주 낙동강 벨트〉 전문

수상에 참여하며

코로나19 바이러스의 난동으로 소중한 일상들이 무너지고 있는 이 시기에 나는 설상가상으로 눈길에 미끄러져, 허리 다쳐 수난을 겪은 지도 11개월째다.

그것도 모자라 이번에는 내 실수로 발등을 다쳐 멍이 들고 부어올랐다. 병원에 가서 진단을 받고 X-Ray를 찍은 결과, 발가락 뼈에 금이 가서 3주간 깁스를 하고 통원치료를 해야 한다며 약 처방을 해 주었다.

참 난감하기 짝이 없었다. 체중을 받히고 땅을 딛고 걸어야 하는데 불편이 심했다. 다행히 발뒤꿈치를 딛고 걸을 수 있어서 그나마 감사하기는 했다.

갑자기 몰아치는 회오리바람에 홀로 움츠린 마음은 눈보라 거센 풍파보다 더 차갑고 벼랑 끝으로 추락하여 파닥거린 기분이었다. 날개 활짝 펴고 다녔던 날들이 그리웠다. 만남이란 설렘의 행보인데, 모임들을 중지하고 집에만 있으니, 지난날 무사히 걷고 다녔던 발이 새삼스레 고맙게 느껴졌다.

무엇보다 2일 후 아정 김영순 님의 자서전 출간 기념행사에 축가를 해야 하는데 취소할 수도 없고, 깁스해 준 발을 보이고 싶지 않아 어떻게 해야 할지, 드레스를 길게 늘어뜨려 처리할까, 이리저리 궁리를 했다. 하늘이 무너져도 솟아날 구멍이 있다고 했던가, 마침 오래 전에 선물로 받았던 개량 한복이 눈에 띄어 입어보았다. 치마가 약간 짧았으나 최대한 내리니 맵시가 나지는 않았지만 아쉬운 대로 괜찮을 것도 같았다.

행사 날이었다. 무대까지 올라가면 발이 노출될 것 같아 단 아래에서 했으면 좋겠다는 생각을 했는데 내 순서 전에 여성 출연자 한 분이 무대 위로 올라가지 않고 관중석 앞에 서서 노래를 했다.

'어머, 잘 되었네, 나도 저 자리에 서서 해야겠다. 내 형편에 딱 맞는 자리네……'

내 차례가 되자 나도 그 자리에 서서 편안한 마음으로 노래를 불렀다.

위기를 모면했다. 노래를 마치고 간신히 걸어 나오는데 아정 김영순 님이 일어나서 껴안아 주며 잘했다는 격려와 칭찬을 해주었다. 그게 많은 위로가 되었다.

며칠 후에 있을 서울 두 곳 행사에서도 이 옷을 입고 부탁한 축가도 부르고 문학상도 받으면 되겠다는 생각이 들었다.

그러나 한편 요즘은 코로나로 인해 여행을 자제하는 중이고 발도 불편해서 서울 행사는 포기하고 싶은 생각이었다.

서울 행사를 주관한 정 대표님께 전화로 자초지종 얘기를 했다.
"그렇군요, 그러나 발로 축가를 하나요, 입으로 노래하지, 차가 데려다주니 걸을 수만 있으면 오시면 좋겠어요."
남편도 서울 행사에 가는 방향으로 거들어주며, 함께 가자고 했다.

사실 발뒤꿈치론 걸을 수 있어 생활하고 있으므로 참석하기로 했다.

한편 딸도 만나보고, 군대에서 제대한 외손자도 볼 겸 해서 가는 방향으로 생각을 굳혔다.

우리는 기차로 여행할 경우 의례히 멀리 떨어져 있는 송정리역을 이용해야 한다는 고정관념이 있었는데, 알고 보니 우리 집에서 가까운 광주역에서도 우리가 하차해야 할 영등포역까지 열차가 있다는 것을 알게 되었다.

2021. 12. 11일 오후 2시 행사에 참석하기 위해 아침 8시 50분 광주역에서 무궁화호를 이용하여 서울로 향했다.

기차여행은 우리가 주로 이용했던 버스보다 더 편안하고 아늑했으며 화장실도 이용할 수 있어 편리했다.

은영 딸은 직장 근무 관계로 외출한다는 것이 불편했음에도 한사코 영등포역까지 나와서 우리를 영접했고 행사장까지 안내했다.

코로나 관계로 식장 안에는 내빈은 거의 없었고 상 받을 사람들과 상 줄 사람들만 참석한 조촐한 모임이었다.

나는 상도 받았고 축가는 약 두 달 전 작고한 이수인 작사 작곡인 '내 맘의 강물'을 불렀다. 인간은 때가 되면 이 세상을 떠나도 그의 예술은 오래도록 남는가 싶었다.

The life is short, The art is long.

식이 끝나고 상을 수여했던 황종문 박사님(국민소통 행복운동본부 총재)은 내게 명함을 건네면서 음악을 전공했냐고 물으셨다.

나의 노래에 대해 좋은 인상을 받았을까, 내가 노래를 잘 해서라기보다는 이수인 대표곡인 아름다운 노래를 선택한 덕분으로 생각했다.

딸은 열심히 사진을 찍어 가족 단톡방에 올리니 즉각 반응이 오곤 했다.

우리는 딸과 함께 집으로 갔다. 얼마 전 군 의무를 마치고 온 외손자 박종윤을 반갑게 만났다. 여러모로 단련된 듬직한 모습이었다.

2021. 12. 14일 또 문학상을 받을 행사에 참석하기까지 어떻게 시간을 잘 보낼까 생각하는 중이었다. 그때 또 다른 외손자(둘째 딸 아들) 이소명이 군 제대하고 복교하기 위해 서울에 와 있었다.

우리는 두 외손자 제대를 축하하는 명목으로 건대 부근에 있는 '감성 타코' 식당에서 반갑게 만나, 여러 가지 근황을 들으며 얘기를 나누었다.

인생 백세 시대에 대한민국 남아로서 중요한 의무인 군대 생활을 마쳤다는 뿌듯함과 자부심을 갖는 모습을 볼 수 있었다. 또 해가 바뀌면 1월에 다른 손자 이요셉(순천대 재학 중)이 입대를 할 예정이다. 과연 대한민국 남아의 필수적인 어쩔 수 없이 감당해야 할 의무이다.

저녁 식사 후에는 걷기 운동을 하자는 딸의 제안에 따라 어린이 대공원으로 갔다. 자신의 건강을 위해 걷는 것이 얼마나 중요하다는 것은 전문가들마다 강조 또 강조하고 있다.

남편은 책 읽는 일에는 계획을 세워 한 권 한 권 독파해 가는데 걷는 일에는 시간이 아깝다며 열심을 내지 못한다. 노년에는 지, 덕, 체보다는 그 순서가 체, 덕, 지라는 말로 바꾸어 실천했으면 하는 것이 나의 간절한 염원이다.

2021. 12. 14일 5시에 있는 수상 행사에 데려다주기 위해 딸 은영은 내비게이션에 주소를 입력하고 출발하여 행사장에 도착

했다.

행사는 시작되었다. 다양한 일류의 출연진들로 이루어진 프로그램이었다. 다만 순서의 진행에 있어 자주 맥이 끊어진 것이 유감이었다.

나는 두 개의 상을 받았는데 하나는 '한국인재문학대상'이었고 다른 하나는 '글로벌 공헌문학대상'이었다. 비록 상금은 없었지만 굵직한 상을 받았다는 감사와 뿌듯함이 있었다.

우리는 비가 뿌리는데 딸의 차로 버스터미널까지 와서 광주행 버스표를 구입한 후 식당에 들러 저녁식사를 간단히 마친 후 밤 10시 50분 광주행 버스에 올랐다. 빗길에 딸이 무사히 집에 도착하기를 기원했다.

광주 집에 도착하니 1시 50분이었다. 협소한 집이었지만 내 집 같은 곳 없다는 노래 구절이 생각났다.

사연 매단 중심 받힌 발
몰아치는 회오리바람에
파르르 떨다 부어오른다

허공에 그물 던진
발걸음
잿빛 구름 몰고 와
온몸 휘감는다

얼룩 흥건히 적시며
살포시 끌어당긴 어설픔
기지개 켠다

홀로 처연함 다독이며
화판 사뿐히 펼쳐
빛바랜 숨결로 채색한다

파닥거린
가냘픈 선율
리듬 타고

은빛 햇살 마주 보며
넘어질 듯 한 발로 서서
꽃피는 희열 품에 안는다.

- 졸시 〈수상에 참여하며〉 전문

[제12회 대한민국 낭농미술대전 입선] 유양업 作

유양업 作

제2부

[제32회 대한민국 한국화 특장전 특선] 유양업 作

결혼식

친지들의 가정에 혼사가 있다는 소식을 듣게 될 때, 흔히 우리가 가질 수 있는 마음은 진심으로 축하하는 마음일 것이다. 이런 기회를 통해서 관심과 사랑을 보일 수 있는 기회가 되기도 한다.

한편 결혼식에 참석하여 축의금을 낸다는 것이 다소 부담되는 경우도 있다. 형편에 따라 참석할 수 없을 경우에는 축의금을 계좌로 보내기도 한다.

며칠 전 친정 조카의 딸이 평택에서 결혼식을 올린다는 소식을 조카로부터 전해 들었다. 나는 퇴원 후 아직도 몸이 불편하여 이곳 광주에서 평택까지 버스를 타고 간다는 것은 아무래도 무리가 될 것 같아 결정을 못하고 있었다. 만약에 못 갈 경우를 대비해서 계좌 번호를 알려 달라고 하여 계좌 번호도 받았다.

그런데 광주에서 사는 다른 조카 유종헌이 차를 가지고 결혼식에 참석한다는 소식을 접했다.

"조카, 그 차에 고숙과 함께 편승해서 갈 수 있을까?"

"그럼요, 그렇고말고요. 나 혼자 가는데 함께 가면 얘기도 나누고 훨씬 더 좋지요. 내가 고모님 집에 들려 모시고 가면 좋겠는데, 손님과 약속이 있어 시간 여유가 없으니 이곳으로 오셔서 바로 출발하도록 하면 좋겠습니다. 이곳 주소를 찍어 카톡으로 보낼게요."

"그래, 고맙다. 잘 되었다. 우리가 택시 타고 그곳으로 갈게."

한결 마음이 가벼웠다. 오히려 청명한 가을 날씨에 나들이 가는 기분이 될 것 같았다.

평택은 경기미로 유명하고, 최근에는 도농 연합 도시로 발전되고 있다는 말을 들었으나 한 번도 가보지 못한 곳이어서 호기심도 있었다.

2021년 9월 11일 오전에 택시를 타고 금호 갤러리 5층에 있는 조카 사무실로 찾아갔다. 손님과 대화를 나누고 있었다. 처음으로 가 본 광주 금호월드 5층 사무실은 전체가 전자 상가들이었다.

조카의 사무실은 526호 '유 박사 컴퓨터' 상호가 찍혀 있었다. 조카는 컴퓨터 학과를 전공하여 그 분야에서 가르치기도 하고 수리도 하고 판매도 했다.

백문이 불여일견(百聞而不如一見)이라고 했는데 조카의 생활 분위기를 볼 수 있어 좋았다.

우리는 출발 예정 시간 30분 늦게 내비게이션에 주소를 입력하고 평택으로 향했다. 이런저런 대화를 나누었다.

남편이 조카에게 질문을 던졌다.

"가게 세는 얼마나 내니?"

"나는 월 100만원 내고 있는데, 200만원 300만원 내는 곳도 있어요. 위치에 따라 모두 다릅니다,"

"요즘 자녀들 교육비가 많이 들 텐데……."

"네, 집사람이 병원에서 간호사로 일하고 있어 그것이 많이 도움이 됩니다."

조카의 자녀 3남매의 현황을 묻게 되었다. 대학생 아들, 고등학교 2학년 딸, 고등학교 1학년 아들. 또 그들의 장래 희망이 무엇인지 묻기도 했다. 그들의 재능을 개발하여 성공적인 삶을 살도록 해야 할 것이라고 격려했다.

창밖의 들녘은 벼들이 다소곳이 고개 숙여 노랗게 익어가고 새들은 날개를 펴 창공을 날고 뭉게구름은 두둥실 떠가고 있었다. 그 사이로 맑고 파란 청명한 하늘은 한 폭의 수채화를 그린 듯 아름다웠다.

드디어 평택 'T웨딩홀' 결혼식장에 도착했다. 오후 2시 30분에 있는 결혼식은 이미 진행 중에 있었다. 코로나19 확산으로 정해진 인원만 입장했다. 예식장 안으로 들어가지 못하도록 여직원 둘이서 문 앞을 지키고 있었다. 마치 극장 입구에서 표를 확인한 분위기였다.

따분한 기분으로 서 있을 때, 다행히 밖으로 나왔던 서울에 사는 조카 언니의 아들 류정훈이 우리를 보고 들어갈 수 있도록 자기 소매에 붙어 있었던 동전만 한 빨간색 둥근 스티커를 내 손등에 붙여주며 입장하라고 했다.

서울에서 살고 있는 조카 오빠 아들 유근창도 예식장 안에서 나와 남편에게 자기 것을 떼어 남편의 옷에 붙여 주어서 입장을 했다.

주례석 앞에 서 있는 신랑 신부가 서약을 하고 있었다. 새로이 이루어진 새 가정이 자녀들 잘 두고 검은 머리가 파뿌리 되도록 일생 해로하기를 기원했다. 예식은 끝났고 반가이 여러 가족들을 만나 옆에 있는 다른 홀에서 가족사진만 함께 찍었다. 코로나로 인한 불편함은 여기에서도 나타나는구나 싶었다.

요즘 우리나라 이혼율이 과거에 비해 월등히 높다. 노년 세대들의 이혼도 적지 않다. 얽매이지 않고 자유롭게 살려고 하는 심산에서인 것 같다.

성경에서는 아내와 남편의 관계를 이렇게 말하고 있다.

아내들이여! 남편에게 순종하기를 주님께 순종하듯 하십시오…….

남편들이여! 여러분의 아내 사랑하기를 그리스도께서 교회를 사랑하시고 교회를 위해 자신을 내어 주셨던 것처럼 하십시오(엡 5:22~33)

이것은 아내가 주님께 순종하는 것처럼 남편에게 순종해야 한다는 의미가 아니라 아내가 남편에게 순종하는 것이 주님 앞에 드리는 봉사임을 의미한다.

아내가 남편에게 순종해야 하는 이유는 그리스도와 교회의 관계가 머리와 몸의 관계인 것처럼 남편과 아내의 관계도 그와 마찬가지이기 때문이다. 이것은 여자가 남자보다 열등하다는 신분의 차이를 의미하는 것이 아니라 다만 창조 질서에 따라 몸이 머리의 지시에 따르듯 아내는 남편을 가정의 머리인 대표로 인정하여 순종하라는 것이다.

남편에 대한 아내의 의무가 순종이라면 아내에 대한 남편의 의무는 사랑이다. 어떤 의미에서 순종과 사랑은 밀접한 관계를 가지고 있다.

참으로 사랑하게 되면 순종하게 되고 참으로 순종하면 사랑을 하게 된다. 사랑 없는 순종, 순종 없는 사랑은 한낱 허구요 위선에 지나지 않는다.

결혼식이 끝난 후 친척들과 헤어지면서 조카 유영수가 멀리까지 가는 우리를 위해 식당에서 점심을 샀다. 삼겹살 구이를 맛있게 먹으면서 조카의 말이, 손주를 보았는데 그렇게 예쁠 수가 없다고 했다.

　사무실에 있다가도 손주 아이가 집에 왔다고 하면, 보고 싶어서 곧장 집으로 간다고 했다. 손주가 귀엽다는 말을 많이 들었는데, 이제야 이해가 된다고 했다. 그러나 웃기는 말이, 2시간 이상은 아니라고 했다.

　사람들 삶에는 나름대로 그것이 어떤 것이든 자기만이 갖는 기쁨이 있구나 싶었다.

　늦은 점심 후 우리는 조카의 차로 좌우로 펼쳐진 초록으로 물든 산천과 논밭, 유유히 흐르는 강물, 신선한 자연환경을 즐기면서 광주로 되돌아 왔다.

　나는 평소에 컴퓨터를 사용하면서 고장이 나거나 사용법을 잘 모를 때는 컴퓨터 전문가인 종헌 조카의 도움을 받곤 하여 늘 고마운 마음이었다. 멀리 함께 여행도 했고 모처럼의 만남이어서 조카처도 불러내어 식당에서 함께 저녁 식사를 했다.

　평소 서투른 나의 컴퓨터 솜씨에 많은 도움을 준 조카에게 식사라도 한번 사게 되어 고마운 마음을 표시한 것 같아 뿌듯했다.

야유회 남해를 향해

　단풍 꽃으로 물들어가는 풍성한 계절, 2018년 10월 27일 7시 우리 양정회 회원들은 한국화 그리는 시간을 뒤로 하고 가을 나들이를 나섰다. 송산 박문수 지도 교수님도 처음으로 자리를 함께했다.

　회원 전원이 참석 못하여 아쉬웠지만, 17명의 회원들은 어느 때와는 달리 울긋불긋 단풍 색깔 곱게 입고 한 사람 한 사람 모여들어 대기하고 있는 관광버스 의자에 자리 잡았다.

　비가 내릴 듯 잔뜩 찌푸린 을씨년스런 날씨였으나 우리 회원들은 동심에 젖은 기분으로 마냥 즐거운 표정들이었다.

　광주 시내를 벗어나 안개 자욱한 농촌의 황금 물결 넘실대는 들녘을 눈여겨보며 어느 마을을 지날 무렵, 이번 여행의 장소 물색과 준비를 위해 수고가 많았던 김성두 사무국장님이 마이크를 잡고 인사말 후 여행의 경로, 하루 일정의 스케줄을 자상하게 설명해 주었다.

　밖은 아직도 안개가 자욱하여 먼 거리는 볼 수 없이 뿌옇게 가려 있는데 운전을 멈춘 기사님의 말이 들렸다.

"이곳은 곡성 휴게소인데 아침식사를 여기서 하는 것이 좋겠습니다. 다들 차에서 내려 식사를 하시지요."

우리 일행은 휴게소 옆의 정자에 삼삼오오 둘러앉아 준비해 온 음식들을 그릇에 담았다. 모락모락 김이 오른 따끈한 깨죽, 새콤달콤 무친 홍어회, 납작하게 눌러 썬 돼지머리, 새빨갛게 담은 배추김치를 띄엄띄엄 둘러앉아 있는 자리에 놓았다. 짙은 안개와 함께한 아침 식사는 꿀맛으로 온몸에 휘감겼다.

황금 물결 벼들은 안개 속에 가려 있고 훑어낸 볏짚단들도 군데군데 새로운 풍경으로 다가왔다.

어느새 안개가 사라지고 차창으로 밝은 햇살이 비춰 왔다. 산을 등진 기와집, 슬렛트집들도 선명하게 시야에 들어왔고, 옛날의 초가집들은 찾아도 볼 수가 없다. 밝은 빛은 집들 위에 명암을 그려 조화롭게 조명해 주어 새로운 눈을 갖는 것 같았다.

"지금 섬진강변을 지나고 있습니다."

기사님의 말을 듣는 순간, 영호남 물결이 만난 화개장터의 모습이 아롱거려 맴돌았다.

전라 물길 구례에서, 경상 물길 화계, 이 경계 지역에서 서로 만나 얼싸안음을 연상했고, 조선 시대 교통수단으로 물물 교환했다는 화개장터의 분주함도 떠오르며, 봄이면 벚꽃 십 리 길에 꽃비 내린 진풍경도 뇌리를 스쳤다.

남해 대교는 경남 남해군 설천면 노량리와 하동군 금남면을 잇는 다리로 한국 최초의 현수교로 길이 660m, 너비 12m, 높이 52m로, 1968년 5월에 착공하여 1973년 6월 22일에 준공되었다고 했다.

남해도가 육지와 연결되어서 한려 해상국립공원 지역과 남해도 전체의 개발에 이바지했단다.

남해도량해협은 통영 여수를 잇는 해상교통의 요지이며, 이 충무공의 전적지인 동시에 전사한 곳으로 충무공을 추모하는 충렬사가 있는 곳이라 했다.

죽방의 남해 앞바다에서 멸치 잡는 곳을 볼 수 있었다. 수심이 얕은 곳에서 대부분 멸치를 잡는데, 그물을 두른 말뚝들은 V자 모양으로 넓은 쪽이 육지를 향해 설치되어 물이 들어올 때 멸치들도 물에 휩쓸려 따라 들어오고 물이 바다로 빠져 나갈 때 갇혀 있는 멸치를 잡도록 설치되어 있었다. 여기서 잡는 멸치는 죽방멸치라 하여 최상품이란다.

1973년 남해대교가 개통된 지 30년 후에 창선 삼천포 대교가 개통되었다고 했다.

이 대교가 이어 주는 5개의 섬은 학섬, 모개섬, 초양섬, 늑도, 창선도를 잇는 5개의 교량이 연결되어 있었다. 1995년 2월에 착공하여 2003년 4월 28일 성웅 이충무공의 탄신일을 기하여 개통했단다.

이 대교는 길이 3.4km로 4개의 섬을 연결하는 5개의 교량으로 전국에서 유일하게 해상국도 3호로 지정되었다며, 전체 공사비가 1,830억원으로 한국 최초로 섬과 섬을 연결하는 교량인데, 교량 자체가 국제적인 관광지로 세계에서 보기 드문 관광명소가 될 거라고 했다.

삼천포 사천 케이블카 몇 대가 공중에 떠서 바다 위를 왔다 갔다 돌고 있었으나 우리는 시간이 여의치 않아 타지 않고, 금강산도 식후경이라 했던가, 케이블카를 보기만 하면서 푸짐하게 준비해 온 많은 음식을 중식으로 원 없이 즐겼다.

오후에는 예담촌 한옥마을을 돌아보았다. 한옥 가옥들은 기와집으로 건물들이 높고 땅이 넓어 여유롭게 사는 부촌의 느낌을 주었다.

마당 앞뒤 담 곁엔 무성한 감나무에 주렁주렁 감이 빨갛게 달려 있어 하늘의 꽃으로 시야에 들어왔다. 좋은 것 상처 없는 감만 골라 곶감을 깎으며 상처가 난 것은 아예 깎지 않는다고 한다.

경남 남해 금산 보리암을 향했다. 높다란 위치에 있었다.

2015년 1월 15일 경상남도의 유형문화재 74호로 지정되었단다. 원효대사가 서기 683년에 창건한 사찰인데 창건 당시는 보광사라고 했으나, 조선 왕조를 세운 태조 이성계가 기도 중 보광산의 이름을 고쳐서 금산(錦山: 비단을 입힌 산)으로 깨달음을 이룰 수 있다 하여 보리암이라고 부르게 되었단다.

낭떠러지 길가를 걸어가는데 '이성계가 기도했던 곳'이라고 씌여 있고 화살표로 위치 방향을 가리키고 있었으나 그곳은 가보지 못했다.

높은 바위산의 절경도 아래 낭떠러지의 나무들도 아름다워 폰에 담기도 했다.

우리 일행은 덕천 서원으로 향했다. 덕천 서원은 1576년에 창건되었는데, 경상남도 유형문화제 제89호로 지정되어 조식(曺植)의 위패를 모신 곳으로, 그의 수모사 성현병풍 외 문집이 약간 있었다. 조식의 학문과 덕행을 추모하기 위해 건축했단다.

조선 중기 이황과 함께 영남유학의 지도자였던 학자로 1548년 여러 벼슬에 임명됐지만 모두 사퇴하고 오로지 청렴결백을 지켜 학문에만 전념했단다. 이로 인해 명성이 날로 높아져 많은 제자들이 모여들고 정인홍, 하항 등 학자들이 찾아와 학문을 배웠단다.

61세 되던 해 지리산 기슭에 산천재를 세우고 죽을 때까지 그곳에 머물며 강학에 힘썼다고 했다.

오는 길에 차 안에서 노래방이 가동되었다. 문광진 선생이 시

한 수를 낭송하고 노래를 부름으로 막이 열렸다. 모두 한 곡씩 장기자랑을 했다. 노래 부르는 실력들은 어느 가수 못지않게 대단했다.

흥겨운 시간이 끝난 후 뒤에 앉았던 우아한 총무님이 낭랑한 예쁜 음성으로 말했다.

"여러분들이 부른 노래를 몇 분의 심사위원들의 종합 점수로, 대상 한 사람만 뽑겠습니다. 상품은 교수님의 작품 한 점입니다."

사전에 이렇다 할 아무런 예고도 없이 극적으로 이뤄졌다.

'모두가 다 잘들 발휘했는데, 누구를 뽑을까? 갑자기 재미있는 일이네….'

초조히 앉아 있는데, 총무님의 카랑카랑한 맑은 소리가 크게 울려 귓전에 멈췄다.

"대상에 취원(翠園) 유양업입니다."

나는 생각 밖이라 어리둥절했고, 선생님의 그림을 받게 된다는 기대에 마음이 뿌듯했다.

다음 공부 시간에 회원들의 박수를 받으며 교수님의 작품을 상으로 받아 조심스레 펴 보았다.

예쁜 족자에 사랑으로 정성 담아 그린 해바라기 여섯 송이가 방글방글 웃으며 나를 반겨 주었고, 바탕에 곁들인 연보라빛 나팔꽃 다섯 송이도 다소곳이 나를 맞아주었다.

나는 한국화 공모전에서 입선, 특선을 몇 차례 받아 보았으나 이것 또한 차원 다른 기쁨이었다.

웃음 꽃 노란 햇살
해맑은 사연 자락

설렌 맘 가득 피워

싱그럼 더해 주고

따스한 스승의 손길
맘 언저리 휘돈다.

- 졸시조 〈해바라기〉 전문

[제18회 전국 순천시미술대전 특선] 유양업 作

친구의 친절

바람결에 나뭇잎 굴러간 소리가 아침 일찍 일상을 깨웠다. 컴퓨터 앞에 앉았다.

독일의 어느 시골에 두 젊은이가 화가가 되고 싶은 꿈을 가지고 있었다. 그들은 생활이 어려워서 그림 공부를 계속할 수가 없었다.

한 친구가 자기의 뜻을 말했다.

"네가 먼저 공부를 하면 내가 일을 해서 학비를 댈게. 네가 화가로 성공한 뒤 내가 공부할 수 있도록 학비를 대 줘."

말을 듣고 있던 친구는 동의했고 그렇게 하기로 둘은 굳게 약속을 했다.

시간이 흘러 친구의 도움으로 그림 공부를 마치고 화가가 된 친구가 졸업장을 손에 들고 일하고 있는 친구에게 달려갔다.

영업 시간이 끝나서인지 식당 불은 꺼져 있고 구석에서 기도하는 친구의 목소리가 들렸다.

"하나님, 제 친구가 그림 공부를 마치고 화가가 되었습니다. 그런데 저는 오랫동안 식당에서 일을 하다 보니 손이 굳어져 그림을 그릴 수가 없습니다. 제 친구가 화가가 된 것으로 만족합니다. 앞으로 그 친구가 제 몫까지 그림을 그려 훌륭한 화가가 되는 것이 제 바람입니다. 제가 늘 그 친구를 위해 기도할 수 있게 해주시기를 기도합니다."

이 장면을 지켜본 친구 화가는 자신을 희생하면서까지 친구를 위하는 마음에 감동을 받았고 울퉁불퉁 거칠어진 친구의 손이 눈에 환히 들어왔다.

그 손이 한없이 아름다워 화폭에 담았는데, 그 그림이 바로 독일의 유명한 화가인 알브레히트 뒤러의 〈기도하는 손〉이었다. 뒤러는 자신을 위해 희생한 친구의 손, 기도하는 친구의 손을 그린 것이다.

나도 이와 비슷한 고운 마음을 가진 친구가 있다.

서울에서 살고 있는 초등학교 동기로 고향 친구 선봉덕이다.

어느 날 사랑하는 친구에게 나의 두 번째로 출간된 수필집 〈바람 따라 구름 따라 별빛 따라〉를 선물로 우편을 통해 보냈다

며칠 후 친구에게서 전화가 왔다.

"책 받고 무척 기뻤어, 축하해, 서울에 있는 고향 친구들에게 나누어 주고 싶은데 너의 수필집 30권을 택배로 보내주면 어떻겠니? 그리고 계좌 번호도 알려줘."

"아니, 계좌 번호는 무슨 계좌 번호니, 책은 그냥 선물로 보낼게. 잘 나눠 줘."

"아니야, 계좌 번호 지금 알려 줘야 해."

"아니라니까, 그러지 마."

친구는 계속 다그쳐 졸랐다. 그 재촉과 성화에 이기지 못해 계좌 번호를 불러주었다. 다음 날 70만 원을 송금해 왔다.

나로서는 전혀 기대 밖의 일이어서 놀랐다. 너무 무리하지는 않았는지, 한편 미안하기도 하고 관심과 배려와 따스한 사랑이 감동으로 스며들었다. 갑자기 친구가 크게 보였다.

사실 우리는 선교사 은퇴 후 한 푼이라도 아끼면서 알뜰히 살아가야 하는 형편이어서 책을 발간한다는 것이 그리 쉬운 일이 아니었다.

이런 와중에도 감사할 일들이 많은 중에, 작품들을 교계 신문에 주 1회 수필이나 시, 시조 등을 기고했다. 문인으로 유명한 사람도 아니고 연조도 짧은 이력으로 분에 넘친 일이었다.

이 작품들을 한곳으로 모으기 위하여 시집도 냈고 수필집 시조화집도 출간하게 되었다. 처음으로 집필한 수필집 '바람 따라 구름 따라 별빛 따라'를 자비 부담으로 출판한다는 것은 무리였는데 친구의 배려와 도움으로 출판 비용 일부에 보탬이 되어 무척 고마웠다.

나중에 시조화집 '지금도 기다릴까'가 출간되어 이 사랑에 보답할 겸 선물로 3권을 보냈다.

안양에 있는 조카에게도 몇 권을 가지고 갔다.

조카(유젬마 유승희)들은 〈칸타빌레 피아노 학원〉을 운영하고 있었는데 문하생들을 위한 향상음악회 발표 연주를 하는 순서에 나에게 특송을 부탁해서 연주장으로 곧장 갔다.

고사리손으로 건반을 두드리는 크고 작은 손가락 물결들은 리듬을 타고 아름답게 울렸다. 내 차례가 되어 한국 가곡과 이태리 가곡을 부르고 나와 자리에 앉은 찰나였다.

진동으로 전환해 둔 핸드폰에서 드륵드륵 소리가 울려 살며시 보니 친구 이름이었다. 핸드폰을 감싸들고 까치발로 소리를 죽이며 밖으로 뛰어나갔다.

"나 친구 봉덕이야, 오늘 은행에서 30만원 보냈으니 적지만 출판비에 보태 써. 그림과 시조가 잘 어울린 시조화집 참 예쁘네, 마음만 조금 보냈으니 조금도 부담 갖지 마."

부담 갖지 말라고 하지만 솔직히 나는 부담이 되었다.

"지난번도 사랑의 빚만 졌는데, 왜 또 보냈어, 내 참, 어찌할 바를 모르겠네……."

친구의 배려가 고맙기도 했지만 편한 마음은 아니었다. 선교 생활은 모두가 나누고 베푸는 삶이기에 여기에 익숙해서일까……. 받는 것보다 주는 것이 즐겁고 행복했다.

러시아에서 선교 사역은 모두가 주고 베푸는 삶이었다. 추운 겨울에도 콧등 빨갛게 바람 헤치고 한 주에 3~4회 매번 식품을 사와 식사 준비하여 나누는 즐거운 일들이었다.

어느 날 문 두드리는 소리에 나가보니 오른쪽 눈을 하얀 안대로 덮고, 왼손에는 보따리를 들고, 갈색 털모자를 비스듬히 쓰고, 보라색 두터운 오바를 입은 이리나 할머니가 힘없이 서 있었다.

"어서 들어오세요. 눈은 왜 안대를 했어요?"

"눈 수술을 하고 입원했다가 오늘 퇴원을 했어요. 집에는 가기 싫고 바우만스카야 가까운 곳에 여 조카가 사는데 그곳으로 갈까 하다 사모님 집으로 오는 것이 더 마음이 편할 것 같아 이렇게 염치 불구하고 이리로 왔네요. 죄송해요."

"무슨, 죄송하긴요, 참 잘 오셨어요. 요즘 못 봬서 매우 궁금했는데 눈 수술을 하셨군요."

"이 방에서 우리 집이다 하고 맘 푹 놓고 평안히 쉬세요."

방 정리를 해주고, 간식을 드린 후 곧바로 마켓에 가서 필요한 식품들을 사왔다. 소꼬리와 양지머리 고기를 솥에 넣고 푹 고았다.

친정엄마 간호하는 마음으로, 음식도 정성 다해 빨리 회복되기만을 바라며 섬겼다.

"사모님 이렇게 따뜻하게 잘해 주시고…. 미안해서 어떻게 해요?"

"염려 마시고 평안한 마음으로 계세요. 그래도 조카 집으로 가지 않고 우리 집을 찾아오셔서 나는 더 고마웠어요. 조금도 부담 갖지 마시고 동생 집이다 생각하고 맘 편하게 계세요. 그래야 빨리 회복됩니다.

이리나 할머니는 우리가 선교사로 러시아 모스크바 장로회 신학대학교에 갔을 때 그분은 고려인으로 한국말 통역을 도우며 학교 직원으로 일하게 되어 알게 된 분이다.

인정 많고 착한 성품으로 부지런하며, 근검절약하고 자기주장이 강한 분이었다. 두 살 때 어머니를 잃고 올케의 도움으로 자라서 결혼도 했으나 헤어지고 자녀도 없이 홀로 살았다.

왜소한 체구에 키도 작지만 당찬 분으로 모스크바 대학교 약대를 졸업한 멋쟁이 할머니였다.

이리나 할머니는 우리 집에 있는 동안 병원도 다녔고 눈도 좋아지고 기력도 회복되었다. 자기 집으로 간다고 했으나 연약한 노인분이어서 더 있기를 강권했다.

40일이 되는 날에는 아예 짐을 챙기고 떠날 준비를 하고 방에서 나왔다.

"사모님, 고마웠수다. 은혜 꼭 갚으겠수다."

"별말씀을요, 또 오세요."

우린 눈물로 서로 손을 잡고 작별 인사를 했다.

이리나 할머니가 기쁜 마음으로 떠나는 모습을 보면서 뿌듯했던 마음은 지금도 잊을 수 없다. 받는 것보다 베풀며 주는 기쁨이 더 컸다.

받고 보면 어딘지 부담이 되고 베풀고 나면 그 기쁨은 자기만 느끼는 충만한 즐거움이었다.

선교사 은퇴 후 지금은 정해진 범위에서 생활해야 하니 마음은 원하지만 나누지 못함이 안타깝다. 성경에도 주는 자가 복이 있다는 말씀이 실감이 날 때가 많다.

친구의 남편이 지병으로 세상을 떠났다는 소식을 접했다.

나는 친구에게 전화를 걸었다.

"마음 많이 아프지, 뭐라고 위로의 말을 해야 할지 모르겠네, 인생은 한번 왔다 가는 것이 정한 철칙이고, 먼저 가고 나중 가는 것뿐인데, 어쩌겠나, 이미 당한 일, 큰일 당하면 크게 생각하고, 너의 건강 위해 안정을 취하도록 해, 언제 한번 만나자."

서로 눈물로 대화를 나누고 전화를 끊었다.

어쩐지 내 일 같아서 마음이 아프고 충격이 컸다. 마음을 안정시키려 했으나 슬픈 눈물은 가시지 않았다.

그 후 남편과 서울에 방문하여 위로 겸 인사라도 하려고 친구를 저녁식사에 친구 집 가까운 식당으로 초대했다.

오랜만에 만난 친구의 모습은 슬픈 기색이 가시지 않았다. 우아하고 아름답던 모습은 사라지고 수척한 얼굴에 슬픈 그늘이 아직도 서려 있었다. 친구는 식사도 많이 하지 않았다.

이런저런 얘기를 나누며 식사를 마친 후에 식사비를 계산하려고 곁에 두었던 계산서와 카드를 들고 계산대에 가서 내밀었다. 아가씨는 웃으며 말했다.

"친구 분이 이미 지불했어요."

"네, 계산서가 내게 있는데, 언제요?

나는 당황했다. 모처럼 위로의 대접을 하려 했는데 이럴 수가, 그럴 수 없노라고 취소하도록 강권했으나 소용없는 일이었다. 위문이 도리어 폐문이 된 셈이었다.

우리는 헤어지기 직전 준비해 간 위로금을 전달했다. 친구는 받지 않았다. 서로가 주거니 사양하거니 실랑이를 하다 결국 받은 걸로 하자 하며 받았다. 하지만 친구는 받은 즉시 다시 내 가방 호주머니에 구겨 넣고 떠났다.

헤어져 떠나는 친구의 뒷모습은 어딘지 쓸쓸해 보였으나 마음의 후광은 더욱더 유난히 밝은 분홍빛으로 환해 보였다.

각박한 세상에 기도하는 손처럼 인정 많은 친구처럼 아름다운 마음들이 모여 밝은 세상을 이룩했으면 싶다.

남편과 사별하고 외롭고 허전하게 살아가게 될 친구에게 신의 은총과 사랑과 돌보심이 항상 함께하길 기원하며 두 손을 모았다.

[제5회 전국 섬진강 미술대전 입선] 유양업 作

표지화 등재

책을 몇 권 출간하고 다수의 문학상도 받고 보니 주변 분들은 내가 글 쓰는데 특별한 재능이 있다고들 말한다. 그러나 글 한 편 쓰기 위해 끙끙거리며 애쓰는 것을 가장 가까이서 보고 있는 남편은 나의 특별한 소질이 글 쓰는 데보다는 그림 그리는 데 있다고 말했다.

그도 그럴 것이 그림 그리는 것이 어떠냐고 묻기에 나의 이런 대답이었다.

"나는 그림을 그리고 있으면 시간 가는 줄 모르고 재미가 있어요."

그 말을 들었던 남편은 나의 소질과 재능이 글 쓰는 데보다는 그림 그리는 데 있다고 생각한 것 같다.

사실 한국화로 하늘의 구름과 강과 바다, 나뭇가지들을 그리고 있으면 자연과 호흡하는 자유로운 분위기와 화판의 그림이 채워져 가고 완성 단계에 이르면 거기에 도취되어 되려 생기가 살아난다.

그런데 요즈음 코로나 확산으로 내가 평소에 다니던 그림 동아리에 못 나가는 형편이지만 몇 년간 규칙적으로 꾸준히 그림 동아리에 나가서 그렸던 그림이 꽤나 모아졌다. 친지들에게 선물도 주었고 출품도 해서 여러 개의 상도 받았다.

대한민국 남농 미술대전 입선 2회 특선 1회, 전국 섬진강대전 입선 3회 특선 1회, 전국 춘향미술대전 특선, 전국 순천시미술대전 특선, 대한민국 힐링 미술대전 특선, 대한민국 한국화 대전 특선 2회, 한국 미술협회 광주광역시전 입선 2회 특선 2회, 안중근 의사 하얼빈의거 제111주년기념 국회 유명작가 초청전 서울시 의장상, 단체전 금상, 함평 나비대전 초대전, 우표대전 금상, 온라인전 금상, 2021 제21회 올해의 작가 100인 초대전, 미. 한국전 참전용사 기념전, 단체전 10회, 한국미술진흥원 개인전 2회 등이었다.

그러나 특별히 내게 기쁨과 보람을 주었던 것은 한국문화해외교류협회 정기 간행물인 〈해외문화〉 2020년 제23·24 합본호에 나의 그림이 표지화로 등재된 일이다.

그림은 남해를 여행하면서 바다 가운데 섬들과 나루터와 물결 사이에 출렁이는 배들이 담겨진 평화로운 어촌 풍경을 그린 그림이었다.

책 편집자는 이 그림을 사용해도 되느냐고 물어 왔을 때 나는 쾌히 허락했다. 표지화의 내 그림이 여러 사람들과 함께 감상할 수 있도록 공유된 것이 내게는 보람이었다.

이 그림은 30호로 대한민국 한국화 특장전에서 특선을 받은 그림으로 제목이 '가을 정취'였다. 화순에 새로 이사한 가정에 선물로 드렸더니 무척 기뻐했다.

대전통기타동호회 회장 송일석 시집 '일송 그의 삶, 그리고 시'의 시집에 나의 그림 여섯 작품을 시의 내용에 맞추어 삽화로 사용했다.

송 시인이 무척 기뻐함을 볼 때 나 역시 정성 들여 그린 그림을 통해 타인에게 조금이라도 기쁨을 주었다면 그것으로 만족했다.

약사이며 작가인 한국문화해외교류협회 한진호 운영위원장은 제1시집 '몽돌의 노래'를 출간했는데, 최근에 '다시 몽돌의 노래'란 제2시집을 출간하면서 나의 그림 '몽돌 해수욕장'을 표지화로 사용했다. 절절히 고마움을 표시해 왔다.

이 그림은 하늘과 수평선이 맞닿은 넓은 바닷가에 크고 작은 돌들이 파도에 씻기고 깎인 신비한 천연물로, 가지각색 동그랗게 생긴 예쁜 몽돌들이 해변 주변에 깔려 있다. 해변의 모래사장에 삼원색 파라솔들 펼쳐진 그늘 아래 오순도순 정담을 나누는 평온한 해수욕장 장면의 그림이다. 해변에서 나온 몽돌들이 시집의 제목과 잘 어울린 그림 같아 마음도 흐뭇했다.

대전 정기 간행물인 '대전중구문학' 2021년 통권 제18호 여름호에 나의 '등대' 그림이 표지화로 사용되었다.

이 그림은 여름철에 수목이 파랗게 우거진 절벽 건너편에 조그만 마을을 두고 바다 쪽으로 뱃길을 밝혀주는 빨간 등대가 외롭게 우뚝 솟아 있는 여름날의 포구와 등대 그림이다.

문학 작품이 사람들의 외로움을 위로하고 어두운 삶을 밝혀주는 등대 역할도 하듯이, 나의 그림 '등대'가 책의 표지화로 사용됨에 따라 내 시조화집에 수록되어 있는 詩 '등대'가 생각났다.

바다향 품고 서서 똑딱선 기다리며
초롱불 밝혀 놓고 어둔 밤 뱃길 열어
외로움 부둥켜안고 수호하네 혼자서

여명의 햇살 받아 목마름 축이면서
노을빛 고운 미소 꽃구름 눈 맞추어

파도와 사연 나누며 갈매기 벗하네

햇빛은 바람으로 외로움 토닥이며
찰싹인 파도 소리 진솔한 꿈 펼쳐서
옛 추억 치솟는 설렘 홀로 지샌 생명빛.

- 졸시조 〈등대〉 전문

나는 요즘 문학과 미술이 같은 예술 분야이지만 문학과 미술의 특성을 생각해 보며 또한 문학과 미술의 관계는 어떤 것이어야 할까. 문학과 미술은 서로 상부상조로 조응하며 조화롭게 공존할 수 있는가. 그 영향력은 어느 것이 더 크며 지속적일까를 숙고해 본다.

2019 국제 가이아 포럼

대명절 설날 연휴 다음날 2020년 1월 28일 쌀쌀한 새벽 6시, 구정을 맞아 집에 다니러 왔던 딸 은영 목사가 콜택시를 불렀다.

간단한 옷차림으로 남편과 딸 우리 세 사람은 함께 시상식에 참석하기 위해 집을 나섰다.

광주종합터미널에서 딸이 꽃다발을 사려는 것을 취소시키고, 7시 25분 버스를 타고 서울 강남터미널에서 내려 전철 9호선을 탔다.

여의도를 지나 국회의사당역에서 내려 6번 출구로 나가니 바로 뒤쪽에 국회의사당 건물이 있었다.

출입구에 젊은 경찰들이 연두색 상의를 입고 입구에 서서 들어오는 사람들을 감시했다. 우리가 안으로 들어가려고 하니 우리 앞으로 그들은 다가와 친절하게 말했다.

"죄송합니다만, 무슨 일로 오시지요?"

"저, 국회헌정기념관에서 시상식이 있어 왔는데요."

"아, 그러세요, 신분증들을 좀 보여주시겠어요?"

나는 운전면허증을 핸드폰에서 꺼내어 제시했고 남편도 딸도 주민등록증을 보여주니 통과시켜 주었다.

"국회헌정기념관은 저쪽입니다."

오른쪽 하얀 건물을 가리키며 장소도 친절하게 가르쳐 주었다.

사실은 2019년 12월 26일(목) 16:00 국회의원회관 제2소회의실에서 거행하기로 되어 있었는데, 매스컴을 통해서 알고 있는 각종 현안 문제가 발생하여 국회 출입 통제가 전면적으로 실시되고 있는 상황이었다.

특히 시상식 날인 12월 26일에는 국회 표결 문제로 국회 앞 혼잡이 예상된다며 2020년 1월 28일(화) 오후 2시 국회헌정기념관 대강당으로 일시와 장소가 변경되어 연기됨을 알려준 날이 오늘이었다.

국회헌정기념관 쪽으로 가는 길에 서울에 거주하며 포시런 문학반에 속한 김부배 시인도 시상식에 참여하기 위해 오고 있어 반갑게 만났다. 우리는 함께 대강당 2층으로 올라갔다.

머리를 길러 내린 아가씨로 보인 예쁜 안내원 두 사람이 데스크 앞에 앉아 손님들을 맞이하고 있었다.

이름이 써 내려 있는 방명록을 가리키며 말했다.

"여기에 사인을 해주시겠어요?"

방명록에 이름을 썼다. 옆에 있는 안내원이 이름을 보고 내 이름표를 찾아 가슴 쪽에 달아주면서 상냥한 어조로 말했다.

"식장 안으로 들어가 앞쪽에 앉으세요."

김부배 시인과 식장 안으로 들어가서 나란히 앉았다. 이미 많은 사람들이 와서 자리에 앉아 있고 사진도 찍으며 삼삼오오 얘기들을 하고 있었다. 앞 정면 벽에는 청색 바탕에 자색의 동그란 마크와 하얀 색깔의 큰 글자로 씌여 있는 현수막이 가로로 넓게 부착되어 있었다

〈2019 국제 가이아 포럼〉

아래에는 작은 글씨로 장소, 일시, 주최, 주관이 또박또박 씌어 있었다.

일시: 2019. 12. 26 (목) 16:00-18:00
장소: 국회의원회관 제2소회의실
주최, 주관: 국회의원 이석현/내외매일뉴스. 내외매일신문. 내외환경뉴스. 국제환경방송

이러한 현수막을 보고 오늘 날짜와 달라서 의아하게 생각했는데, 날짜 변경 전에 준비했던 것을 그대로 사용했음을 알 수 있었다. 일시와 장소가 달라서 다시 만들 수도 있었을 텐데 경비 절약임이 느껴져 오히려 의미 있게 보였고, 강당 왼편에 태극기도 놓여 있었다.

시간이 되어 테이블을 앞에 둔 젊은 남녀가 나란히 서서 사회를 보았는데 여는 무대로 한복 패션의 등장을 여성 사회자가 카랑카랑한 음성으로 말할 때 무대에 대기하고 있던 모델들이 각가지 화려한 의상을 입고 각자의 맵시를 발휘했다.

우리나라 한복이 참 아름답게 느껴졌다. 국민의례 의식을 진행하고, 기수단은 4개의 국기를 들고 입장했다.

월드그린 환경연합중앙회 박광영 총재가 황금색 한복 두루마기를 환하게 입고 국기들을 하나씩 받아 오른쪽 단위에 줄줄이 꽂았다.

내빈소개 후 이상혁 교수와 정성수 교수의 심사평, 축사, 격려사, 환영사, 인사말 이런 순서로 1부 행사가 끝남과 동시에 앞의 현수막이 위로부터 슬슬 내려와 '제12회 대한민국 환경봉사대상'으

로 바뀌어 새로운 분위기가 되었다.

이 행사 주최는 내외매일뉴스, 내외환경뉴스 신문사와 이석현 국회의원이 공동 주최하여 NGO 단체인 월드그린환경연합. 국제 가이아클럽이 주관해 그동안 지속적으로 진행해 온 국제환경포럼 이며 이와 함께 '대한민국 환경봉사대상'과 '국제 가이아봉사대상' 의 시상식으로 올해 12회째를 맞는 행사였다.

대한민국 국회 정부 시상에서는 중소벤처기업부 장관상, 서울 특별시장상, 한국 환경공단 이사장상, 국회외교통일위원장상, 서 울특별시의회 의장상 등이 있었다.

제12회 대한민국 환경 · 봉사대상 및 국제 가이아봉사대상에 서는 조직위원장상으로 정치, 종교, 국제, 교육, 경찰, 공무원, 사 회, 지방자치 행정, 의정, NGO, 친환경기업 봉사상 등이 있었다.

2019 국제 가이아 봉사대상은 그동안 지구온난화에 따른 환경 보전 확산과 에너지 절약, 또한 아름다운 사회를 위해 지구촌 나라 별 각계각처에서 앞장서서 나눔, 봉사활동을 해온 개인, 기업, 단 체, 정부 관계자와 지도자 등을 발굴하여 선정된 국제 환경 봉사대 상 수상자들로 중국, 필리핀, 바레인, 튀니지, 오스트리아, 몽골 등 각 나라에서 존경받는 분들의 그 노고를 치하하기 위해 대한민국 NGO단체가 상을 주도하고 그분들을 격려하는 상이었다.

특별히 각 부문별 문화봉사대상에서 문학대상 부문에 속한 '환 경. 효'의 상으로 19명 중 우리 한실문예 창작반에 속한 4명도 수 상의 반열에 들었다,

대한민국 문학 환경 대상에서 시조 부문 대상 김부배, 최우수상 유양업, 시 부문 최우수상 김영자, 대한민국 문학 효 대상에서 시 부문 대상 이수진, 수필 부문 최우수상 현부덕 수필가였다.

이런 영예의 결과는 여기까지 인도해 주신 한실문예창작 지도

교수 박덕은 박사님의 가르침 덕분으로 감사한 마음이었다. 내가 상장을 받을 때 현부덕 수필가가 예쁜 꽃다발도 한아름 안겨주어 감사한 마음 또한 뿌듯했다.

시상식은 지구촌이 지구온난화에 따른 기후변화로 각종 재앙과 환경오염과 자연 파괴로 신종 코로나 바이러스로 사망은 물론 세계가 생존의 위협을 느끼며 미세먼지가 사회문제의 이슈로 대두되고 있는 이때 행해지는 수상이라 매우 큰 의미가 있었다.

대한민국 국내를 넘어 '국제 가이아봉사대상'으로 해외의 훌륭한 분들에게 상을 주는 것도 인상적이었다.

이제는 쾌적한 삶을 위한 민간 차원의 환경보호 운동이 절실히 요구됨도 다시 인식하게 되었다.

노인정 방문

앞치마와 고무장갑을 챙겨 가방 속에 주섬주섬 담아 넣고 일 기예보에 눈이 온다 하여 창밖을 내다보았다. 다행히 눈은 내리 지 않았다.

지난날(2018년 2월 18일) 아침 9시 30분 영하 4도 추운 날씨에 모 자가 달린 진달래 색깔의 두툼한 파카를 입고 약속 장소인 광주 남 구 사직공원 입구에 자리 잡은 예능 교회(박종민 담임 목사)로 갔다. 함께 가기로 약속했던 몇 분들도 이미 와 있었다.

사랑이 많고 순수한 온정으로 이웃을 헌신적으로 보살피고 돕 는 이신실 사모, 말없이 따스하게 교인들을 보살피며 열심히 봉사 하는 이연재 권사, 항상 예쁜 크로마하프 선생으로 찬양 인도와 특 송 잘 하는 이미숙 권사, 착하디착한 학교 수학 선생으로 남을 돕 고 봉사하기 좋아한 채순향 집사, 우리 모두는 함께 만나 즐거운 미소로 아침 인사를 서로 나누었다.

예능 교회에서 정성스럽게 준비한 김치, 맛살로 만든 산적 전, 음식들을 교회 자동차에 실었다. 예능 교회는 이번만이 아닌, '주 는 사랑'으로 청소년 문화 카페, 청소년 무료 예능 수업, 청소년 나눔 센터, 청소년 상담 센터, 가출 청소년 쉼터 등 위기의 청소년들을 보호하고 선도하는 일들을 했으며, 소외계층과 독거노인들을 위해 김치 나눔도 5개구 지부의 '나눔이' 목사님들과 함께 매월 1차례 300세대에 8년을 베풀며 지금까지 섬겨오고 있다.

우리 일행은 이신실 사모의 운전으로 교회를 떠나 도심에 있는 노인 복지관으로 향했다. 이웃을 돕고 봉사하겠다는 뿌듯한 마음으로 가슴속에 설렘 붙들어 안고 30여 분 걸려서 각하동 말바우 시장 위쪽에 있는 노인정에 도착했다.

도심 가운데 아담하게 자리한 노인정 주위에 화단의 꽃들은 마른 잎으로 바람에 한들거렸고 오른쪽 건너편엔 예쁜 정자도 보였다.

준비해 간 음식을 하나씩 들고 건물 바로 옆 취사할 수 있는 장소로 갔다. 굵직한 나무기둥들이 띄엄띄엄 사각형으로 서 있는 위로 등나무 가지들만 앙상하게 지붕 삼아 얽혀 있었다.

비나 눈이 오면 그대로 흘러내리게 되어 있고 바람도 세차게 불어온 사방이 한대였다. 건물 쪽으로 긴 식탁과 의자가 있는 곳에는 벌써 몇몇 어르신들이 일찍 와서 의자에 앉아 담소를 나누고 있었다.

한쪽에는 대형 가마솥이 우뚝 솟아 거북이등처럼 동그랗게 자리 잡고 있었다. 파란 플라스틱 다라이 안에는 하얀 대접과 접시들이 올록볼록 수북하게 목화꽃처럼 방실거리고 있었다.

50대로 보이는 여자 한 분 도움이도 미리 와서 취사 일을 거들어 주며, 물 끓일 준비를 하고 있었다. 불은 아마 LPG로 연결되었는지 화력이 좋았다.

'예수한국 교회' 장흥섭 목사님이 왔다. 키가 크고 건장한 체격으로 인자한 모습의 목사님은 그곳에서 늘 따뜻한 팥죽을 손수 끓여서 어르신들께 점심을 대접하는 목사님이다. 손에 들고 온 물건들을 급히 내려놓고 웃으며 환한 표정에 입김의 수증기를 바람결에 휘날리며 손에 낀 장갑을 벗으면서 말했다.

"벌써 모두들 오셨네요, 날씨가 이렇게 추운데……."

"목사님, 안녕하세요, 이 추운 날 수고가 많으십니다. 한 번도 아닌 팥죽을 늘 쑤어 어려운 이웃을 섬기니 참 대단하십니다."

목사님은 파란색 체크 목도리를 매만지며 말을 이었다.

"조그마한 일이지만 해야지요. 이렇게 하는 일이 보람이고 늘 하다 보니 이날이 기다려져요, 이 일을 마치고 나면 더욱 힘이 솟고 기쁨이 넘칩니다."

추울 때나 더울 때나 이렇게 섬기고 베푸는 사랑의 마음이 참으로 존경스러워 보였다.

까만 철가마솥에서는 하얀 수증기가 구름이 솟듯 피어오르고 뜨거운 물이 바글바글 거품을 뿜으며, 물 닳은 소리는 푸시시 재촉을 했다.

찬물을 더 솥 안에 넣은 후 팥가루를 넣어가며 저었다. 팥물이 보글보글 끓어오를 때 우리는 면발이 붙지 않게 털어서 솥 안에 넣었다.

목사님은 뭉치지 않게 힘센 두 손으로 뜨거운 김을 마시며 그 많은 양의 죽을 동그라미 그리며 골고루 잘 저었다.

누군가의 카랑카랑한 음성이 귓전에 들려왔다.

"목사님, 소금으로 간을 맞춰야 하지요?"

"네, 그렇지요, 그런데 간은 70도 정도의 온도가 되었을 때 간을 맞추어야 팥죽의 제맛이 납니다, 조금 더 끓은 후 넣지요."

구수한 팥죽 내음이 주위에 진동하여 먹고 싶은 충동으로 군침이 감돌았다.

예능 교회에서 준비해 온 맛살 산적 전의 큰 박스를 우리는 열고 하얀 접시 위에 꽃봉오리처럼 예쁘게 가득 담고 김치와 반찬을 담아 분주하게 상 위에 가져다 놓았다.

이러는 사이 11시 30분쯤에 약 6~70여 명의 독거노인들과 몇 명의 노숙자들과 노인정에 속한 어르신들이 한 사람 한 사람 건너 편 정자와 옆에 줄지어 있는 식탁에 미리 차려 준비해 놓은 상 앞에 앉았다.

목사님은 어느 요리사 못지않게 팥죽 끓이는 솜씨가 몸에 배어 있었다. 큰 국자로 휘젓고 맛을 보더니 이제 다 되었다며 그릇에 담았다. 우리도 함께 그릇에 담고 나르기에 바빴다.

쟁반에 김 오르는 따끈한 죽을 들고 신나서 위쪽에 있는 정자와 가까이 있는 식탁, 이리저리 오르내리며 배달하는 모습은 빨간색, 연분홍색, 진분홍색의 어울림이 나비처럼 보이고 옷들은 바람에 나비 날 듯 나부끼고 함박웃음 머금고 기쁨으로 섬긴 모습들은 천국 잔치가 이럴까, 환희로 가득했다.

어르신들은 죽과 전이 맛있다고 하며 후룩 후룩 국물도 쭉 마시며 더 달라고 하여 죽이 여유로워서 상마다 더 떠다 드리니 고맙다고들 했다. 맛있게 먹는 모습만 보아도 흐뭇했다.

우리도 한 그릇씩 받아 둘러앉았다. 나는 빛깔 예쁜 산적 접시에 눈이 먼저 가서 집어왔다. 구수하고 씹는 맛이 향기롭고 씹을 수록 감칠맛 나는 일미였다. 따뜻한 팥 국물과 쫄깃쫄깃한 면발 역시 입맛을 돋구었다.

성경에 팥죽 한 그릇에 유혹된 애서가 장자권을 야곱에게 팔아버린 죽 맛의 위력이 떠올랐다.

모두들 맛있게 먹었다며 감사 인사들을 하고 떠났다.

그중에 80대로 보이는 왜소한 어떤 할머니는 목사님 곁으로 다가와서 목사님의 허리를 꼭 껴안으며 감사하다는 표시로 어린애마냥 애교를 부리고 갔다.

우리는 열심히 빈 그릇들을 모아 왔다. 고무 다라이에 물을 붓고 세제를 풀어 그릇을 담가 씻고 깨끗한 물에 서너 번 헹궈 내어 물 빠질 소쿠리에 담았다.

이곳저곳 뒤처리 청소를 말끔히 해놓고 돌아온 길은 마냥 뿌듯한 마음에 차가운 바람도 훈훈하기만 했다.

만남의 환희 자락 구름이 휘감아서
하얀빛 둥근 미소 외로움 토닥토닥
흰 숨결 사랑의 향기 시린 가슴 데운다

고운 꿈 손길들은 심연에 둥실 뜨고
베푼 정 맑은 눈빛 온몸에 드리우며
휘돌아 따스한 온정 오순도순 펼친다

온화한 메아리로 이웃을 돌아보며
부푼 맘 얼싸안아 뽀얀 정 엎어 주고
그 흔적 달콤한 손길 가슴속에 심는다.

- 졸시조 〈노인정 방문〉 전문

지구에게 보낸 편지

창문을 열어 신선한 공기로 환기를 하려고 창가로 갔다.

먼 산과 건물들은 안개 낀 것처럼 뿌옇게 보였다.

'오늘도 공기가 좋지 않구나.'

공기 청정도가 잘 표기되어 있는 핸드폰을 열어보았다. 초미세먼지 매우 나쁨, 미세먼지 나쁨으로 나와 있었다. 창문을 열어 신선한 공기로 바꾸려고 했으나 오히려 미세먼지가 들어올 것 같아 문을 열지 못했다.

미세먼지로 인한 일상의 어려움을 공기 청정기나 마스크만으로는 해결하기 어려워서 이제는 이를 피해야 하는 상황에까지 이르게 되었다. 미세먼지를 피해 공기 좋은 나라로 여행을 떠나는 '피미여행'이라는 신조어가 새롭게 등장하기도 했고, 잘 아는 친구 가족도 외국으로 떠나기도 했다.

영국은 기후변화를 기후위기로 바꿔 불러야 한다며, 기후변화 대신 기후위기, 기후붕괴 등으로 용어를 바꾸었다고 한다.

작년(2019)엔 기후 재난으로 세계가 떠들썩했다. 미국 중북부 미네소타주는 기온이 영하 48도로 떨어져서 '결빙진동' 상태로 지진과 같은 흔들림이 느껴졌다. 대학교까지 휴교 상태였고, 항공기 결항은 물론, 사망자도 속출했다.

반면에 호주에서는 최고 기온이 47도까지 치솟아 살인적 폭염을 피해 뱀이 집으로 피신하는 기현상까지 벌어졌다. 가뭄으로 인해 캘리포니아에서는 작은 불에서 화마군단으로 순식간에 번져 피해가 극심했다.

대만에선 홍수로 일 년에 내릴 비의 50%가 하루에 내리는 기현상으로 도시가 마비되었다. 그리고 빙하가 녹아내리고, 북극의 얼음이 녹아서 북극곰이 살 수 없게 되었다.

이러한 비정상이 남의 나라의 일만은 아니었다. 우리나라도 삼한사온(三寒四溫)은 찾아볼 수 없다. 작년(2019)에 광주에서도 늦은 봄 5월 15일에 폭염 경보가 시작되었다.

과학기술의 발달로 전기 발전, 산업 발전, 수많은 공장, 자동차, 건축현장, 컴퓨터와 핸드폰, 발전소 등 우리가 생활하는데 좋은 조건에서 많은 기구들을 사용하여 편리하게 살고 있다. 하지만 제품을 생산해 낼 때는 석유나 석탄을 원료로 쓰게 된다. 그 과정에서 탄소가 나오고, 그것이 지구의 대기를 둘러싸서 태양열이 반사되는 것을 막기 때문에 지구를 뜨겁게 한다. 결과적으로 기후변화, 환경오염, 생태계 파괴, 대기오염과 같은 현대 위협을 가져왔다.

더 많은 에너지는 더 많은 탄소를 태우는 일이고 더 많은 탄소는 더 많은 온난화를 불러일으켜 더 많은 재난으로 돌아왔다. 이런 것들이 생명을 위협하는 인자로 자리 잡게 될 줄이야.

지구는 한계점이 와서 생태계에 극심한 변화를 주고 있다. 살려달라고 이런저런 신호를 보내며 호소하고 외쳤으나 무지한 인간들은 세계 각국에서 눈앞에 보인 이익만을 바라보고 탄소를 마구 쏟아내고 있으니 어이하랴.

이번 코로나19 사태로 공장들이 쉬니 중국과 인도의 하늘이 맑

123

아지고 베니스의 물이 깨끗해지며, 돌고래들이 다시 보이기 시작했다는 것이다.

우리가 사는 인근에도 맑은 공기로 질이 달라졌음을 체험할 수 있었다. 기후의 급격한 변화를 통해 재난 수준의 영향을 받고 있는 시대에 우리는 살고 있고, 우리는 위험으로 이끌려 가고 있다.

온 세계가 에너지원이 청정하게 바뀔 때 기후변화도 미세먼지도 해결될 수 있지 않을까. 청정에너지로 바꿀 수 있는 것은 바로 우리 인간의 책임이다.

우리가 생활하면서 값싸고, 가볍고, 편리하다는 이유로 플라스틱 제품을 마구 쓰고 쉽게 버렸다. 썩지 않는 이런 제품 부유물들이 바다를 통해 세계를 떠돌아, 남한 면적의 16배에 달하는 쓰레기 섬이 태평양 한가운데서 발견되어 우리를 놀라게 했다. 죽은 고래 뱃속에서 40kg에 달하는 플라스틱 쓰레기가 나왔다. 대양의 생물들이 오염으로 죽어가는 상황에서야 각성이 일고 있다.

플라스틱은 주변의 유독물질을 품고 잘게 쪼개져 바다 생물의 몸을 통해 결국은 우리의 식탁으로 올라온다.

이번 코로나19의 엄청난 사태는 전 세계 인류에게 우리 인간이 얼마나 연약한 것을 말해주었으며 또한 감염으로 인해 인간이 위험 가운데 있음을 실감케 했다. 지구가 더 이상 견딜 수 없다는 신음소리를 내고 있는 것이다.

만물이 탄식한다는 성서의 구절을 떠올리게 했다. 개인주의적 집착이 아닌 공동체 및 연대의 삶을 추구해야 한다는 교훈도 내게 주었다.

지구도 사람과 같은 유기체이다. 우리 몸을 아끼고 돌보고 사랑하듯 지구를 사랑하고 자연환경을 가꾸고 생태계를 살리고 보존시켜야한다. 지구를 진정 사랑하는 마음으로 살리는 일에 온 인류가 동참해야 한다.

하얀 꿈 지구 돌아 물무늬 휘감아서
긴 숨결 펼쳐 들고 푸르름 나래 펴고
그 희열 실핏줄까지 새 힘으로 솟는다

헤집고 옮겨 다닌 겹겹의 미세먼지
맑은 곳 오염 뿌려 생물도 탄식하고
대지는 그늘진 아픔 눌러 담고 헤멘다

싱그런 자연 풍광 소중히 보존하고
간절한 마음 담아 생물을 보호하며
하얀 꿈 새 창조질서 보존하리 영원히.

- 졸시조〈지구에게 보낸 편지〉전문

코로나19 관련된 분들께

　사랑하는 형제 자매 여러분, 형체도 없는 코로나19로 얼마나 심신이 고달프고 피곤하신가요.

　불청객으로 침입한 바이러스가 일개 국가에 머물지 않고 세계의 여러 나라를 찾아다니며 주인 행세를 하고 있지요. 많은 사람에게 감염시키고, 생명을 앗아가고, 고통을 뿌리며, 경제적인 어려움도 겪게 하니 얼마나 힘드시나요.

　코로나19의 피해자는 물론 수고하는 의료진, 방역진, 사회 각계각층의 최전선에서 싸우는 힘겨운 노고에 심심한 위로와 고마움을 전합니다.

　여러분들 덕분에 우리 모두는 후방에서 방역 수칙을 지키며 평안하게 지내게 되어 감사를 드립니다.

　집단 감염이 확산되던 2월, 확진자가 하루에 수백여 명씩 발생할 때 얼마나 두렵고 긴장했는지 정신적인 고통과 초조한 마음에 고달픈 숨결이었습니다.

　그러나 정부 방역진의 현명한 지시에 따라 국민들은 불편을 마다하지 않고 방역 수칙을 지키며 사회적 거리 두기를 실행하고 코로나19 감염 위험에 대응하면서 대처했지요.

며칠이면 지나갈 줄 알았던 코로나가 수개월간 휘돌아 발목을 잡고 놓아주지 않네요. 수그러져 진정세로 들어가나 싶더니 또 요즘 고개를 들고 나서는군요. 국외 유입 환자가 끊이지 않고 있고 재확진자도 발생하고 있으니 아직은 긴장의 끈을 늦춰선 안되겠구나 싶습니다.

코로나19 지역거점병원으로 대구 동산병원은 확진자 수가 급증하고 긴박한 상황에서 전쟁터 같았지요. 확진자들과 사투한 수많은 의료진과 방역진 자원 봉사자들의 희생과 헌신은 제 마음에 감동으로 가득했습니다. 체력은 지치고 소진된 상태에서도 개의치 않고 환자들의 회복을 위해 최선을 다해 헌신한 모습이 잊혀지지 않고 선합니다.

세계가 코로나 사태를 겪으면서 외국에서는 우리 대한민국의 시민의식에 경탄했지요. 정부의 리더십과 진단키트도 탁월했고, 사재기 없는 나라, 마스크 양보, 착한 임대료, 착한 소비 등이 언론을 통해 세계로 전해지면서 대한민국의 위상과 품격이 높이 알려졌지요.

의료진과 자원 봉사자들의 헌신, 방역당국의 노고, 성숙한 시민의식이 함께 빚어낸 성과였나 싶습니다. 관계자들 모든 분들께 감사드리며 응원합니다. 누군가가 이런 말을 했어요.

"내 인생의 10%는 나에게 발생한 사건(事件)들이고, 90%는 그 사건에 대해 내가 반응한 행동들이다."

코로나 사태로 인해 126개국에서 우리나라 진단키트와 방역 물품을 요청한 일이라든가, 무절제하게 내뿜는 탄소 억제로 공기가 한결 좋아졌다던가, 자가 격리로 자아 성찰을 했던 일들과 가족끼리 오손도손 사랑을 나누는 대화의 일들은 어느 때도 가져보지 못했던 기쁨이었습니다.

우리에게 요구된 것은 두려움이 아니고 근신과 사랑과 섬기는 일이겠지요.

코로나 사태의 원인은 학자들이 규명할 일이지만 코로나 치료제 백신 개발이 속히 나오리라는 신념과 희망을 가지고 매진하면서, 생활 속 거리 두기 수칙 이행하고 건강 잘 지키며 힘내시기 바랍니다.

저 멀리 우한에서 건너온 바이러스
형체를 감춘 채로 깊숙이 스며들어
온누리 들쑤셔 놓고 목숨까지 뺏는다

감염원 침투될까 서로들 경계하며
접촉도 두려워서 피하며 거리 두고
아픈 맘 실핏줄까지 움츠리게 만든다

활동이 정지되니 일상도 사라지고
집안에 갇혀 있는 외로운 은둔생활
속울음 눌러 담으며 생활 수칙 익힌다

방호복 둘러쓰고 땀 흘려 혼신 쏟는
힘겨운 의료인들 그 희생 몸에 안아
큰 사랑 생명 살리려 정성 쏟아 베푼다

시스템 투명하여 각 나라 홍보되고
노하우 세계 각국 찾아와 배워 가고
뛰어난 한국의 저력 인정받는 선진국.

- 졸시조 〈코로나19〉 전문

노년 생활의 즐거움

늦은 저녁 시간에 카톡으로 보내온 작품 공모전 안내문을 보았다.

'노년의 삶을 보내고 있는 분들의 '희로애락'을 담아낸 작품 공모'란 글귀에 눈과 마음이 모아졌다.

노년이란 단어가 생소하게 느껴졌다.

나도 내 나이를 헤아려보니 이제 제법 노년의 나이다. 나이는 숫자에 불과하다는 말이 있지만, 나는 나이에 대해서는 별로 괘념치 않았던 것 같다.

나이는 나에게서 멀리 떠나 있었던 삶이었을까, 그저 세월 따라 나이는 더해지는 것이기에 별로 관심이 없었던 것일까. 아니면 마음이 청청하니 나이는 생각 밖에서 맴돌아 지냈던 것 같다.

그저 긍정적인 마인드로 주어진 내 삶에 따라, 희로애락을 겪으며 걷다 보니 여기까지 왔구나, 새삼스레 깊이 생각해 보는 계기가 되었다.

노년의 삶을 삶의 그림으로 그려가며 작품 공모의 글을 쓰기 위해 지금 컴퓨터 앞에 앉았다. 키보드에 타이핑을 하려니 눈은 흐려서 글자가 뚜렷하게 보이지 않았다. 백내장 수술 여파로 밝은 빛에 눈이 부셔 순조롭지 않았다. 글자가 잘 보이지 않는 것은 물론, 손도 둔하여 더듬거리기에 바빴다. 이것이 바로 나이 듦의 증거구나! 이제 노년에 이르렀구나! 늙었다는 체험을 실감케 했다.

은퇴 후 예향의 빛고을 광주에 와 살면서 노년을 즐겁게 보내고 있다.

어려서부터 교회생활을 해왔다. 찬송가의 곡들은 노년에 이른 지금까지도 리듬 헤아려 부르며 교회 내외에서 부탁이 오면 독창자로 활동하고 있다. 아름다운 곡들을 접하고 연습하면서 나의 레파토리로 만들면 남이 알 수 없는 희열을 느낀다.

성악에 있어서 하루를 노래하지 않으면 내가 알고, 이틀을 안 하면 이웃이 알고, 사흘을 안 하면 세계가 안다고 한다. 우리 집은 길가 집이어서 마음 놓고 소리 내어 노래를 부를 수 없는 분위기였다. 생각 끝에 합창하는 곳을 찾았다.

다행히 집 가까운 곳에 이용우 지휘자가 지도하는 은파 합창단이 있었다. 나이 많은 여성 실버 합창단으로 단원들이 거의 내 나이와 비슷했다. 도보로 다닐 수 있는 곳이다.

노래하면서 스트레스도 풀고 친교를 나누니 일거양득이었다. 정기 연주회로 해마다 아름다운 가곡들로 연주하니 나름대로 즐거움을 만끽하는 리듬 넘친 생활이다.

30대에 아이들 키우며 취미생활로 문인화 그림과 한문 서예를 4년 동안 대전에서 하다가 남편 직장 따라 서울로 이사하는 바람에 그만 두었다. 오랜 세월이 지났어도 그 미련들이 가슴속에 숨어 있었다.

은퇴 후 마침 걸어서 다닐 수 있는 '양정회(사직도서관)'란 곳을 알았다. 양정회는 한국화를 하는 분들이 송산 박문수 교수님의 지도하에 모이고 있었다.

양정회에 참여하면서 그림 습작 및 출품을 해 오고 있다. 강, 들녘, 산, 구름을 넣어 자연을 그렸다. 작품들이 모아졌고 여러 곳에서 입선과 특선의 기쁨과 영광도 가질 수 있었다.

대한민국 남농미술대전 한국화 입선 2회 특선 1회, 전국 섬진강미술대전 한국화 입선 3회 특선 1회 그 외 10여 회 입상을 했다.

서예반도 그림 그리는 양정회 같은 장소에서 김명숙 선생님이 서예를 가르치고 있었다. 요일이 달라서 등록이 가능했다. 틈나는 대로 붓을 들고 연습했다. 5.18 전국휘호대회에 참여하여 입선 2회, 대한민국 서예 문인화 특장전에서 한글 서예로 입선도 했다.

작품 하려고 오갈 때는 사직 공원을 넘나드는 길이었다. 눈길에 넘어지기도 하고 미끄러져 정강이를 다쳐 오랫동안 치료했다. 그러나 아픔도 아랑곳없이 열심히 다녔기에 보람도 컸다.

아름답고 우아한 지기인 아정님이 자기가 다니는 문학반에서 함께 공부하자는 권유를 받았다. 지도교수 박덕은 박사님의 한실 문예 창작반 탐스런 문학회에 다니게 되었다. 교수님도 인자하시고 훌륭했다.

수줍은 마음으로 일주일에 한 번씩 작품을 썼다. 참여하는 문우님들의 평가를 듣게 되고 최종적인 교수님의 총평과 유익한 교정이 있었다. 그것은 내게 많은 배움의 기회였다.

나는 일을 시작하면 최선을 다하는 성격이어서 매주마다 써 가야 하는 작품에 신경을 쓰게 되었다. 일주일에 한 작품씩 써 간다는 것이 때로 힘겨운 일이었지만 열심히 했다. 한마디라도 코멘트를 받으면 그만큼 작품이 좋아져서 기쁨이었다.

남편은 나를 크리스챤 신문사에 연결해 주어 나의 수필과 시조와 시를 정기적으로 주 1회 기고하게 되었다.

크리스챤 신문이라는 그 성격에 맞도록 글을 써야 했기에 책임감이 무거웠다. 때로는 문학 전문가의 관점에서 볼 때는 미흡한 점도 있었겠지만, 나는 신문에 적합하도록 최선을 다했다.

그동안 써온 시들을 모아 첫 번째 시집으로 〈오늘도 걷는다〉를 출간했다. 난생 처음으로 책을 냈다는 뿌듯함이 마음속에 가득했다.

그 후에 수필집을 내게 되었는데 이미 크리스챤 신문에 실린 글들을 모아 출판하게 되었다. 교수님께 수필집을 낸다고 했을 때 과분한 추천의 글을 써 주셨다.

멋진 수필집 제목인 〈바람 따라 구름 따라 별빛 따라〉로 지어 주었다.

수필의 내용은 한국에서, 유럽에서, 러시아에서, 싱가포르에서, 미국에서의 경험담이었다.

총 46편의 수필들은 나에게도 추억이 되었다. 나의 그림을 곁들인 수필집이어서 더욱 의의가 있었다.

계속 열심히 문학반에 다니면서 썼던 시조들을 묶어 한 권의 시조집으로 출간했다. 〈지금도 기다릴까〉란 제목이었다.

이 제목만 보면 옛날 애인이 지금도 나를 기다릴까라는 것으로 생각되어 흥미와 호기심을 갖는 친구들도 있었다.

사실은 내가 캐나다를 여행하면서 로키 산맥을 오르게 되었을 때 눈을 털다 신발 한 짝이 낭떠러지로 떨어졌다. 안타까운 마음이었으나 그 신 한 짝을 포기할 수밖에 없었다.

그때 일행 중 한 분이 자기에게 여벌의 운동화가 있다면서 내게 선뜻 주었다. 고마웠다. 그분의 따스한 마음 덕분에 어려움을 면했다.

하나님은 시험을 주시되 피할 길을 주신다는 성경 구절을 실감했다. 그 한 짝 신발이 지금도 나를 기다릴까 상상해서 붙인 제목이었다. 내가 그린 그림과 함께 출판된 시조화집을 가족들과 친지들께 나눌 수 있음도 기쁨이었다.

계속 썼던 수필들이 다시 모아져서 책 한 권의 분량이 또 되었다. 자비로 출판해야 할 실정이어서 쉬운 일이 아니었다. 그래서 책 출판을 많이 기다려야 할 형편이었다.

그런데 나중에 들은 얘기로는 두 딸들이 출판비를 내기로 했다는 것이다.

내년에 있을 남편의 팔순을 기리기 위하여 여행이라도 보내드린다고 딸들이 매달 조금씩 모으는 중이었다고 한다. 나도 모르는 사이에 남편이 딸들에게 제안했단다.

"나에 대한 너희들의 성의는 내가 고맙게 받겠다. 내 대신에 너희 엄마 책 내는데 그 돈을 쓰면 어떻겠니?"

"아, 그래요. 그렇게 하셔야지요."

딸들이 쾌히 응해 주어서 예상보다 더 빨리 〈행복한 여정〉이라는 47편의 수필이 실린 수필집이 나오게 되었다.

이번에도 내가 입상한 그림 10여 점이 책 속에 곁들여 있었다. 책 표지 그림 역시 나의 그림이다. 노년의 삶의 궤적을 정리해 놓은 것 같아 기분이 한결 뿌듯했다.

[문학공간] 시, 수필, 시조 3부문에 등단한 후 공모전에도 응모했다.

향촌 문학상 수필 부문과 시조 부문 대상 수상, 2019년 한국문학을 빛낸 문인 100인, 한국 여성 문학대전 시조 부문 최우수상 수상, 국제 지구사랑 작품 공모전 수필 부문 특별상 수상, 전국 여성 문학작품 공모전 시조 부문 최우수상, 시와 창작 수필 부문 대상 수상, 해외 문학상 시 부문 수상, 외 다수 수상들도 보람이었다.

한국문화해외교류협회 호남지회장, 한국문화예술연대 이사, 한빛문학 자문위원, 한실문예창작 회원, 한국문인협회 회원, 광주 문인협회 회원으로 건강 주셔서 활동하고 있음도 감사한 일이다.

유호덕(사람에게 덕을 베풀고), 고종명(천명을 다해 살다 집에서 죽는 것)을 말한다. 세월이 흐르면서 강녕 대신에 '귀'를 유호덕 대신, 자손 번창을 꼽기도 하고, 혹은 강녕의 표본으로 건치(건강한 치아)를 들기도 했다. 나는 이러한 복들 중에 거의 모든 것을 가졌다는 점에서 만족하고 하나님께 감사드린다.

그러나 기독교인으로서 가장 큰 복은 하나님께서 우리에게 요구하는 정의를 행하고, 인애를 사랑하고, 겸손하게 하나님과 함께 행하는 것이다(미가 6:8). 이러한 삶이 잘 이루어질 때 내게 참된 복이 이루어지리라 믿고 늘 자신을 살핀 노년의 생활이 되도록 노력하련다.

365일 쉼 없이 돌아가는 세월이라는 레일 위에 손톱자국이라도 남기려고 내 나름대로 노년의 생활을 이렇게 즐기며 시간들을 선용하고 있다.

대구가 심각 코로나19

    화사한 꽃으로 물들이는 봄, 나는 3개월간 코로나19 사태의 사회적 거리 두기로 인해 집안에 갇혀 살면서 내 자신을 많이 성찰했다.

    나는 노년에 광주에 와서 살면서 은파합창단에 나가서 합창연습을 한다던가, 양정회에 나가 한국화를 그린다던가 한글 서예반에서 붓글씨를 써본다던가, 또는 탐스런 문학반에서 습작을 해 본다던가, 이런 활동이 주 일회씩 있어 바깥출입을 자주 하며 취미생활을 즐겼다.

    요즘은 생활 속 거리 두기로 풀리기는 했으나 여전히 집에서의 생활이니 한편 답답함도 있다. 다행히 코로나19 피해가 광주에는 거의 없어서 마음은 편했다.

    그런데 시누 가족이 살고 있는 대구에는 심각한 상황을 연일 보도를 통해 접하면서 매우 걱정이 되었다.

    대구 시누에게 전화를 걸어 통화를 했다.

    "코로나19 사태로 대구가 심각한데 어떠신가요?"

    시누는 다소 근심에 싸인 힘없는 음성으로 대답을 했다.

"그래요, 집중적인 발생의 장소인 신천지 집단이 우리 집과 가까이 있어서 더 불안하네요. 지금 확진자들이 속출해 심각한 상태라 걱정이 많이 됩니다."

"그렇겠네요, 우리 국민들이 감염되지 않고 모두 건강하게 사는 것이 우리의 소망인데, 이만희 교주의 잘못된 교리에 빠진 수많은 청년들과 사람들이 희생되어 염려됩니다. 목적을 위해서는 수단과 방법을 가리지 않고 거짓말도 서슴지 않는 그들의 행태로 피해도 많고 동선 파악도 안 되니 참……."

"그래도 언니, 광주는 확진자가 거의 없어서 염려가 덜하겠네요."

"네, 염려가 덜 됩니다. 그런데 사위(남성일 교수)가 계명대 의대 대구 동산병원 기획실장으로 있어서 일이 많고 신경이 쓰이겠네요."

"네, 환자들이 넘쳐서 주야로 환자들 돌보느라 집에도 못 온답니다."

"사위인 남 교수가 일하고 있는 동산병원이 코로나 지정병원이 되었다는데, 고생이 많겠어요?"

"네, 고생이 이만저만이 아니랍니다, 신천지 예수교중거장막 신도로 알려진 31번의 확진자로 인해 이곳저곳에서 확진자들이 집단으로 쏟아져 나와 대구의 상황이 위기 상태입니다. 대구시에서는 대구 동산병원에 '코로나19 지역거점병원'이 돼 달라고 요청해서 병원 경영진은 순간 고민했답니다."

"그렇겠네요, 무슨 고민일까요?

"민간 병원으로서 운영 중이었는데, 지역거점병원으로 지정이 되어서 하루 만에 일반 병실을 전부 비우고 통째로 확진자들에게 병실을 내주어야 한대요. 기존 환자들에겐 큰 불편이 따르는 간단치 않은 일이랍니다……."

사실 병원 경영진 마음을 움직인 것은 병원의 정체성이었다.

대구 동산병원 전신은 1899년 미국 선교사들이 세운 대구 제중원(濟衆院)이었다. 선교사들의 기도와 헌신으로 세워진 이 병원은 121년간 대구 시민들과 함께하며 예수그리스도의 사랑을 심어왔다.

멀고 먼 여정을 거쳐 한국까지 찾아온 서양 의료선교사들은 의료 환경이 척박했던 대구에서 사랑의 의술을 펼쳤다.

병원의 이번 결정도 예전 선교사님들의 병원 설립의 목적과 정신을 이어받아, 코로나19 극복을 위해 함께하자는 경영진의 의견에 따라 직원들도 호응하며 마음을 모았다.

병원은 곧바로 대구시로부터 코로나19 지역거점병원으로 지정됐다. 코로나19 확진자 환자만 받기 시작했다. 매일 환자 수가 급증하여 넘쳤고 긴박했던 상태였다. 수많은 의료진과 자원봉사자들이 헌신했다.

대구 동산병원은 지난 3개월간 코로나19의 치료로 전쟁터와 같은 최전선에서 사투했다. 누구도 피할 수 없는 긴급한 상황에서 혼신을 다해 헌신했다.

대구 동산병원은 결핵이나 콜레라가 창궐할 때마다 이를 전담해 막아온 역사도 가지고 있는 병원이다.

대구 동산병원 내 크리스챤 의료진들은 순번을 정하고 매일 아침 모여서 기도회를 가진 후 힘을 얻고 하루를 시작했다. 주일에는 온라인 예배를 먼저 드렸다. 의료진들은 한결같이 환자가 속히 회복되어 가족들과 일상을 누리길 바라는 마음으로 방호복 입고 땀 흘리며 온 정성을 쏟아 치료에 임했다.

기독인 의료진으로 구성된 국제개발 보건의료 비정부기구 글로벌 케어(상임대표 백은성)도 대구 동산병원을 지원했다. 지난 3월부터 두 달간 6차례 중환자 전문의 32명을 파견했다.

글로벌 케어 실행위원인 이승헌 고려대 연신병원 호흡기내과 교수는 보름간 개인 휴가를 내어 대구에서 환자 치료를 도왔다.

간호 장교들도 졸업일을 앞당겨 마치고 현장에서 돕기 위해 대구 병원으로 달려갔던 모습들도 감동이었다.

확진자 70대 할머니는 무사히 완치 판정을 받고 퇴원했지만 그의 아들은 병을 이겨내지 못하고 세상을 떠났다. 아들을 잃은 슬픔 가운데서도 할머니는 담당 의료진들에 대한 감사의 말을 잊지 않았다.

121년 전 선교사님들의 기도와 헌신으로 세워진 대구 동산병원이 지역거점병원으로 역할을 하게 된 것은 뜻깊은 일이다. 선교사님들과 많은 의료진들의 눈물과 헌신과 기도가 뿌려진 곳이기에 대구 시민들을 치료하고 섬기는 일을 감당할 수 있고, 어려운 상황에서도 큰 보람을 느끼고 있다.

병원 밖 세상은 생활 속 거리 두기로 방역 단계가 점차 완화되며 일상으로 돌아가고 있지만 의료 현장은 아직도 갈 길이 멀다. 의료진들은 체력적으로 많이 지쳐 있고 소진되어 있는 것이 사실이다, 여전히 힘겹게 하루하루 확진자들과 함께하는 의료진들에게 참으로 뜨겁게 고마운 마음을 전한다.

또 한편 한국교회의 지원과 성도들의 성원이 큰 힘이 됨도 볼 수 있었다.

몇몇의 대형 교회들은 수양관을 빌려주어 자가 격리 해당자들에게 사용할 수 있도록 베풀고 물질적으로도 많이 도왔다. 여러 교회와 단체와 신자들이 이 난국을 극복하기 위해 기도하고 봉사하고 헌신하는 사실도 볼 수 있었다.

특별히 코로나19 사태에 대한 '분당우리교회'의 대처를 잊을 수 없다.

국내외에 코로나19를 위해 헌금을 모금하자고 광고가 나갔을 때에 그 교회에 속한 신도들은 물론, 속하지 않는 국내외의 교인들까지 열심히 참여하여 원래는 5억 예산이었는데 32억여 원이 모금되었다고 교회담임 이찬수 목사가 TV에서 말하는 것을 들었다.

5억을 계명대 동산병원에 보냈으며, 수백 교회의 미자립 교회에 나누어 주었다. 추첨에서 떨어진 수천 교회의 미자립 교회 목회자들에게도 작은 선물금을 보내어 위로했다.

세심한 데까지 배려한 교회임을 알 수 있었다. 참으로 놀랄만한 일이었다. 선하고 귀한 일을 위해서는 국내외에 있는 많은 신도들이 이름도 없이 빛도 없이 합심하여 참여하는 일과 교단 및 교파를 초월해서 아낌없이 헌신하는 '분당우리교회'의 쾌거는 참으로 장한 일이었다.

마치 20여 년 전 IMF 때 국가 경제를 살리려고 금 모으기에 참여했던 많은 동포들의 모습들이 떠올랐다. 이와 같은 혼란과 절망적인 상황에서 미국의 강철왕 엔드류 카네기의 체험이 나의 머릿속에서 맴돌았다.

그는 젊은 시절 세일즈맨으로 이집 저집을 방문하며 물건을 팔러 다녔다. 그러던 어느 날 한 노인 댁을 방문하게 되었다. 그 집의 벽 가운데 걸린 그림을 유심히 보았다.

그 그림은 황량해 보이기까지 한 쓸쓸한 해변에 초라한 나룻배 한 척과 낡아 빠진 노가 썰물에 밀려 흰 백사장에 제멋대로 널려 있는 그림이었다. 그림의 하단에는 '반드시 밀물 때는 온다.'라는 짧은 글귀가 적혀 있었다.

카네기는 그림과 글귀에 크게 감명을 받았다. 그 그림을 보며 지금은 비록 절망 속에 있더라도 나를 위하여 반드시 밀물 때가 온다는 희망을 가지게 되었다.

카네기는 간청하여 그 그림을 노인에게서 얻어, 자기 사무실 한 가운데에 걸어놓고 날마다 보면서 절망적인 생각에서 희망이 넘치는 생각으로 바꾸어 살았다. 그래서 카네기는 성공할 수 있었다.

　비록 우리가 코로나19의 환란으로 어두운 시기를 지내고 있을 지라도 반드시 밀물의 때, 승리의 때가 오리라는 신념과 희망을 갖 고 인내하면 분명 새 아침을 맞이하게 될 것이다.

[제31회 광주광역시 미술대전 입선] 유양업 作

제3부

[제33회 대한민국 한국화 대전 입선] 유양업 作

내 삶의 연결 고리

요즘 우리 사회는 코로나19 감염자 확산으로 인해 심각하다.

더욱 심각한 상황은 감염자 경로의 연결 고리를 제대로 알 수 없는 깜깜이 확진자 수가 많다는 것이다. 연결 고리를 알아야만 제대로 대처할 수 있을 텐데 참 안타까운 마음이다.

나는 이 글에서 코로나19 연결 고리에 대해 말하려는 것이 아니다.

8년 전 은퇴 후 광주에 와 살면서 여기저기 취미 생활을 할 수 있도록 연결 고리가 있어 즐겁고 보람 있게 지냈던 것들을 쓰려고 하는 것이다.

어떤 단체에 가입하는 것은 그저 절로 된 것은 아니고 어떤 사람의 소개에 의해 이루어졌다는 점에서 연결 고리의 중요성을 깨달아서이다.

나는 사랑하는 지인의 소개로 매주 1회 모이는 문학반에 가입했다. 참석할 때마다 작품을 써서 복사하여 가져가 나누어 주고 소리 내어 읽으면 참석한 문우들이 소감을 피력하여 장단점을 지적하며 토의한다.

맨 나중에 지도 교수님께서 전체적인 평가를 해주며 작품을 수정 보완한다. 작품을 쓸 때는 약간의 부담이 있지만 작품이 완성되면 뿌듯한 기쁨과 보람이 느껴졌다.

나는 시와 수필과 시조로 저명 문학잡지인 〈문학공간〉에 등단하게 되었고, 종종 원고 청탁을 받기도 한다.

그동안 문학 응모 작품을 썼다기보다는 나에게 할애된 크리스챤신문 지면에 정기적으로 시, 수필, 시조를 기고해 왔다. 그런 글들이 모아져서 시집 〈오늘도 걷는다〉, 수필집 〈바람 따라 구름 따라 별빛 따라〉와 시조화집 〈지금도 기다릴까〉, 수필집 〈행복한 여정〉을 출간했다. 나로서는 감히 상상할 수도 없는 놀라운 일이었고 가슴 뿌듯한 일이었다.

또한 나에게 기쁨과 보람을 주었던 것은 공모전에 응모하여 수상을 한 것이다.

국제 지구사랑 작품공모전 특별상 수상, 한화생명 문학상 수상, 용아박용철 전국백일장 시조 부문 수상, 향촌문학상 수필 부문 대상 수상, 행복 나눔 문학상 수필 부문 장려상 수상, 해외문학상 시 부문 수상, 시와 창작 수필 부문 대상 수상, 전국 여성 문학 작품 공모전 시 부문 대상 수상, 한국여성 문학대전 시조 부문 최우수상 수상, 울산 신문사 공모전 시조 부문 대상 수상, 2019년 한국을 빛낸 문인 100인 선정, 〈문학세계〉 문학상 수필 부문 대상 수상을 했다.

문학에 있어 연조가 짧은 내가 수필로 한국을 빛낸 문학인 상을 받은 것은 기대 이상의 일이었다. 수필로 문학세계 문학상 대상을 수상한 것은 극히 영예로운 일이었다.

문학계에 연조와 조예가 깊은 소설가인 나의 지인 이은집은 문학세계 문학상을 받은 것은 아주 명예로운 일이며 문학의 이력에 있어 그것만을 기록해도 된다고 말하기도 했다.

사실 문학에 있어 훌륭한 자격을 갖춘 문학인들이 많이 있는데 내가 이런 상들을 받을 수 있었던 것은 전적으로 문학반에 속하여 공부한 행운이었다.

나는 평소에 성악에 대해 관심이 있어 늘 소리라도 낼 수 있는 공간이 필요했다. 다닥다닥 붙어 있는 길가 소형 공간에서 소리를 내면 이웃에 소음 방해가 될까 조심스러웠다.

지인의 소개로 연결 고리가 되어 집 가까운 곳에 은파합창단이 있다는 것을 알게 되었다. 시니어 멤버들로 구성된 여성 합창단에 가입하여 주 1회 모여 합창을 연습하니 목이 녹슬지 않아서 좋았다. 해마다 정기연주회를 가졌고 때로는 독창을 하기도 했다.

문학반에서도 종종 독창을 했는데, 나를 아는 지인이 광주문인협회 총회 때 노래하도록 추천하여 영광의 자리에 서기도 했다.

한국문화해외교류협회가 모일 때는 의례히 모임마다 독창자로 활동했다. 서울에서 〈한빛문학회〉 행사 때와 〈시와 창작〉 행사 때 독창자로 활동했으며, 때와 장소를 따라 성가로 혹은 가곡으로 클래식으로 국내외에서 노래를 불러 청중과 호흡을 같이할 때마다 보람도 되었고 칭찬도 받으며 기쁨을 느꼈다.

젊었을 때 잠시 문인화와 한문 서예에 관심을 갖고 학원에 다녔던 일이 있었다. 그동안 맡겨진 일에 파묻혀 손을 대지 못하다가 은퇴 후 시간이 여유로워서 다시 하고 싶은 열망을 놓지 못했다. 찾아보던 중 모임에서 만난 지인에게 물었다.

"혹시, 어디 인근에 한국화나 서예 학원이 있을까요?"

"그럼요, 사직 도서관에서 매주 화요일 주 1회 한국화 그림반이 있어요, 나도 회원이에요, 목요일에는 한글 서예반도 같은 장소에서 합니다."

"아, 그렇군요, 등잔 밑이 어두웠네요, 우리 집과 가까워서 도보로 다닐 수 있어 참 좋겠어요, 알려 주어 고마워요."

어두운 터널을 지나 밝은 햇빛을 맞이한 기분이었다. 지인의 소개를 받아 등록하고 그림도 그리며 서예도 했다. 서예는 목요일 합창 연습 시간과 중복이 되어 드물게 참석했다. 그림은 내 취미에 맞아서인지 시간 가는 줄 모르고 심취되어 즐거운 마음으로 그렸고 공모전에도 응모하여 여러 차례 상도 받게 되었다.

전국 섬진강 미술대전 입선 3회 특선 1회, 대한민국 남농미술대전 입선 2회 특선 1회, 전국 춘향미술대전 특선, 대한민국 힐링미술대전 특선, 대한민국 한국화대전 입선 1회 특선 1회, 광주광역시 미술대전 입선 2회 특선 1회를 했다. 해외문화교류협회 2020년 제23-24호 표지화로 사용되기도 했다.

한글 서예는 거의 응모하지 않아서, 5.18 휘호대회에서 입상 2회, 대한민국 서예 문인화 특장전에서 입상을 했다.

문학반 교수님은 문학, 그림, 음악의 삼관왕이니 진정한 예술인이라고 칭찬도 하셨지만 현 상태에 만족할 수 없고 완벽성을 향해 더욱더 정진해야 하리라 싶다.

쓰고 보니 나의 자랑만 나열된 것 같아 쑥스럽기도 하지만, 이만큼이라도 할 수 있었다는 것은 지인들의 소개로 이루어진 것이니, 나의 즐겁고 기쁜 삶을 만들어 준 연결 고리의 중요성을 강조하고 싶다.

소개하여 연결해 준 여러분들의 고마움에 감사함을 간절히 전하는 마음에서다.

내가 여러 분야에 혹 은사들(gifts)을 가진 것이 있다면 그것은 전적으로 하나님께서 내게 주신 선물이니 오직 감사할 따름이고 이 선물을 다른 사람들과 함께 나누어야 하리라.

휘감은 하얀 독백 내뿜는 싱그런 맘
글 쓰는 설렘 위에 새기는 연민 한 올
말갛게 구슬 꿴 낭만 신비롭게 엮는다

뜻 밝힌 음률가락 은구슬 방울방울
감성에 솟은 열정 추억의 나래 펴서
향긋한 소리의 불꽃 별빛 되어 흐른다

연초록 천혜전경 붓 숨결 곡선 그려
휘감은 폭포 소리 물결에 펼쳐 놓고
긴 세월 사랑의 향연 낭만 풀어 휘돈다

해맑은 상념 담아 내뿜는 인연 고리
설레인 순백 미소 그리움 감싸 돌며
타오른 연결의 숨결 쉬임 없이 감돈다.

- 졸시조 〈내 삶의 연결 고리〉 전문

대상포진 치료

70대 후반에 들어서자 건강에 조금씩 적신호가 나타나면서 시력도 떨어져 백내장 수술도 하게 되었다. 젊을 때처럼 의욕은 앞서는데 몸이 따라주질 않았다. 가방 하나도 가벼운 것이 좋고, 신발과 옷차림도 모양보다는 편안한 편이 좋다.

코로나19의 사회적 거리 두기로 집안에서만 무료하게 지낸 일상의 생활 탓일까, 몸도 무겁고 둔한 느낌이 들었다.

7월 14일 아침에 일어나자 갑자기 왼쪽 아랫배 대장 쪽에서 묵직한 불쾌감이 진행되면서 번개 치듯 쿡 찌르는 아픔에 깜짝 놀라 나도 모르는 사이 "아야" 소리가 절로 툭 튀어나왔다.

왼쪽 옆구리 쪽에서 배꼽을 향해 옮겨가며 쿡쿡 바늘이 찌르는 듯한 아픔이었다.

'혹시, 장에 무슨 이상이 생겼나, 불쾌한 아픔이 이리저리 옮겨다니네…….'

약 상자 있는 쪽으로 다가가서 통증을 없애기 위해 파스를 찾아 붙였다. 다음날도 같은 증세로 여전히 아파 파스를 붙이려는데 조그만 붉은 포진이 보였다. 벌레가 물었나 보다. 예사로 여기고 파스를 또 붙였다.

3일째 되는 날도 여전히 통증은 계속되었다.

"왜 이렇게 불편하지?"

눈여겨보니 붉은 포진이 이곳저곳에서 솟아났다. 제일 먼저 나타난 발진에 수포가 반들거렸다.

"앗, 혹시 대상포진?"

미국에서도, 싱가포르에서도 지인들이 대상포진으로 많이 고생하는 모습들을 보았기에 겁이 덜컥 났다.

나흘째 되는 날 가까운 병원을 찾았는데 원장님이 대상포진이라 했다.

이 사실을 알게 된 서울에 있는 딸(문은영 목사)에게서 전화가 왔다.

"엄마, 대상포진은 발병 초기부터 집중적인 치료를 통해 신경 손상을 최소화해야 한다네요. 치료 시기를 놓치거나 면역력이 떨어져 있는 환자는 피부발진의 치유 이후에도 대상포진 후 신경통으로 발전되어 평생을 고생할 수도 있답니다. 수원에 대상포진 전문병원으로 대상포진과 대상포진 후 신경통을 전문으로 치료하는 병원이 있어요. 원장님이 교수님으로 환자의 증상에 따른 정확한 원인을 찾아서 환자 한 분 한 분의 최적의 치료법을 찾아 치료한다고 해서 예약해 놓았어요. 곧 오셔서 이곳에서 치료받으시면 좋겠어요."

다음날 서둘러 이른 아침 광주버스터미널에서 버스를 타고 서울 강남터미널에서 내리니 딸이 차를 가지고 나와 기다리고 있었다. 딸과 함께 수원에 있는 병원 주소를 내비게이션에 입력하고 출발했다.

한 시간 넘어 수원 도심에 자리하고 있는 9층의 건물 벽에 간판이 뚜렷하게 보여 쉽게 찾을 수 있었다.

진료실이 있는 6층으로 엘리베이터를 타고 올라갔다.

병원에는 많은 환자들이 줄을 지어 의자에 앉아 대기하고 있었다.

간호사의 안내로 번호표를 뽑고 접수를 했다. 동전만 한 크기의 빨간 동그란 스티커를 손등에 붙여주었다. 환자 혼동을 방지하기 위함이란다. 9곳의 진료실이 있었다.

내 이름을 불러 1호실로 안내했다.

하얀 가운을 입은 80대로 보이는 원장님은 인자한 표정으로 물었다.

"아픈 부위가 어딘가요."

옆구리 병변 부위를 눈여겨보더니 대상포진이라며 통증 양상을 확인했다. 정확한 진단을 위해 검사 처방을 내려 담당 직원에게 검사를 하도록 지시했다.

긴 종이(슬립지)를 받아들고 간호사의 안내에 따라 여러 곳에서 검사를 받았다. 발진 부위, 등뼈, 옆구리 등 몇 곳에 사진을 찍었다. 모든 검사와 판독이 완료되니 다시 원장실로 안내했다.

종합 검사 결과 1개월 동안 집중 치료를 받아야 한다는 진단이 내려졌다.

"발병 후 재발을 위해 약 한 달간 8월 17일까지 치료를 해야 합니다."

나는 지역이 멀어서 내심 걱정을 했다. 한 달 동안은 너무 길다는 생각도 스쳤다. 소견서를 써주면 광주 어느 병원에서 치료받기를 내심 원했다.

"저는 전남 광주에서 왔는데요."

"그럼, 입원하시겠습니까?"

내 말도 끝나기도 전에 원장님의 단호한 결론에 어리둥절했다. 옆에 있던 딸이 말을 받았다.

"서울에서 통원치료 할 수 있어요."

"그럼 그렇게 하지요."

환자들이 많아서 원장과는 자세한 상담도 어려웠다. 대신 옆에 있던 간호사는 치료에 필요한 항목과 시술 내용에 대해 설명을 하고 치료받을 동의서에 체크하고 수납을 하도록 도와주며 말했다.

"앞으로 부원장님이 주치의로서 환자님을 치료해 주실 것입니다."

접수한 순번에 따라 정해진 6호실로 들어갔다.

젊은 부원장 주치의는 녹색 상의에 하얀 마스크를 썼고 친절한 눈빛으로 '어서 오세요' 하며 맞아주었다.

환부를 확인한 주치의는 대상포진에 대한 설명을 해주었다.

"발병 초기 피부병으로 오해하기 쉬운 대상포진은 아동기 시절 수두 바이러스가 척추 신경 뿌리에 잠복해 있다가 면역력이 저하될 때 다시 활성화되어 발생하는 질환입니다. 초기 3~4일간은 침범된 신경에 따라서 몸의 국소적인 부위가 찌르는 듯하거나 쑤시고 화끈거리는 통증이 발생하고, 감기 증상처럼 피곤하고 오한이 느껴지기도 하지요. 스트레스 등으로 몸의 면역력이 약해서 발생하기도 합니다. 대상포진은 신경절을 타고 발생하기 때문에 우리 몸 어디에나 발생될 수 있어요."

"그럼 혹시 대상포진의 전염성은 어떤지요?"

"급성기 대상포진 자체는 전염이 되지 않지만 포진 부위에서 나온 분비물이 타인의 상처로 전염되는 경우 수두를 앓지 않은 사람에게 수두를 유발할 수 있어요. 대상포진 치료 중에는 면역력이 약한 고령자나 영유아, 수두를 앓지 않는 사람과는 되도록 접촉하지 않는 것이 좋습니다."

"아, 그렇군요, 조심해야 되겠네요."

주치의는 신중하게 계속 말을 이었다.

"환자분의 경우는 약물치료 즉 신경 뿌리에 주사치료, 레이저치료, 내복약, 외용연고를 발라야 합니다. 대상포진이 발생한 신경절을 찾아 주사를 놓아서 신경근에 있는 염증을 없애고, 대상포진 후 신경통으로의 진행을 막기 위한 신경치료를 한 달 동안 집중적으로 치료하여 신경 손상을 최소화로 막을 것입니다. 5층에서 등에 주사 3대를 맞을 것인데 조금 뻐근할 것인데 하루 지나면 풀립니다. 거기 주사실에서 다시 만나지요."

우리는 자세한 설명을 듣고 5층으로 내려가려고 엘리베이터를 탔다.

엘리베이터 안에 70대로 보이는 어른이 대상포진으로 한쪽 눈과 귀 목덜미까지 발진이 번져 있고 손에 연결된 링겔선이 감긴 막대를 들고 괴로워하는 모습을 보았다. 참 안타까운 마음이었다. 난 심한 상태가 아니어서 내심 위로가 되었다.

5층에는 치료받을 환자들이 병원복을 입고 오갔다. 커텐으로 가려 있는 침대에 링겔을 맞고 있는 많은 환자, 주사 맞을 환자들도 대기하고 있었다. 옆에는 병실을 담당한 간호사가 칠판을 앞에 두고 비어 있는 곳을 체크하며 안내하고 있었다. 처방이 적힌 긴 슬립지를 간호사에게 주었다. 병실을 담당한 간호사는 복사꽃처럼 예쁜 표정으로 병원복 상의를 주면서 방긋이 웃으며 말했다.

"25호실에서 병원복 상의를 단추가 등 쪽으로 가도록 입고 부를 때까지 편안한 마음으로 쉬세요."

나는 잠시 침대 위에 누워 휴식을 취했다. 곧 내 이름을 불러 주사실 안으로 들어갔다. 내 주치의는 주사 놓을 준비를 하고 곁에는 검정 침대 위에 작고 큰 베게 두 개가 놓여 있었다.

나를 호명했던 의사분도 주치의와 똑같은 의상을 입고 서두르며 지시했다.

"작은 베개 위 흰 종이 부분에 이마를 대고 큰 베개 위로는 배를 대고 엎드리세요, 양팔은 아래로 나란히 놓으시고요…….”

지시에 따라 침대 위로 올라가서 엎드렸다. 팔과 엉덩이에는 주사를 맞아본 경험이 있었으나 신경근이 있는 등에 맞는 것은 처음이므로 약간의 두려움과 떨림이 번져왔다.

엎드려 있기 때문에 어떻게 주사를 놓는지 볼 수는 없지만, 주사 놓을 위치를 기계로 조종을 해서 찾는 것 같았다.

주치의는 “조금 위로”, “조금 아래로” 하면서 두 분의 협력으로 주사 놓을 위치를 찾았는지 “됐어요.” 하는 소리에 나도 안도감을 가졌다.

주치의는 주사 놓을 등 쪽에 알코올로 소독하면서 “좀 차갑습니다.” 첫 번째 주사를 놓으며 “따끔!” 두 번째 주사를 주입하면서 “좀 뻐근합니다.” 세 번째 주사를 주입하면서 “찌릿찌릿하면 말씀하세요.” 이렇게 3차례 주사로 약을 주입했다.

김수환 추기경은 사상이 머리에서 가슴까지 구만리였다고 했다.

그런데 신기한 것은 등에 주사약을 주입하는데, 처음 통증이 발생한 옆구리 대장 쪽으로 주사약이 찾아 들어가 약효를 즉시 느꼈다. 구만리와는 아주 대조적이었다. 넓은 거즈로 주사 놓은 자리를 덮으며 3시간 후에 떼어 버리라 했다.

이제 끝났구나, 안도의 숨을 내쉬었다. 겁은 났지만 견딜 만했다. 자리에서 일어나는데 약간 어지러웠다. 주치의는 주의를 주었다.

“좀 어지럽고, 속이 답답할 수 있으니 병실로 다시 가서 20~30분 푹 쉬세요. 심하면 말씀하세요.”

아니나 다를까, 5분 후에 어지럼은 물론 가슴이 답답해 왔다. 옆에 보호자로 있던 딸이 간호사에게 증세를 전했다.

약 기운으로 그럴 수 있으니 조금만 참아 보라고 했다, 15분쯤 지나 어지러움과 가슴 답답함은 점점 사라져 갔다.

안정이 될 무렵에 간호사가 와서 말했다.

"3층으로 내려가서서 환처에 레이저 치료를 받으세요."

넓은 3층에도 커텐 칸막이 병실에 레이저 치료를 받은 환자들로 가득했다. 정해 준 병실 침대에 누워 환처를 집중으로 비쳐 주었다.

레이저 치료를 처음 경험한 일로 새로운 것에 호기심이 많은 나는 어떻게 하나 하고 고개를 들어 옆구리 환처를 보았다. 레이저의 빨간 불빛이 옆구리 발진 부위를 이쪽저쪽 빙빙 돌며 번쩍였다. 20분 정도 지나니 불이 꺼짐으로 끝났다.

1층에 있는 약국으로 가서 처방해 준 약 네버펜틴캡슐 100밀리그램, 에이펙스정(아세클로페낙) 1알, 스티렌 1알의 처방약을 받아 다음 예약 날짜를 기억하며 서울의 딸집으로 향했다.

가는 길에 왼쪽으로 목, 어깨, 옆구리 환처, 발목까지 경미한 콕콕거림이 지나갔다. 주사약 기운이 몸 한쪽 아픈 곳을 찾아 치료하고 다니는가 싶었다.

다음에도 이와 같은 절차로 서울에서 광주에서 다니며 치료했다.

7번째로 마지막 치료를 받는 날이었다. 주치의는 치료 결과가 좋은 신호라며 밝은 표정으로 다정하게 말해주었다.

"그동안 고생하셨습니다. 아픈 부위가 간혹 통증이 지나가는 것은 신경 쓸 것 없고, 혹 자주 통증이 오면 병원을 찾으세요. 규칙적인 생활습관과 운동, 스트레스를 피하며, 균형 잡힌 식사, 정기적인 휴식으로 면역력을 키우는 것이 제일 중요합니다. 휴식을 잘 취하세요."

정성을 다해 치료를 해준 주치의의 고마움을 가슴에 흠뻑 채우고 헤어졌다.

엄마를 위해 자기 일도 뒤로하고 최선을 다하는 딸, 대상 포진은 잘 먹고 잘 쉬어야 한다며 면역력에 좋다는 음식을 모두 사주고, 발 마사지 찜질방도 체험케 하고, 필요한 식품을 인터넷으로 찾아 보내며, 온갖 정성 쏟아 전심전력 헌신하는 딸이 무척 고마웠다.

몸 안에 잠복했던 수두의 바이러스
면역력 저하될 때 활성된 질환 발생
발병 초 피부병으로 오인하기 쉽다네

척추의 신경 뿌리 발진을 일으켜서
몸 한쪽 심한 통증 불그레 솟은 수포
띠 형태 신경절 타고 몸 어디나 치솟아

부위가 찌르는 듯 쑤시고 화끈거려
발병 시 조기 치료 서둘러야 한다네
후유증 신경통으로 수년 고생하니까

빛바랜 에너지는 생기로 속삭이며
허기진 움츠린 몸 생동감 올려놓고
온정의 뜨거운 손길 맘 언저리 휘돈다.

- 졸시조 〈대상포진 치료〉 전문

경제문화공헌 대상

상이란 찬물도 좋다는 말이 있다.

과연 상은 기분 좋은 것이다. 그런데 요즘 이런저런 상을 받으러 서울까지 오라 하면 나는 망설여져서 참석하지 못하는 경우도 있다. 건강도 여의치 않고 오고 가는 여비도 만만치 않기 때문이다.

2021년 6월 30일 백범기념관 컨벤션홀에서 시상식이 있어 참석해야 했다.

딸이 서울에서 우리가 살았던 아파트로 이사를 했는데 1년이 가까워 오는데도 어떻게 수리를 해서 살고 있는지 궁금하기도 하고 보고도 싶었다.

우리 내외는 딸집을 볼 겸 안과도 들리고 이참 저참 해서 서울에 가기로 결정했다. 유스퀘어 터미널에서 서울에 가는 버스를 타려고 택시를 탔다.

택시기사와 대화를 나누면서 남편은 기사에게 물었다.

"송정리역에서 기차를 이용하면 버스보다 서울에 더 빨리 도착할 수 있지요?"

"물론이지요, 버스로는 4시간쯤 걸린다면 KTX는 1시간 반이면 되지요."

남편은 나의 건강을 생각해서인지 조금이라도 빨리 가려고 송정리 기차역으로 가자고 했다.

그런데 우리의 기대와는 달리 송정리역에서 꼬박 2시간을 기다린 후에야 KTX를 타고 2시간여 걸려 용산역에서 내렸다.

빨리 가려고 하는 것이 오히려 돈만 더 들고 늦게 되었으니 난감했다. 매사를 꼼꼼하게 점검하고 일을 추진해야 할 일이구나 싶었다.

서울에 갈 때는 딸이 항상 차를 가지고 마중을 나왔다. 그런데 이번에는 딸에게 먼저 전화하여 우리가 택시를 타고 너의 집에 갈 테니 나오지 말라고 했다.

우리는 택시를 타고 기사에게 물었다.

"중곡동까지 요금이 얼마 정도 나오지요?"

이런 물음이 시골 사람이나 물어보는 것으로 생각되는지 농담을 몇마디 하며 뒤를 돌아보았다.

"14,000원 정도 나올 것입니다."

중곡동 집에 도착하니 액수가 14,000원 정확했다.

딸과 반갑게 만났다, 집안을 둘러보니 깨끗하게 새 단장이 되어 있었다. 10여 년 이상 세들어 다른 분이 살았는데, 이제 딸이 와서 살게 되니 한결 더 좋아 보였다.

딸도 이 집에서 중학교, 고등학교, 대학교, 신학교 대학원 졸업하고 미국으로 유학 갈 때까지 살았으니 추억이 쌔록쌔록 깃든 마음이었으리라 싶었다. 사위(박형국 박사)는 전주한일장신대 교수로 주말 부부로 지내며, 아들은 군복무 중이라 딸 혼자 집에 있었다.

딸이 정성껏 준비한 저녁식사를 맛있게 했다. 내가 인터넷으로 문학 공모전에 보내는 것이 서툴러서 딸에게 부탁했더니 여기저기 몇 개를 보내주어 내 마음도 후련했다.

다음날 상 받으러 백범기념관에 갔다. 딸이 운전하여 그곳까지 가는데 길은 막히고 복잡했으나 상쾌한 마음이었다. 시간 안에 도착하여 식장 안으로 들어갔다.

사람들은 벌써 많이 와 있었다.

시간이 되어 행사가 진행되었다. 축사 순서에 여러 저명한 분들의 이름이 있는 중에 국회의원 진성준 의원과 양승조 충남도지사도 축사를 했다.

상 받을 사람들은 정치 부문, 경제 부문, 문화 부문 등 각 분야에서 세분화하여 특출한 사람들에게 상을 주었다.

자기 분야에서 크게 기여한 분들이었다. 대략 세어보니 95명으로 전국에서 뽑힌 분들이었다.

이 행사 주최는 시사연합신문사(이정엽 회장)이며 주관은 대한문화예술협회였다.

금년은 시사 신문사 창간 13주년으로 격려사 축사하는 분들이 이런 행사를 기획하고 실시하는 시사 신문사에 대한 칭찬이 자자했다.

기라성 같은 수상자들 명단에 나의 이름은 시인 카테고리 (category)에 있었다. 나는 턱없이 부족하다고 느꼈고 격려로 알고 더욱 노력할 것을 결심했다.

행사 중간에 상 받을 사람들이 함께 사진을 찍었는데 빨리 가야 할 사람들을 위한 배려였던 것 같다.

내가 전에 백내장 수술했던 안과에 검진 차 들린 후 광주로 가야 해서 시간상 행사 도중에 식장을 나왔다.

딸은 안과병원에 미처 예약을 못해 염려했으나 내가 가보자고 했다.

가는 날이 장날이라고 매주 수요일 오후에는 휴진이었다. 광주로 오는 것을 포기하고 딸과 같이 하루 더 지내게 되었다.

딸은 논문 두 편을 아버지께 드렸다.

한 논문은 기독교 교육학회에서 발표할 '하이데거의 실존 사상과 생명 존중의 기독교 교육'이었고, 다른 논문은 미국 기독교 교육 저널에 보낼 영어 논문 'Derrida's Postmodern Thought and Religious Education'(데리다의 근대 후기 사상과 종교 교육)이었다.

이것을 딸에게서 받아본 남편은 무척 흐뭇한 표정이었다. 딸 문은영 박사가 오랜 유학 생활을 거친 후 교회 일과 교수로, 이제는 학계에서 기여하며 활동하는 것을 보고 무척이나 기뻐하고 보람으로 여기는 것 같았다.

다음날 오전에 안과에 들렀다. 예약한 분들을 우선적으로 지료해 주고 있었다. 나는 예약을 못했는데 오전 중에 검진을 받아 다행이었다. 별다른 이상은 없고 눈이 건조해서 불편하다며 인공눈물을 처방해 주었다.

우리 내외는 2박 3일의 서울 여행을 계획대로 마치고 뿌듯한 마음 안고 광주로 왔다.

긴요했던 물

우리의 삶에서 긴요한 것이 어찌 물뿐이랴. 공기도 있을 것이고, 불, 햇빛, 자연환경, 가족, 국가, 세계, 동식물 그 외에도 많이 있을 것이다.

며칠 전 밤사이 함박눈이 소복이 내려 목화 솜털로 덮어 놓은 것처럼 하얗게 보이는 시야가 환상적이었다. 매서운 한파도 다가와 몹시 추웠다.

전날에 수도가 혹시 얼지 않을까 하여 수돗물이 조금씩 흐르도록 틀어 놓고 안심하고 잠자리에 들었었다.

이른 아침 식사 준비를 하려고 부엌으로 갔다. 수도꼭지 물이 흐르지 않았다. 수도꼭지를 틀어보니 아무런 반응이 없었다. 올렸다 내렸다 움직여 보아도 물은 한 방울도 나오지 않았다. 화장실은 어떤가 하여 들어가 보니 역시 마찬가지였다.

집에 수돗물이 끊기니 당장 씻을 물도 먹을 물도 없어 황망했다. 핸드폰을 열어 날씨를 보니 기온이 영하 17도까지 내려갔다.

우리는 아파트 단지 1호에 사는데 옆집 2호, 3호에 사는 친척집에 들러보았다. 3호는 우리집처럼 물이 나오지 않았고, 2호는 물이 정상으로 나왔다.

"어머, 여기는 물이 나오네, 하늘이 무너져도 솟아날 구멍이 있다더니 참 위기를 면하게 되었네."

다행히 위급함을 면하게 되었다. 2호의 물을 사용하여 용변을 볼 수 있어서 얼마나 감사한 일이었는지 몰랐다. 같은 단지의 다른 집들은 모두 한파에도 물이 나오는데, 왜 우리 집과 3호만이 나오지 않을까? 날씨가 풀리면 기술자를 불러서 손을 좀 봐야 하나. 아마, 해동이 되면 풀려서 우리 집 수돗물도 사용할 수 있겠지. 초조한 마음을 안고 한 가닥의 희망도 가져 보았다.

다음날 기온이 올라가고 바로 날이 풀리니 우리가 기대한 것보다 더 빨리 물이 저절로 나와 사용할 수 있게 되어 얼마나 기쁘고 감사 했는지 모른다. 나는 이런 일을 경험하면서 우리가 평소에 별생각 없이 사용했던 물이 얼마나 소중하고 요긴한가를 절실히 느꼈다.

기원전 6세기 철학의 시조였던 그리스의 탈레스는 물은 만물의 근원이라 했다. 물은 우리 삶의 젖줄이라 할 수 있다. 물론 우리 삶의 젖줄이 물뿐이랴. 태양 에너지도 그렇겠고 생각해 보면 다른 많은 것들이 있을 것이다. 그런데 물만으로는 생명체를 만들 수 없고, 생명에 필요한 생리 작용이나 유전 현상도 불가능하다. 물이 생명에게 꼭 필요한 환경을 조성해주는 것은 사실이지만, 물이 생명의 아르케(근원)라는 주장은 재고해 볼 만하다.

물에 대한 언급은 사람의 직업과 위치에 따라 다각적으로 표현되어 왔다. 문학가는 문학가대로 음악가는 음악가대로 과학자는 과학자대로 의학자는 의학자대로 직업과 전문 분야에 따라 물의 이미지에 대해 다양하게 표현되어 왔다.

특별히 성경에서 사람들이 요단강 물에서 세례를 받았던 것은 물이 죄를 씻는 것을 의미했기 때문이다.

물은 우리 인체의 70%로 구성되어 있을 정도로 중요한 역할을 한다. 세계보건기구(WHO)에 따르면 하루 물 섭취 권장량은 2.5L, 8잔이라고 한다.

물은 우리 몸속에서 체온 조절과 혈액순환 및 영양소 운반 등 다양한 대사과정에 쓰이기 때문에 필수적이다. 물을 마시는 것은 간편하게 질병을 예방할 수 있는 효과적인 방법이다

우리가 상식적으로 의학적으로 알 수 있는 물의 효능은 8가지가 있다.

다이어트(체중 감소), 독소 제거, 고혈압 완화, 면역체계 향상, 심장마비 예방, 두통 완화. 피부 미용, 숙면 효과가 있다. 그런데 하루 2.5L, 8잔을 마셔야 한다고 우리가 알고 있는데, 이것은 오해에서 기인 된 것이라고 한다.

그렇다면 우리에게 정설처럼 알려져 있었던 하루 물 2.5L, 8컵의 물을 마셔야 한다는 사실은 어디서부터 잘못된 것일까. 정말 잘못된 주장일까. 하루의 물 섭취량 2.5L, 8컵의 물 마시기에 대한 자료의 기원을 거슬러 올라가 보면, 1945년에 발표되었던 한 자료에 도달하게 된다.

미국국립과학원(National Academy of Sciences)의 식품영양위원회(Food and Nutrition Board)에서 발표한 자료인데, 해당 자료에는 성인에게 매일 필요한 물의 양은 2.5L이라고 적혀 있다. 그리고 그 양의 대부분은 일상적인 음식에 포함되어 있다고 적고 있다.

이 자료에 따르면 성인이 하루에 2.5L의 물을 필요로 하는 것은 맞지만, 그것은 우리가 먹는 음식물 속에 포함된 것까지 해서이다. 물통을 들고 다니면서 하루에 2.5L씩의 맹물을 마셔야 한다는 의미가 아니었다.

이 자료가 일반인에게 전달되는 과정에서 누군가의 고의였는지, 아니면 실수였는지는 알 수 없지만 2.5L의 물이 필요하다는 첫 번째 문장만 전달되고, 바로 뒤에 있는 문장인 그 물이 음식물에 포함되어 있다는 내용은 쏘옥 빠져버렸다.

재미있는 사실은 하루에 2.5L의 물을 마셔야 한다는 이 낭설은 미국과 유럽에서도 오랫동안 정설처럼 믿어져 왔다는 것이다. 나중에 이 사실을 알고, 미국의 뉴욕타임즈, 영국의 BBC와 같은 쟁쟁한 방송사가 이 근거 없는 속설을 믿지 말라는 특집 기사를 내보낼 정도였다.

생각건대, 우리의 지식이라는 것이 얼마나 부족하고 보잘 것 없는 것인가를 겸허히 인정할 수밖에 없다.

서양에서 최고의 권위 있는 어느 성경학자이며 성직자가 일생을 성경공부에 심취하여 연구해 왔는데 은퇴하면서, 소감을 묻는 말에 이같이 대답했다.

"나는 망망대해의 넓은 태평양의 물에서 단지 한 모금의 물을 마신 것과 같다."

얼마나 겸허한 말인가!

이번 한파로 인해 집안에 수돗물이 잠시 끊겼던 것을 계기로 해서 물의 긴요함을 더욱 실감케 하며, 나는 내가 알고 있는 지식이 얼마나 보잘것없고 부족하고 불완전한가를 겸허히 깨달았다. 매사에 바른 지식을 얻기 위해 힘쓰고 노력해야겠다고 겸손히 다짐해 본다.

설레인 순백 미소 영롱함 휘감아서
물보라 낭만 풀어 낮은 곳 향해 가며
푸른 꿈 온몸 내밀어 끌어안고 흐른다

꿈을 꾼다

자연을 살려 주는 부드런 힘의 능력
생명수 되는 젖줄 사연들 가득 담아
심신의 아픈 곳마다 어루만져 고친다

막히면 돌아가는 순리와 속삭이며
물방울 작은 힘도 무게를 떠받들어
모든 곳 오물투성이 정결하게 씻는다.

- 졸시조 〈긴요했던 물〉 전문

[제13회 대한민국 남농미술대전 특선] 유양업 作

효도 관광

'효도관광'이란 말이 있다. 자녀들이 부모님을 위로하기 위해 국내나 국외의 명승지로 여행을 보내드리는 것이다. 요즈음은 코로나19로 인해 여행도 자유롭게 못하는 형편이다.

우리 내외가 출석하는 교회 여전도회 발의로, 나이 든 분들을 위해 효도 관광을 시켜준단다. 목적지는 정읍 내장산 국립공원인데, 70세 이상 된 분으로 세 분 권사님과 우리 내외가 해당되었다.

내장산은 호남의 5대 명산 중 하나로 산속에 숨겨진 것이 무궁무진하다 하여 '내장산(內藏山)'이라고 불린다. 내장산은 '호남의 금강산'으로 사계절이 모두 철따라 아름답기로 유명하다.

2021년 7월 6일, 날씨는 흐렸으나 덥지 않아 여행하기에 오히려 더 좋은 편이었다.

우리 일행을 위해 평소에 헌신과 봉사가 몸에 배어 있는 친절한 손상철 집사님과 박미숙 권사님 두 분이 자원하여 수고를 맡았다.

손 집사님은 자기 차로 우리 내외를 태우기 위해 집 앞까지 왔다. 감사한 마음 안고 차에 올랐다. 우리는 교회로 가서 다른 일행들을 만났다. 교회에서 말없이 숨은 봉사를 아끼지 않은 박미숙 권사님 차에는 박홍림, 윤민자, 이연재 세 분의 권사님들이 탔다. 차두 대가 내장산을 향해 설렘 안고 출발했다.

교회 사모님도 우리와 함께 동행하기를 원했으나 같은 날 사모님들의 모임과 겹쳐서 아쉬운 마음이었지만 함께하지 못했다.

우리를 태우고 가는 손 집사님은 대학을 졸업한 택시기사인데 운전에 능숙했다. 이런 저런 얘기를 나누는 중에, 공무원 6급 은퇴자도 택시기사로 일하며 심지어 3급 은퇴자도 택시 핸들을 잡는다고 우리는 얘기를 나눴다. 사람이 은퇴 후 할 일 없이 지내는 것이 무료하고 답답해서 무슨 일이라도 찾아서 활동하기를 원하는가 싶다.

드디어 내장산 입구 케이블카를 탈 수 있는 가까운 곳에 차를 파킹했다. 진초록 녹음과 신선한 공기가 우리를 즐겁게 맞이했다. 여기가 바로 사계절 천혜의 비경을 간직하고 단풍으로 유명한 곳이라 감회가 새로웠다. 평소 같으면 북적일 터인데 코로나로 인해 한산한 분위기였다.

코로나는 배달 업무 외에는 거의 모든 부분에 막대한 영향을 끼친 것 같다. 박미숙 권사님이 운전해 온 차도 도착했다.

우리 일행은 케이블카를 타려고 표를 샀다. 한참 기다린 후에 케이블카를 탔으나 다른 관광객들이 없어서 우리 일행이 전세 낸 기분이었다. 케이블카를 타고 오르면서 창밖으로 사방을 둘러보았다.

"야! 참 아름답다!"

우리는 환호를 질렀다. 아래를 내려다보니 땅은 보이지 않고 온통 초록색 나뭇잎이 융단처럼 덮여 있었다. 나무 키에 따라 바람결에 파도 물결처럼 꿈틀거린 나뭇잎들이 환상적이었다.

잠시 후 케이블카에서 내렸다. 우리는 걸어서 정상의 산마루 정자에까지 올라갔다. 전망대에서 건너편 내장산을 바라보니 산봉 우리들이 병풍처럼 둘러싸여 주변 경치가 아름다웠다.

봄에는 벚꽃과 철쭉꽃이 만발하고 겨울에는 설경으로 운치가 장관이란다. 특별히 가을 단풍은 우리 입에서 원더풀(wonderful)이 절로 연발하여 나오는 관광의 최고 명소다. 진초록 울창한 숲이 매력적으로 덮여 있는 내장산(內藏山)은, 내장사(內藏寺)를 중심으로 주봉인 신선봉(763m) 등 모두 9개의 봉우리가 말발굽형을 이루고 있었다.

내장사는 백제 무왕 37년(서기636년)에 영은 조사가 세웠다고 전해진다. 전망대 정자에서 다시 왔던 길로 내려와 케이블카를 타고 출발지로 내려왔다.

점심때가 되었다. 케이블카 안내자가 소개해 준 식당을 찾아가서 자리를 잡았다. 여행이란 구경도 중요하지만 금강산도 식후경이라고, 먹는 것에 대한 기대도 컸다.

일인당 25,000원 한정식을 시켰다. 각종 음식이 푸짐하게 나왔다. 식사를 하는 중에 한 분 권사님은 함박웃음을 지으며 자기 과거의 얘기를 했다.

"서울에 가서 가정부로 만 11년을 살았는데 광주에 사는 딸이 둘째 손자 돌 때 내려와서 아이를 돌봐주면 좋겠다고 했어요. 그래서 나도 그렇게 해야겠다고 결심했지요. 어느 날 서울대 교수 부인이 내가 가정부로 있는 집에 놀러 와서, 여차여차한 사유로 광주 딸집으로 가기로 했다고 말하니, 잘한 일이고 영리한 결정이었다고 하며 딸이 오라고 할 때 가야지요 하더라고요."

이 말을 듣고 있던 다른 권사님도 말을 이었다.

"나도 큰딸이 사는 집에 가서 손주 둘을 내가 키웠고 돌봐 주었어요. 딸 내외가 직장생활을 해서 내가 딸집에서 11년 동안 살림을 하고 아이들을 거들어 주었지요. 그런데 내가 광주에 있는 딸집으로 가야 할 형편이 되었어요. 서울 딸래집 식구들도 나를 바래다 준다고 광주까지 왔지요. 할머니를 광주에 두고 떠나면서 엘리베이터 앞에서 작별하는데, 둘째 손자가 할머니와 떨어지기를 싫어하며 나중에 들으니 장성 백양사 부근까지 울고 갔대요. 출생 때부터 11년 동안 키웠으니 그럴 만도 하지요. 할머니의 품이 좋았나 봐요. 정이란 것은 참 무섭습디다."

이런 이야기들을 듣고 있으려니 인간이란 나름대로 자기만의 삶을 간직하고 있구나 싶었다. 사람, 삶, 사랑은 어근이 같다고도 하는데 이 세 개의 낱말이 상호 연대적인 관계가 있구나 싶었다.

식당 부근에 전통 쌍화차집이 있다고 하면서 우리를 안내했다. 차 한 잔에 9,000원이라고 해서 처음에는 무슨 차가 이렇게 비싼가 했다.

그런데 찻잔 속에는 각종 한약 재료들이 듬뿍 들어 있었고 찻잔 안에 달덩이처럼 둥근 계란 노른자위가 둥실 떠 있어서 영양가가 풍부하겠다 싶었다. 이런 분위기도 내장사를 찾아온 정취라고 느꼈다.

안내한 박 권사님과 손 집사님은 우리 일행을 한 곳이라도 더 보여 주겠다며 꽃구경을 가자고 했다. 한참을 가는데 갑자기 비가 많이 내려서 그곳에 가는 것을 포기하고 광주로 오게 되었다.

여행을 통해 평소에 하지 못했던 개인적인 얘기들도 나누면서 우리는 한결 가까워진 마음이었고 좋은 사귐의 기회가 되었다. 여행이란 우리의 삶에 새로운 기분 전환과 활력소를 주구나 싶었다.

우리는 손 집사님과 박 권사님의 수고는 물론, 차 까스비, 케이블카비, 식사비, 쌍화차비 등 비용이 많이 들었겠다 싶어 감사의 말을 전했다.

"오늘 두 분 덕분에 우리들은 구경 잘했습니다. 두 분 수고도 많았고, 비용도 너무 많이 쓰셨겠네요!"

평소에 말없이 교회 공동 식사를 위해 헌신적으로 봉사하는 박미숙 권사님이 밝은 표정으로 웃으며 말을 받았다.

"돈 두고 뭐합니까, 어른들 섬기고 기쁘게 했으면 그것이 보람이고 기쁨이지요."

코로나19로 집에만 갇혀 있던 차에 두 분의 수고와 헌신으로 자연 경관 속에서 창조주를 찬양하고 맑은 공기 호흡하며 성도의 교제를 나눌 수 있는 추억을 갖게 되어 감사가 넘친 하루였다.

문학상 수상 축하

　며칠 전 나는 〈문학세계〉사가 보낸 문학상 수필 대상 상패와 상장 메달을 받았다. 이것은 작년에 결정된 상이었다. 시상식을 계획했으나 코로나19로 행사를 못하고 있다가 금년 8월 중에 시상식을 준비하고 있다는 소식을 전해왔다. 그러나 다시 코로나 사태는 심각할 정도로 계속되어 행사를 취소하고 우편으로 상패와 메달과 상장을 보내온 것이다.

　〈문학세계〉는 유네스코에도 가입되어 있는 유력한 문학잡지다. 내가 상을 받게 된 것은 내게 명예였고 과분한 영광이었다.

　내가 관여하고 있는 여러 단체 톡방에 이 사실이 알려지게 되어 수많은 축하 메시지를 받았다.

　그런데 한 축하 메시지가 특별히 눈에 띄었다.

　조휘문 님이 자신의 생일이 8월 24일인데 나의 수필집을 생일 선물로 받았으면 한다고 카톡방에 메시지를 올렸다. 나는 개인적으로 전혀 알지 못하는 분이었지만 책을 보내려고 주소를 보내 달라고 했다. 다소 번거로운 일이었지만 책에 대한 그의 관심이 참으로 고마웠다.

톡방에 즉시 주소를 올려 달라고 요청했다. 주소가 오기를 기다렸다. 그러나 주소는 오지 않았다.

장진규 작가의 친구분이란 생각이 문득 스쳐가 전화를 했다.

"장 선생님, 조휘문 친구 주소를 혹시 아시면 알려 주실 수 있을까요? 전화번호라도 좋습니다. 수필집 보내려고요."

"네, 주소는 알고 있습니다. 제가 친구에게 먼저 전화를 하고 알려 드리겠습니다."

얼마 후 전화가 왔다. 내일 함께 가서 친구를 만나자고 했다.

8월 24일이 되었다. 장진규 작가님은 자기 차를 가지고 왔다. 폭우로 길에 물길이 세차게 흘러 염려했으나 조금 후에 비는 개었다.

나는 광주 어느 지역에 조휘문 님의 영업 장소가 있는 것으로 생각했는데, 나의 오해였다. 순창으로 간다고 했다. 도로변의 나무들이 비에 씻겨 한층 더 생기를 풍겼고, 백일홍 꽃들도 웃는 얼굴로 생긋거렸다.

우리 내외를 태우고 운전하는 장진규 작가는 마음도 따스하고 헌신적이었으며 다재다능했다. 특별히 암송에 달인이었다. 그의 어머니가 창을 즐겨 잘 부르셨다고 했다.

정철의 '사미인곡'과 '사철가'를 부를 테니 우리에게 박수 치며 추임새를 넣어 달라고 했다. 사실은 우리 건강을 위해 운동을 시키려고 하는 것이었다. 그는 차 핸들을 잡고 몇 곡을 뽑아 우리를 즐겁게 해 주었다.

시간 가는 줄 모르고 창을 감상하며 한 시간을 달려 목적지 순창에 도착했다.

베르자르당(Verre Jardin) 간판이 푸른 수면에 분수가 춤추는 물결 따라 햇빛에 반짝여 우뚝 서 있었다.

베르자르당은 불어로 '유리 정원'이라는 뜻으로 커피와 빵을 파는 곳이었다. 대지는 총 2,800평으로 건물은 3개 동이며 건평 300평이란다. 조휘문 님의 영업 장소 주위에는 아름다운 소철 나무와 수목이 운치 있게 자리 잡고 있었다. 조각품들과 그림들로 장식되어 있어 분위기가 이국적이었다. 건물 안으로 들어섰다.

미리 연락해서인지 조휘문 님은 우리를 반갑게 맞이했다. 홀 안의 넓은 공간에 차와 빵을 준비한 자리와 큰 소철 나무들이 종려나무처럼 우람하게 띄엄띄엄 분위기를 한층 북돋아 주어 인상적이었다.

우리는 안내를 받고 둥근 탁자를 중심으로 앉아 차를 들면서 대화를 나누었다. 나는 그의 부탁대로 수필집 '행복한 여정'을 드렸고 남편은 그의 역편 저 '평화에 대한 성경적인 개념'을 드렸다.

장진규 작가도 자기가 받았던 시집 10여 권을 선물로 가져왔다.

남편은 얘기를 했다.

"나는 27세에 목사가 되어 첫 목회지로 이곳 순창제일교회에 부임했어요. 그때가 우리 신혼 생활이기도 했고요. 2년 6개월을 시무했지요."

조휘문 님은 놀란 듯 눈을 크게 뜨면서 미소를 짓고 무척 반가워했다.

"그래요, 지금 순창제일교회는 크게 성장했어요."

조휘문 님은 과거 자기의 지그재그로 방황했던 자기의 종교 생활을 털어 놓으면서, 지금은 교회 집사라고 했다. 친척 중에는 자기 동생을 비롯해 세 명의 목사가 있다고 했다. 그는 한때 유교에 깊이 빠졌는데 유교의 효성 정신 때문이라고 했다. 그래서 내가 말을 받았다.

"기독교에도 십계명이 있는데 인류 관계의 첫 계명이 '네 부모를 공경하라'는 것이지요."

남편은 격려의 말을 했다.

"기독교 역사상 가장 추앙받는 아우구스티누스도 한때는 마니교 등 여러 사상을 전전하기도 했어요. 여성과 사귀어 아이도 가졌던 생활도 했어요. 그런데 30세가 넘어 회개하고 기독교 신자가 되었고, 성(聖) 아우구스티누스가 되었지요. 배후에 독실한 신자였던 어머니의 기도가 있었어요."

조휘문 님의 동생인 목사는 이곳 순창에서 교회를 개척하여 섬긴다고 했다. 상당히 거리가 떨어져 있는 양로원에 가서 죽어가는 노인들을 보살피며 복음을 전하고 정성껏 보살핀다고 했다. 동생은 한 사람이라도 예수 믿게 해서 천국에 보낸다면 그것이 보람이라고 말했다고 했다.

남편이 말을 이었다.

"그것이 성 테레사 수녀님의 정신이지요. 오래 전에 우리 내외가 인도에 갔을 때 테레사 수녀님을 만나 보려고 36시간 기차를 타고 캘커타에 갔어요. 캘커타는 공기가 아주 나쁘더군요. 테레사 수녀님은 그때 출타 중이어서 우리는 직접 만나지 못해 무척 아쉬웠어요. 그러나 다른 수녀의 안내를 받아 수녀님의 일터와 분위기를 감지할 수 있었어요."

남편은 허리를 펴며 말을 이었다.

"테레사 수녀님은 곧 죽어가는 사람을 위해서도 정성을 다해 돌본다고 했습니다. 죽어가는 사람일지라도 자기에게 관심과 사랑을 쏟는 사람이 있다는 것을 보면서 세상을 떠날 때 조금이라도 위로가 되기를 원해서지요. 테레사 수녀는 노벨 평화상을 받았고 그 상금도 몽땅 어려운 사람들을 위해 사용했지요. 수녀님이 별세한 후에는 가톨릭교회에서 아주 얻기 어려운 성(Saint) 테레사 수녀가 되었습니다."

우리는 근처에 있는 순창 '물통골 한우마을' 식당으로 갔다. 점심 대접을 잘 받은 후 다시 그의 일터로 와서 그의 다른 건물인 결혼예식장 겸 다용도로 사용되는 건물 2층에 자리를 잡았다.

조휘문 님은 집에서 특별히 만들어 팔고 있는 케이크와 빵과 차를 가져와 테이블 위에 놓았다. 오늘은 조휘문 님의 생일이어서 생일 축하 노래를 손뼉 치며 합창했다.

그 후 장진규 작가가 카톡을 보며 소리 높여 웃으며 말했다.

"오늘은 참 좋은 날이네요. 내게 '정수대전 문인화 장려상' 수상 소식이 왔어요."

축하와 기쁨은 배가 되었다. 이런 날에는 의례히 노래를 부르기 마련이다. 두 분을 축하하면서 남편은 '뷰티풀 드림어'를 영어로 불렀고, 나는 '그리운 금강산'과 '넬라판타지아'를 불러 축하했다.

오늘 생일의 주인공인 조휘문 님은 요즘 성악 레슨을 받는다고 하면서 다듬어진 목소리로 '어머님의 성경책'이란 긴 노래를 열창했다. 장진규 작가는 춘향가 중에 '쑥대머리'를 창으로 구성지게 잘 불러주어 분위기를 고조시켰다.

성경에, '즐거워하는 자와 함께 즐거워하고 우는 자와 함께 울라'는 말씀이 있다. 오늘이 생일인 조휘문 님과 수상 소식을 들은 장진규 작가님을 위해 함께 축하하고 즐거운 시간을 가졌으니 우리 내외에게도 매우 보람된 날이었다.

꿈을 꾼다

　80에 가까운 이 나이에 꿈을 꾼다는 주제로 글을 쓴다는 것이 어울리지 않을지도 모르겠다.

　그러나 꿈을 꾼다는 것은 유소년 시절은 유소년 시절대로, 청년 시절은 청년 시절대로, 장년 시절은 장년 시절대로, 노년 시절은 노년 시절대로 나름대로 꿈을 꾸는 삶이 있을 것이다.

　꿈이라면 건강에 대한 꿈이 있을 것이고, 대학을 선택하는 꿈, 직장에서는 승진의 꿈, 사업에서는 돈 버는 꿈, 이 외에도 여러 가지 꿈들이 있을 것이다.

　나는 내게 주어진 달란트를 잘 발휘해 보고자 하는 꿈, 성경 말씀 따라 살아보겠다는 꿈, 이상적인 남편을 만났으면 하는 꿈, 자녀들을 낳아 그들이 교회와 사회에 공헌하는 인물들이 되었으면 하는 꿈들이 있다.

　내가 알고 만났던 전혜성 박사(남편 고인 고광림 박사)는 4남 2녀를 두어 그 자녀들이 훌륭한 교육을 받아 미국 사회에서 높은 지위를 얻어 국가에 크게 봉사하는 것을 볼 수 있었다.

　예컨대 미국 사회에서 예일대 법대 학장 및 국무성 차관보 고홍

주 박사(클린턴 정부), 혹은 다른 아들이 하버드 대학교 학장 및 보건성 차관보(클린턴 정부), 한 딸은 예일대 법대 교수로 봉직한다.

전혜성 박사의 자녀 손들이 취득한 박사 학위가 11개라고 한다. 과연 미국 사회에서도 우러러볼 만한 가정이다. 그런데 전혜성 박사님이 자녀 손들에게 강조한 교육은 사회에 기여하는 사람들이 되라고 하는 것이었단다.

국내외에서 사회 및 국가에 대하여 출중하게 일하고 있는 가정들이 많이 있다.

필자는 필자의 삶과 자녀들의 삶을 놀랍게 인도해 주신 주님의 은총에 마음 깊이 감사를 드린다.

나는 주님의 일을 하려고 신학 공부도 했고, 전남 연합회 순회 총무로 일할 때 남편 문 목사를 만나 결혼을 했다.

남편 문전섭 박사는 내가 바라던 남편으로 이상적이었다. 남편은 첫 목회지 순창제일교회 시무, 광주 무돌교회 개척, 현 광주 남문교회 개척, 순천 중앙교회 시무, 이렇게 목회를 할 때는 나도 함께 도왔고, 대전신학교 학장, 총회 교육부 총무로 시무할 때는 나는 자녀들을 돌보며 뒷바라지에 여념이 없었다.

그 후 자녀들이 성장하여 고등학교, 대학교, 대학원을 다닐 때였다.

신학교 책임자로 경험이 많았던 남편에게 러시아에 신학교를 설립하여 현지인 학생들에게 신학 교육을 시키고 나에게는 음악을 가르치라는 제의가 있었다.

막내가 고 2학년 중요한 시기에 엄마가 있어야 할 자리를 떠난다는 것은 그리 쉽지 않았다. 자녀들을 돌보아야 하나, 선교지로 떠나야 하나, 선택의 기로에서 고민이 많이 되었다.

그때 자녀들이 말했다.

"우리는 다 컸으니 가서서 선교사역 해야지요. 우리는 다 자랐으니 염려 마세요."

오히려 자녀들은 격려와 응원을 해주었지만 내심 걱정이 이만 저만이 아니었고 마음은 몹시 아팠다.

총회 파송으로 러시아와 싱가포르에서 선교사역을 했다.

러시아에서는 장로회 신학교를 설립하고 우리 내외가 가르쳤으며 샤스찌에(행복)교회도 설립하여 섬기며 봉사하는 삶에 전념했다.

싱가포르에서는 남편 문 선교사가 한인교회 협동목사로 일하면서 인도네시아 바탐 신학교 교수로 가르치며 섬겼다. 나는 일대일 성경공부를 성도들에게 가르쳤을 때 성령의 역사가 놀랍게 나타남도 체험했다.

선교사역 15년을 한 후 정년이 되어 은퇴했다. 선교사 사역 은퇴 후에는 딸의 권유로 '재단법인 자살방지 한국협회'에서 공부하고 자격증 시험을 보았다. 상담사, 교육 강사, 설립 자격증을 취득하여 〈풍성한 생명 상담〉이라는 간판을 걸고 봉사하며, 원하는 사람들에게 성악 레슨도 봉사하고 있다.

남편의 적극적인 후원 아래 내가 하고 싶었던 취미생활들을 개발해 오고 있는 중 다수의 문학상, 한국화상, 서예상도 받았다. 한국문화해외교류협회 공동대표로 활동하며, 국내외 교회에서와 그외 다른 곳에서 독창자로 꿈을 이루어 오고 있다.

우리 가정에 2남 2녀의 자녀들을 허락해 주셨다. 국내외에서 두 사위를 포함하여 모두 목사가 되어 사역하고 활동하는 것을 볼 때 무한 감사하다

유학을 갔던 두 아들(문은배 D Min:목회학 박사, 문학배 콜럼비아 신학교 재학)이 미국에서 목회하고 있는데, 요즘 코로나 팬데믹으로 그들이 인도하는 예배 실황을 이곳 한국 집에서 온라인으로 보고 듣고 할 수 있으니 얼마나 편리하고 감사한지 모른다. 그들의 각 가

정에 두 명씩의 자녀들이 있는데 손주들이 성장해 가고 있는 모습들을 영상으로나마 보면, 참 대견스럽고 사랑스러워 많은 위로가 된다.

아들들이 교회의 담임 목사로서 교인들을 보살피며, 예배를 인도하며, 설교를 통해서 교인들에게 영의 양식을 공급해 주는 것을 볼 때에 흐뭇한 마음이다.

우리가 자녀들에게 신학의 길로 인도했을 때 그대로 순종했으며, 부모 된 우리가 선교지에 있는 동안 네 자녀 모두가 교역자가 된 것을 우리 내외는 늘 보람되게 생각하며 하나님께서 인도해 주셨음을 감사한다.

한국에는 두 딸 문은영 목사, 문은진 목사 가정이 있다. 문은영은 사위 박형국 목사와 미국에 유학하여 에모리 대학교에서 각각 석사 학위를 받았다. 이어서 딸은 클레어먼트 신학교에서 사위는 드루 신학교에서 각각 PhD 학위를 받았다.

딸 은영은 장로회 신학대학교에서 기독교 교육 분야에 외래교수로 활동하고 있으며 학술 논문들도 여기저기 기고하고 있다. 사위 박형국 목사는 한일장신대 교수로 조직신학 분야에서 가르치고 있으며 정부로부터 프로젝트 등 학술 논문들을 생산하고 있다.

딸 은진 목사는 사위 이창렬 목사가 목회하고 있는 순천성북교회에서 교육부를 돕고 있으며, 시(市) 지원으로 예능 분야를 맡아 학원을 운영하고 있다. 딸들 두 가정에 4명의 손주들이 잘 성장하여 두 외손자들은 대학 재학 중 군대에 복무하고 있음도 국가에 대한 의무를 하고 있어 든든한 마음이다.

'사람이 마음으로 자기의 길을 계획 할지라도 그의 걸음을 인도하시는 이는 여호와시니라'(잠16:9)

잠언의 이 구절이 다가와 나의 꿈과 일치함을 주는 느낌이다. 과연 주님은 우리의 계획 이상으로 우리의 꿈과 삶을 은혜로 인도해 주셨다.

최근에 나는 교황 프란치스코의 저서 〈꿈을 꿉시다 더 나은 미래로 가는 길〉을 접하게 되었다. 교황의 꿈은 우리의 꿈과는 달랐다.

교황은 본인의 관심을 이렇게 열거했다.

"첫째, 현실을 직시하는 것이다. 거북하더라도, 사회의 주변부가 고통받고 있다는 진실을 외면하지 않고 현실을 똑바로 보는 것이다.

둘째, 사회에 작용하는 다양한 힘을 식별하는 것이다. 긍정적인 것과 파괴하는 것, 인간적인 것과 비인간적인 것을 구분하는 것이다. 다시 말하면, 하나님에게 속한 것을 구분하는 것이다. 하나님에게 속한 것을 선택하고 반대의 것을 거부하는 것이다.

셋째, 우리를 괴롭히는 것을 진단하고, 우리가 어떻게 다르게 행동할 수 있는가를 처방하는 참신한 생각과 구체적인 단계를 제안하는 것이다."(317쪽)

이 세 단계가 그의 책 〈꿈을 꿉시다〉의 기본 골격이다.

이 책 내용은 3부로 구성되어 있는데 '직시할 시간, 선택할 시간, 행동할 시간'으로 되어 있다.

교황의 책을 읽어가면서 내게 특별히 흥미로운 내용들이 있었다.

교황께서는 자신의 삶을 이같이 회고했다.

"첫째는 나에게 주어진 기도 능력이고, 둘째는 내가 경험한 유혹들이며, 마지막 세 번째가 가장 기묘한 것으로, 무려 37권이나 되는 루트비히 파스토어의 〈교황의 역사〉를 읽게 된 이유입니다. 소설이나 더 재밌는 책을 읽을 수도 있었습니다. 그러나 지금 내가 있는 위치에서 보면, 하나님께서 나에게 그 역사책을 읽도록 자극했던 이유를 따져보지 않을 수 없습니다. 주님이 나에게 일종의 백신을 접종하신 것 같았습니다. 나에게는 무척 유익한 책이었

습니다."(112쪽)

아마도 교황 프란치스코는 37권이나 되는 〈교황의 역사〉 책을 읽으므로 해서 각 교황의 공과를 알게 되어 현재의 교황으로서의 역할을 하는데 크게 도움이 되었으리라.

교황 프란치스코의 책에는 다음과 같은 구절도 있었다.

"나는 카르토네로(종이상자를 비롯해 재활용이 가능한 물건을 찾아 밤마다 길거리를 샅샅이 뒤지며 살아가는 사람들. -282쪽 넝마주이-필자 주)의 존재를 알게 된 후, 어느 밤 그들과 함께 밤거리를 돌아다니며 재활용할 수 있는 종이들을 수거했습니다. 그들처럼 옷을 입었고, 주교를 상징하는 패용 십자가도 벗었습니다. 몇몇 지도자만이 내가 누구인지를 알았습니다. 나는 그들이 어떻게 일하고, 어떻게 도시의 쓰레기에 의존해서 살아가며, 사회가 버린 것들을 어떻게 재활용하는지를 보았습니다. 또 적잖은 엘리트가 그들을 잉여인간처럼 취급하는 것도 보았습니다. 한밤중에 그들과 함께 부에노스아이레스를 돌아다니며, 나는 그들의 눈으로 그 도시를 보았고, 그들이 겪는 무관심도 경험했습니다. 점잖고 조용한 폭력으로 변하기에 충분한 무관심이었습니다."(283~284쪽)

나는 교황의 이런 글을 읽으면서, 오래 전에 남편이 출간했던 〈철저히 변두리로 가신 예수 그리스도〉란 책의 제목이 생각났다. 교황의 주변부에 대한 지극한 관심은 남편의 책 제목과도 같았다.

교황의 정신은 예수 그리스도를 따르는 삶이었는데, 이처럼 나역시 그리스도인으로서 오직 예수님을 철저히 따르는 삶을 계속이어질 나의 꿈으로 삼고 나아가리라.

병원 입원기(入院記)

봄을 시샘하는 꽃샘추위가 찾아와 온 세상이 하얗게 눈꽃으로 대지를 수놓았다. 영하의 추운 날씨에 눈 녹은 땅은 얼어 있었고 그 위로 눈이 다시 소복이 덮여 있었다.

음식물 쓰레기를 비우려고 눈 위를 조심스레 걸어갔다. 쓰레기통을 향해 가는 순간(2021. 2. 19.) 아뿔싸, 사정없이 미끄러졌다. 급히 일어나려고 했으나 몸은 말을 듣지 않았다. 겨우 일어나니 골반 위 허리 쪽이 무척 아팠다. 빨리 병원으로 갔으면 했으나 이른 아침 시간이었고, 아침식사 준비를 해야 했다. 겨우 식사 준비를 하였으나 밥맛은 도망가고 가슴 부위도 아팠다.

가까운 병원에 가서 넘어진 상황과 아픈 부위를 얘기했다. 아픈 쪽에 주사를 맞고 약 처방을 받아 아픈 몸을 감싸고 처방해 준 약을 사기 위해 충장로 명동약국으로 겨우 걸어갔다. 약을 사와 복용했으나 아픔은 여전했다.

이틀 후(2월 21일) 주일예배 시간에 네 사람이 그동안 준비했던 크로마하프 연주를 해야 하는데 걱정이 되었다. 주말이어서 병원도 휴일일 것이고 이틀 쉬면 괜찮겠지 싶었다.

주일 아침 막내시누로부터 전화가 왔다.

"언니 허리 다친 데는 좀 어떠세요?"

"여전히 통증이 심하네요."

"최원장이 진통제 주사를 놓아준다 하네요."

그 소리가 구세주를 만난 듯 기뻤다. 주사 힘으로 샤워를 하고, 교회에 갈 준비를 했으나, 오래 앉아 있을 자신이 없었다. 주일 성수를 철저히 강조한 남편도 상황을 파악하고 나에게 누워서 쉬라며 혼자 교회로 갔다. 난 누워서 아들이 담임으로 있는 미국 스포켄 한인장로교회 온라인 예배에 참여했다.

월요일이 되어 문웅주정형외과로 갔다(2021. 2. 19). X-Ray를 먼저 찍었다. 원장님은 사진을 자세히 살펴보았다.

"요추 2번이 골절되었네요. 혹 전에 다친 적이 있었나요?"

"아니요, 전혀 그런 적 없었습니다."

"여기를 보세요, 이 부분이 다쳤어요, 다행히 중요한 신경선은 피했네요."

나는 다만 타박상으로 근육이 심하게 다쳤나 생각했는데 절골이 되었다 하여 충격이 컸다. 뼈는 으스러져서 형체가 뼈 중 3/1정도만 남아 있었다. 바깥 뼈의 일부는 일그러져 바지개 지렛대처럼 좀 떨어져 삼각으로 뉘어 있었다.

"MRI를 찍으면 더 세밀하여 자세히 알 수 있는데요……?"

"그럼, MRI를 찍어야 하겠지요."

MRI를 찍었다. X-Ray와 MRI 결과는 동일했다. 원장님은 신중한 표정으로 말했다.

"이런 경우 세멘을 넣거나 쇠를 넣은 대수술을 해야 하는데, 되도록 수술을 하지 않는 편이 좋으니 일단 수술을 안 하는 쪽으로 치료를 해보고, 나중에 추이를 봅시다."

가슴을 덮는 기브스를 해야 한다며 몸에 맞도록 사이즈를 쟀다.

딱딱한 플라스틱으로 제조된 보조기로 가슴을 둘러싸고, 조였다 풀었다 했다. 10주~12주를 차야 한단다.

등뼈가 움직이지 못하도록 가슴 전체를 조여 매니 한결 몸 움직임이 부드러웠다. 이 갑옷 같은 딱딱하고 무거운 보조기를 입고 10주~12주를 밤낮으로 지내야 한다니 참 한심스러웠다.

그나마 머리를 다치지 않아 말할 수 있고, 골반을 다치지 않아 걸어 다닐 수 있고, 신경선을 피해 고통이 덜하니 그저 감사한 마음이었다.

6주간 입원을 해야 한다고 했다.

우리는 2주간이면 충분히 다 나을 것 같아 2주 동안만 입원하겠다고 했다. 정해준 303호 입원실만 확인하고 입원 준비를 위해 집으로 갔다.

소식을 들은 딸 은영목사가 서울에서 급히 내려와 도와주었고, 다음날 새벽 일찍 순천에 있던 딸도 왔다. 입원 준비물을 딸 차에 싣고 함께 병원 입원실에 들어갔다. 침대 4개가 정리되어 있었다.

필요한 물품들을 내 보관함에 넣어주고, 딸들은 병원을 떠나 각각 서울로 순천으로 떠났다. 딸들의 효성이 고마웠다.

정해진 입원실 침대에 누웠다. 간호사가 와서 혈압과 열체크를 하고 링거를 꽂아 주었고, 하루 2회 먹을 약도 주었다.

요추 2번이 골절이라는데 다친 그곳보다 허리 아랫부분 골반 위쪽이 여전히 심하게 아팠고 들숨과 기침을 할 때는 더욱 결리고 아팠다. 눕고 일어날 때는 '아야!' 소리가 저절로 튀어나왔다.

옆 침대에 있던 환자는 골절된 손목이 뼈가 잘 붙어 3주 입원하고 퇴원했다. 혼자 있으니 자유로워 TV CBS 기독교 방송을 켜고 찬양과 설교로 은혜로운 시간들을 가졌다. 가만히 누워 있어야만 할 처지에 자신을 돌아볼 수 있는 기회도 되었다.

입원 일주일이 되는 날인데도 허리는 여전히 아팠다. X-ray를 다시 찍었다. 결과가 어떻게 나올까 궁금했다.

원장님은 상태가 저장되어 있는 컴퓨터를 자세히 살폈다.

"아이고, 많이 움직였네요. 고개나 허리를 숙이지 말고, 식사와 화장실 가는 것 외에는 꼭 누워 있어야 하고 서 있을 때도 고개를 반듯하게 펴야 합니다. 절대 움직이면 안 됩니다."

"네, 원장님, 그런데 다친 부분은 요추 2번인데 왜 골반 위쪽이 이렇게 아픈지요?"

"요추 쪽을 다쳐도 신경이 눌러 아랫부분이 아플 수 있습니다. 상처가 다 아물면 그곳도 나아질 것입니다."

이렇게 주의를 주어서 나는 명심하여 그대로 하려고 노력했다.

간호사는 비어 있는 옆 침대에 환자가 들어온다고 새로운 시트로 갈아 끼운다. 잠시 후 70대로 인자하게 보인 분이 들어왔다. 어깨와 허리가 아파 자녀분들이 쉬면서 물리치료를 받으라고 입원시켜 주었단다.

다음 날은 50대의 환자가 들어왔다. 교통사고로 4주 입원 진단을 받았다고 했다. 유유상종이라고 같은 처지에 있는 환자들끼리 오랜 친구처럼 허물없이 서로 얘기를 나누곤 했다.

문응주 원장님에 대한 칭찬도 자자했다. 문응주 정형외과 원장님은 친절하고 정직하다는 소문이 났다. 그 바쁜 와중에도 수필집을 4권이나 출간하고 기타리스트로 가끔 연주회도 하는 것 같았다.

3월 9일 3번째 X-Ray를 찍었다. 사진을 살펴 본 원장님의 표정이 심각했다. 컴퓨터에 나타난 사진을 이리저리 살피시며 설명을 해주셨다.

"여기 중간에 선이 생겼어요. 상태가 별로 좋지 않습니다. 잘 안 되면 이곳에 시멘트를 넣거나 쇠를 넣어 대수술을 해야 하는데, 그럴 경우 위 뼈와 아래 뼈가 무리가 되어 나중에 다치면 부서질 염려가 있습니다. 이렇게 옆으로 나왔지 않아요. 앞으로 숙여 눌러서 이렇습니다. 무게가 있어 누르기 때문에 이렇게 찌그러져 나와 있지 않아요. 절대로 앞으로 숙이거나 움직이지 말고 누워 계세요. 다음에 후회하지 말구요. 그러나 다행히 중요한 신경선은 피해 있어서 감사한 일입니다."

'나는 나대로 주의를 했었으나 미치지 못했나 보네,'

나도 가슴이 콩닥거렸다.

원장님은 인자하고 친절한 모습으로 다시 말을 이으셨다.

"뼈들은 저희들끼리 원상태로 붙도록 최선의 노력을 다합니다. 뼈를 다치면 4단계로 보는데 1단계 3주, 2단계 6주, 3단계 9주, 4단계 12주, 이렇게 3주 간격으로 4단계가 있어요. 10주~12주가 되어야 뼈가 붙습니다. 좀 낫는다고 소홀히 생각해서는 안 됩니다."

생각보다 진전이 없다면서 주의를 다시 당부했다, 무게 때문에 눌린다는 말이 되새겨졌다. 과연 그렇겠구나. 머리와 상체의 무게가 요추 2번 다친 뼈를 일어서지 못하게 했었구나. 뒤늦게야 눌린 사실을 인식했다. 처음부터 이 원리를 알았더라면 더 주의를 했었을 텐데, 이후로는 일어서서 식사를 했다.

화장실을 갈 때도 더 주의를 했다. 머리 어깨 허리를 직선으로 세우고 신경 써서 다녔다. 베개가 높은가 하여 수건으로 베개를 낮게 만들어 사용도 해 보았다.

원장님은 회진 때도 환자들에게 앞으로 숙이지 말고 자세를 반듯하게 하라고 늘 강조했다.

아는 지인이 교통사고로 허리를 다쳐 3개월을 누워 있는 상태로 음식 먹고, 이를 닦고, 대소변을 받아냈다는 말이 생각났다. 과연 그 치료가 지혜로운 치료였다고 공감도 했다.

3월 18일은 어머님의 추도일이었다. 되도록이면 퇴원하여 참여하려고 노력했다. 그래서 곧바로 X-Ray를 찍고 결과를 보았다.

삼각형으로 뾰족이 나와 있던 뼈는 그대로 있고 그 뼈 중심에 하얀 기둥이 서 있었다.

원장님은 밝은 표정으로 미소 지으며 말했다.

"야, 이제야 제자리를 찾아가네요. 중요한 시점이니 움직이면 안 됩니다. 이 상태에서는 보낼 수가 없네요. 주의하시고 2주 더 입원해야 되겠어요."

허락을 주지 않아 어머님 추도일인데도 참여하지 못하게 되어 안타까웠다.

변화된 뼈가 제자리를 찾아간다는 말에 조금 위안도 되었으나, 이제야 제자리를 찾아간다니 다친 것은 순간이나 치료는 이렇게 더디고 시간을 요하는구나. 몰라서 성급했던 자신을 돌아보게 되었다. 시간이 약이라는 말이 맞는 말이었다.

주일이면 CBS, CTS와 미국에서 목회하는 두 아들 교회 온라인 예배 시간에 들어가 참여하기도 했다

남편은 부산 시누, 시동생, 조카 수진과 함께 병문안을 왔다 갔다.

남편은 집 가까이에 있는 드맹 시누 집에서 식사를 해결할 수 있어 감사하고 내가 걱정을 놓을 수 있었다. 오랫동안 입원을 하니 많은 신세를 진다 싶어 미안함도 금할 수가 없었다.

완치도 안 된 상태에서 병원 규칙에 따라 4월 5일 퇴원을 하게 되었다.

남편은 부산 시누와 함께 문길섭 시동생이 운전하여 병원에 와서 짐을 챙겨 집으로 왔다.

원장님의 말이 귀에 쟁쟁했다.

"지금 뼈 상태는 밀가루 묽은 반죽처럼 되어 있는 상태로 붙어가는 중입니다. 움직여서 눌러버리면 곤란합니다. 수술로 들어갈 수 있습니다. 다음에 후회하지 마시고 조심 또 조심하시길 부탁합

니다. 이상이 있으면 즉시 병원에 오고 별이상 없으면 2주 후에 내원하세요. 퇴원하여서도 병원에서 입원했던 것처럼 꼭 누워 있어야 합니다."

병원 입원 생활 한 달 반이 넘어 집에 왔다. 내 방에 들어가 자리에 누웠다. 평안하고 조용한 안식처였다. 입원실에서는 계속 이어진 TV 소리, 코 고는 소리에 설쳤던 잠을 푹 잘 수 있어 좋았다.

내가 건강해야 세상도 있다는 것을 재인식하며 몸이 무겁고 아파 말을 듣지 않으니 그동안 정신없이 앞만 보고 달려왔는데, 그러나 이제는 내 몸도 사랑하고 보살펴야 하겠다 싶다.

서울에서 은영 딸도 몇 주간을 모든 일 제백사 하고 급히 내려왔다.

그동안 쌓인 집안 청소도 깨끗이 하고 음식도 정성을 다해 준비해 주었다. 그 마음이 고마웠다. 국내외에 있는 자녀들도 주문하여 음식들을 보내는 등 효성이 극진했다. 모든 가족들의 사랑과 헌신과 도움도 잊을 수 없다.

코로나로 인해 병문안을 사절 했음에도 한사코 찾아주신 탐스런 문학반 박덕은 교수님과 문우님들, 한국화 반에서 함께 활동했던 박관에 화가, 정옥남 시인, 주옥련 시 암송가가 발걸음을 해주셨다. 귀한 분들이 찾아와 주셔서 고마웠고, 손영란 화가를 비롯하여 전화로 위문해 주었던 여러분들의 따스한 사랑도 잊을 수 없다.

지금은 주 3회 통원하여 물리치료(찜질, 전기치료, 초음파)를 받고 있으나 몸은 천근만근 무겁다.

다쳐 아파 보니 건강의 중요성을 더욱 깨닫게 되었고 건강관리도 잘 해야겠다는 마음이 새롭다.

몸에 난 상처에도 시간이 필요하듯 건강을 위해서도 기다리는 중 지나친 욕망 버리고 겸손함으로 소박한 삶 살기를 다짐해 본다.

장애인에 대한 관심과 사랑

평소에 나는 장애인에 대한 관심이 많았다.

장애인 하면 신체의 일부에 장애가 있거나 정신 능력이 원활하지 못해 일상생활이나 사회생활에 어려움이 있는 사람들을 말한다.

태어났을 때부터 장애를 가진 '선천적 장애인'과 사고 등으로 나중에 장애를 갖게 된 '후천적 장애인'으로 나눌 수 있는데, 후자가 절대 다수이다.

따라서 비장애인도 언제든지 장애인이 될 수 있다는 겸손한 마음으로 장애인들에 대한 관심과 사랑을 가져야 할 것이다.

우리는 장애를 극복하고 재능을 갈고닦아 훌륭한 삶을 사는 분들이 많다는 것을 알고 있다.

내가 아는 분으로 장신대 명예 교수인 한숭홍 박사가 계신다.

그는 소아마비로 초등학교를 졸업하고 중학교 입학시험을 보았다.

입학 성적은 매우 좋았으나 면접에서 불합격이 되었다고 했다. 마음이 상한 그의 어머니가 학교에 가서 항의했다. 난처해진 학교 측에서 입학을 허락하여 학생이 된 쓰라린 경험도 가졌다.

그는 덕수상고에 진학하여 친구들도 사귀었고 비교적 즐거운 학교생활을 가졌다. 졸업 후 연세대학교 신과대학에 입학했다. 상고 출신으로 신학 과목은 다소 생소했으나 어학을 비롯하여 다른 과목들을 열심히 공부해서 주위 학생들과 교수님들께 인정을 받았다.

그는 연세대학교 연합신학대학원에 일등으로 입학하였고 졸업 후에는 1년간 독일어를 연마한 후에 독일로 유학을 갔다. 10여 년 공부하고 매우 우수한 논문으로 박사학위를 받고 장로회신학대학 교수로 부임하여 27년 봉직한 후 명예 교수가 되었다. 교수님은 글로, 저술로, 강의로 많은 공헌을 해왔다.

두 겨드랑이에 목발을 낀 소아마비의 핸디캡을 극복하고 의지와 노력으로 목표를 달성했다.

내게도 소아마비를 가진 오빠 딸(유영숙)인 백합 같이 어여쁜 조카가 있다.

오빠는 고흥 녹동에서 양복점을 경영하며, 취미로 궁술과 서예를 잘 하여 아시아 대회에서 수상들을 했다. 지방에서 유지로 지내며 생활도 여유로웠다. 가정에 첫째 딸로 예쁘게 태어나 애지중지 귀염을 독차지하며 잘 자랐다. 어느 부모나 그러하듯, 첫 아이 딸에 대한 기대가 컸다.

그러나 사람의 뜻대로 할 수 없는 안타까운 일이 생겼다.

딸은 세 살 때 소아마비에 걸려 하반신에 장애가 와서 자유롭게 걸을 수가 없게 되었다. 얼마나 마음 아픈 일인가……

천방지축 뛰어다니며 자유롭게 놀아야 할 시기에 집안에서 가만히 앉아 뛰고 달리는 또래아이들을 바라봐야만 하는 그 마음은 어떠했을까, 동생들은 초등학교부터 서울에서 학교 다니며 방학 때마다 책가방 메고 집에 오는데, 학교에 갈 수도 다닐 수도 없었으니……

190

오빠 집에 종종 들렀을 때 조카는 배우고자 하는 열망이 대단하여 열심히 나름대로 공부를 하고 있었다.

통신으로 초, 중, 고, 대학 영문과를 졸업했다. 시도 잘 썼다.

나는 조카가 피아노를 배우면 생애에 도움이 될 것 같았다.

"숙아. 피아노를 공부하면 어떻겠니?"

"내가 어떻게 할 수 있을까요?"

"그래, 너의 그 강한 집념이면 무엇이든 할 수 있어."

"그럼, 피아노 하도록 노력해 볼께요."

조카는 피아노를 하라는 나의 권유를 받아들여 일로 매진했다.

조카는 피아노 교습을 받은 후 문하생들을 가르치면서 음대와 대학원 석사까지 했다.

집에서 자기 학생들을 가르치는 학원을 경영하는데 1년에 1회씩 문하생들 발표회를 가졌다.

광주에 살고 있는 나에게 축가를 부탁해서 종종 서울 조카가 주관하는 발표 행사에 가곤 했다.

30~40여 명 문하생들의 발표회 곡들은, 콩쿠르 경연대회에 출연시켜 입상한 곡들로, 수준 높은 연주회여서 내심 놀랐다. 부모님들은 자기 자녀의 연주가 끝나면 격려의 꽃다발들을 안겨주었다.

꼬까옷 입고 고사리손으로 건반을 두들기는 아이들 모습이 얼마나 귀여웠는지 흥거운 감상에 나는 도취 되기도 했다.

조카의 진취성은 대단했다.

우리가 싱가포르에 살고 있었을 때 여행 차 휠체어에 몸을 의지하여 동생들과 함께 우리를 방문했다. 이곳저곳 관광지를 다니며 즐거운 시간을 함께 갖기도 했던 추억은 잊을 수 없다.

오랜 시간 후에 조카는 미국에 있는 친구가 초청하여 로스앤젤레스에 가서 한 달 동안 여러 곳을 여행했단다. 휠체어를 타고 국제여행을 감행하다니 내심 놀라기도 했다.

191

나는 장애인 아이를 가진 전혜준 지인을 기억한다.

남편 조성민은 하버드 대학교 경제학과를 졸업한 수재이며 유망한 분이다.

그는 유수한 미국회사에 취직하여 남부럽지 않게 살 수 있었으나 슬하에 남매 중, 동생인 아들은 정상인으로 건강하게 잘 자랐으나 딸 그레이스가 선천성 장애로 태어났다. 말도 어눌하고, 신체도 성장이 늦고, 걷기도 힘들어했다.

그러나 그레이스는 미국의 좋은 환경인 특수학교에 입학하여 교육도 잘 받고, 재정지원의 혜택도 받고, 부모의 사랑을 듬뿍 받으면서 행복하게 지냈다.

그러던 차 아빠 직장이 한국 지사로 발령이 나서 고국에 대한 기대를 안고 서울로 이사를 왔다.

그 당시만 해도 한국에는 장애인 아이들에 대한 특수학교가 없었다. 염려 중에 두 자녀를 서울 강남에 있는 초등학교에 편입시켰다.

학교 들어가는 날부터 지체아라서 급우들에게 둘러싸여 구경거리가 되었다. 수군거리고 놀리는 것이 다반사였다. 아이는 학교 가기를 싫어했다.

집 밖으로 나가면 역시나 아이들에게 놀림거리가 되었다.

아이는 적응을 못하고 시름시름 아팠다.

결국은 그리웠던 고국에 정착하지 못하고 어쩔 수 없이 다시 미국으로 떠나야만 했다.

인간에게는 누구에게나 신체의 어느 부분에 장애를 가질 수 있다.

지체 부자유, 내부 장애, 시각장애, 청각장애, 정신장애, 공황장애 신체의 내 외부 장애가 허다하다.

우리는 장애인을 만났을 때 불행하다는 인식과 편견이 뒤따른다. 그러나 장애인에 대한 우리의 인식과 편견은 개선되어야 한다.

다행히 1989년에 우리나라는 장애인 복지법을 만들어 장애인들도 사회 구성원으로서 불편하지 않게 살아갈 수 있도록 여러 가지 지원을 하고 있으며, 장애인 복지와 장애인 인권이 중요해지고 있다.

어느 가정에 사랑하는 어린 딸이 화상을 입었다. 얼굴은 몹시 일그러졌고 보기 흉한 상태였다. 사람들은 그녀를 보면 멈칫 놀라며 회피했다. 나이가 들어가면서는 비관하여 세상을 등지고픈 마음뿐이었다.

그러나 오직 어머니만은 딸을 안아주며 사랑했다. 그녀는 직업을 얻어 보려고 했으나 어느 곳에서나 거절당했다. 그녀는 자기의 상황을 중심으로 책을 저술하여 펴냈다.

한번은 어느 남자에게서 전화가 왔다.

"함께 식사를 하면 해서요."

"어머, 저를 어떻게 아셨어요?"

"예, 선생님이 저술하신 책을 제가 보았어요."

그녀는 모처럼의 호의를 무시할 수 없어 함께 자리를 했다. 그것이 계기가 되어 결혼을 했고 두 아이의 엄마가 되었다. 남편은 그녀의 외모를 본 것이 아니라 그의 마음을 보았던 것이다.

실로 우리 인간은 영육으로 되어 있는데 그는 영혼과 마음가짐에 더 큰 비중을 두는 것 같다.

한번은 그녀의 딸이 말했다.

"엄마, 지구는 더없이 아름다워요."

"너는 어째서 그런 생각을 하니?"

"우리 엄마가 여기 지구에 계시니까요."

어머니와 남편과 딸의 지극한 관심과 사랑은 참으로 감동적으로 나의 마음을 벅차오르게 했다.

[제32회 광주광역시 미술대전 입선] 유양업 作

망상 해변

    단풍이 곱게 물든 가을, 한국문화해외교류협회 본회와 한국문화해외교류협회 강원지회가 연합하여 남구만 시조창 전승발전 방향과 문화행사, 그리고 회원 간 친교 모임을 1박 2일로 강원도 동해 망상 해수욕장에서 갖게 된다는 본회의 광고를 보고, 본회 고문인 남편과 공동대표인 나도 신청을 하고 참여하기로 했다.

    대전역에서 2021. 11. 20일 아침 8시 50분 열차로 출발해서 제천에서 환승하여 동해로 갈 예정인데, 집합 장소는 대전역이었다.

    광주에서 대전으로 가는 기차나 버스 교통편이 당일 일찍은 없었다. 우리는 어쩔 수 없이 시간을 맞추기 위해 대전역 가까운 모텔에서 하룻밤 지내기로 남편과 결정했다.

    전화가 왔다. 김우영 공동대표로부터 숙소는 협회에서 할 테니 염려 말고 하루 전에 대전을 오라고 했다.

    하루 전 19일 오후 2시 20분경 터미널로 가서 표를 사는데, 상황이 우리 예측과는 달랐다. 코로나19 확산으로 인해 여행객들이 주춤 했었는데 백신 2차 접종이 끝나가는 단계로 여행이 풀리는 분위기와 주말이 겹쳐 여행객이 상상 외로 많았다.

이미 시간이 빠른 표는 매진되어 겨우 5시 20분 표를 구할 수 있었다. 그것도 뒷좌석이었다.

세 시간 정도 터미널에서 기다린 후 대전행 버스를 타고 8시경 도착하여 우리를 기다리고 있었던 한진호 위원장님과 김우형 상임대표님을 반갑게 만났다.

한 위원장님의 배려로 저녁 식사와 대전역이 가까운 모텔의 좋은 방을 잡아주어 편히 쉬었다. 감사한 마음이었다.

다음날 아침 김우영 상임대표와 한진호 운영위원장님과 아침 식사를 간단히 하고 택시로 대전역을 향했다.

충청, 대전, 서천, 광주 등 총 12명의 우리 일행을 실은 8시 50분 무궁화 열차는 플랫폼을 빠져나갔다. 대전에서 출발, 충북 제천에서 환승, 동해까지는 무려 5시간이 소요된다고 했다. 여행이란 모험도 동반됨을 체험하며 정해진 자리에 앉았다.

울긋불긋 오색찬란한 차창 밖의 풍경은 완연한 단풍으로 가을 정취에 흠뻑 젖게 했다. 우리를 실은 열차는 조치원, 충북, 청주, 증평을 거쳐 드디어 제천에 도착했다.

환승 전에 우리 일행은 충북 제천 플랫폼에서 미리 준비한 김밥으로 간단히 오찬을 나누고 다시 동해선 열차에 올랐다.

동해를 향해 달린 열차는 강원도 가파른 산협을 따라 태백, 정선, 영월을 거쳐 종착역인 동해역에 도착했다.

기차에서 내린 일행은 기념 사진을 한 컷 담고 만남의 장소인 망상해수욕장으로 달렸다. 푸른 동해안 대해의 수평선에 넘실거린 파도는 지친 심신을 풀어주었다.

일행은 동해바다가 탁 트인 망상해변 '돌고래 횟집'에 도착하여 여장을 풀고, 평소 순발력이 있는 회원들의 협력으로 곧 준비를 마쳤다.

강원지회 박남순 지회장과 김지은 사무국장이 도착했다. 남구만 시조창보존회 회장인 김지은 사무국장의 사회로 행사가 진행되었다.

한국문화해외교류협회 상임대표인 김우영 박사는 박남순 강원지회장과 사무국장에게 위촉장을 전달했다. 다음 박남순 강원지회장의 환영 인사와 상임대표 김우영 작가의 답사에 이어 함께 참석자 소개가 있었다. 상임 고문 한진호 소설가의 축사와 남편 문전섭 고문의 영문 연설이 있어 참석자의 갈채를 받았다.

이어서 박남순 시조 명인의 시조창 특강이 있는 후 대전 한진호 시조 시인의 시를 동해 시조창으로 시연을 하여 참석자들로부터 호응이 좋았다.

박정임 수필가와 임원옥 시낭송가의 결 고운 시낭송이 있는 후 나는 이태리 가곡을 불렀다. 마지막으로 김우영 상임대표의 통키타로 '사랑해' 노래를 합창으로 뜻 있는 정식 행사는 연합된 분위기 속에서 마쳤다.

한국문화해외교류협회 강원지회와 만남의 행사를 마치고 동해바다의 싱싱한 바다회를 시식하며 저녁식사로 회원 간 화기애애한 따스한 친교의 분위기를 만끽했다.

만찬을 마친 일행은 동해 밤바다 풍경과 정취를 즐기는 순간인데, 모래사장에서 동해바다를 향한 불꽃이 하늘 높이 이곳저곳에서 확 터져 번쩍였다.

바닷가에 심어 있는 노송과 어울린 밤바다의 불꽃은 축제 분위기로 장관이었다. 마치 우리 행사를 축하하는 듯했다.

망상해수욕장은 동해시의 대표적인 해변으로 총 길이 5km에 달한 아주 긴 해변으로 낭만이 물든 산책길도 있었다.

밤바다 산책을 마친 일행은 숙소인 '동해바다' 호텔로 옮겼다. 일찍 잠을 청하기 어려운 일행은 2층 213호 방에 모여앉아 늦은 밤 놀이로 웃음의 꽃을 피웠다.

다음 날 망상 해수욕장을 앞에 둔 '큰맘 할매 순대국' 식당에서 미리 준비한 조식을 마친 후 해변 모래사장을 거닐며 산책을 했다.

모래 위에 망상해수욕장의 상징인 빨강색 시계탑의 중심에 '동 트는 동해 망상'이란 흘림체의 하얀 한글 글자가 파란 바다 수평 선 위 하늘을 배경으로 서 있는 모습이 참 인상적이어서 함께 사 진도 몇 컷 담았다.

동심에 젖은 우리는 해변에 앉아 동요를 불렀다. 고음이 잘되 지 않아 발성법 기능을 내가 가르쳐 주니 맑은 소리로 고음 처리 가 잘 되었다.

신난 분위기로 '엄마가 섬그늘에 굴 따러 가면……' 동요를 부 르고 있는데, 지나가던 여행객 10여 명이 우리에게로 다가와 합류 하여 노래를 함께 불렀다.

대화를 나누다 보니 서울에서 온 서울대 약대 출신 동문회원들 이었다. 나는 80이 넘은 한진호 위원장님도 서울대 약대 출신이 라고 소개를 했더니, 그들은 반가움에 넘쳐 대 선배님이시라며 한 줄로 쭉 서서 정중히 엎드려 무릎 꿇고 코가 땅에 닿듯 넙죽이 큰 절을 했다.

그분들과 한판 어울려 한진호 위원장은 하모니카, 서울 약사님 은 오카리나, 김우영 상임대표는 통기타로, 서울팀의 여 약사님은 춤으로, 남은 우리들은 모두 웃으며 노래로 그야말로 즉석 오케스 트라로 길거리 버스킹 공연을 연출했다.

처음 와 본 넓은 동해바다 망상해수욕 백사장 주변을 돌며 지난 날 바닷가의 추억을 새기며 새로운 감회와 낭만을 만끽했다.

강원지회 박남순 지회장이 마련한 맛있는 '돌고래 횟집' 야외 식 탁의 오찬을 나누면서 서로의 덕담과 꽃을 피운 여행담들은 잊을 수 없겠다 싶었다.

오찬을 마친 일행은 문화유적지 탐방을 위하여 약천길 66번지

꿈을 꾼다

약천사 남구만 유적지를 방문하여 유래를 들었다.

'약전 남구만(1629~1711)' 시조 시인의 호는 약천으로 숙종 때 영의정을 지냈단다. 매사에 사사로움이 없고 공의에 따랐으며 문하에 글 배우는 선비가 100여 명이 넘었다고 했다.

'동창이 밝았느냐/ 노고지리 우지진다/ 소치는 아이놈은/ 상기 아니 일었느냐/ 재 넘어 사래 긴 밭을/ 언제 갈려 하나니// (남구만)

위 시조는 조선 후기의 문신(文臣)으로 벼슬이 영의정에까지 이른 남구만이 벼슬에서 물러나 전원생활을 할 때 쓴 작품이다.

봄을 맞이한 농촌의 즐거운 비명이라고나 할까. 생동하는 농촌을 보는 느낌이다. 그래서 이 시조가 예부터 변함없이 많은 사람들의 입에서 애송되어 오는 것이리라.

수평선 망망대해
흰 파도 밀려와 곡선 그려
설렘 사이로 피어난 하얀 포말
푸르게 하늘 올라
감흥 흔든다

시조 창 흐르면
떠오르는 동해
햇살 받아 바다 향 품고
파도와 사연 나누며
갈매기 벗한다

네 다리 빨강 시계탑
동트는 동해 글씨 흔들며
해종일 구름 끌어안고

긴 숨결 낮달에 엎어
시간 알리며 서 있다

해파랑길 모래사장
하룻길 길손들 가다가 멈춰
추억의 노랫가락 설렘의 향연
노송은 낭만 들고
해풍은 선율 휘감는다.

- 졸시 〈망상 해변〉 전문

[제31회 전국 춘향미술대전 특선] 유양업 作

제4부

[안중근의사 하얼빈 의거 제111주년 기념 국회 유명작가 초청전, 서울시의회 의장상] 유양업 作

노래하는 사람들

　호사다마라는 말이 있다. 경사스런 일 후에 어려움이 따른다는 말일 것이다. 이것은 우리 삶에서 항상 좋은 일만 있는 것도 아니고 항상 나쁜 일만 있는 것이 아니라는 뜻일 것이다.

　나는 이번에 호사다마의 역전 현상을 경험했다. 그동안 생을 즐기며 지내왔던 삶에 균열이 생겼다. 순간 눈길에 미끄러져 6주간 병원에 입원하는 신세도 졌고 퇴원 후에도 기브스를 한 후에 두꺼운 보조기를 4주간 더 차야 했다. 지금은 얇은 복대로 허리를 보호하며 물리치료를 받고 있다. 이런 불편한 생활 속에서도 내게 기쁜 일들이 주어져 한편 위로도 되었다.

　입원 중에 있을 때 나명엽 박사로부터 전화가 왔다.

　"제2회 아름다운 농업인과 문화예술인의 나눔 축제, 안성 농업인 직거래 주말 장터와 함께하는 2021년 전국 100인 시화전 및 책 나눔 한마당 축제에 한 작품 보내시죠?"

　"아, 그래요. 허리를 다쳐 입원 중에 있는데 어떻게 하죠?"

　"그럼, 핸드폰에 작품이 저장되어 있으면 한 편을 제 카톡으로 보내 주시면 제 것과 함께 그곳으로 보내겠습니다."

나는 병원 입원실 침대에 꼼짝없이 누워 있어야 하는 형편이었지만 손은 자유롭게 움직일 수 있었다. 저장되어 있는 '만추' 詩를 보내놓고 까마득히 잊고 있었다.

　어느 날 부산에 거주하는 고안나 시인이 카톡으로 사진들을 보내왔다. 철쭉꽃이 어우러진 마을에 2021년 전국 130인 시화전이 전시된 사진이었다. 잔디가 깔려 있는 나무와 나무 사이의 공간에 현수막과 시화전 작품들이 줄지어 아름답게 걸려 있는 작품들 중에 내 작품 '만추'도 있었다.

　내 시는 단풍잎으로 빨갛게 장식되어 여러 곳에 걸려 있었다. 나로서는 전혀 생각 밖의 일이라 뿌듯한 기쁨의 물결이 가슴속에 일렁이었다.

　드높은 쪽빛 하늘 아래
　넘실거린 국화 향 추억
　계절의 갈피에 서성인다

　풀벌레 울음소리 자취 감추고
　나무의 내부 시계
　오색찬란한 단풍으로 물들인다

　농익은 설렘이 황홀함 수놓아
　절벽 타고 휘도는 풍경
　물결치는 가슴속에 휘감아
　그리움 되어 속삭인다

　눈길 닿는 곳마다 낭만 풀어 놓고
　바위틈 꽃은 무지개 머리 베고

나래 펴 상흔 감싸 주며
산 노을 메아리쳐 고운 사연 띄워
운치 있는 사색을 그 중심에 새긴다

붉그레한 경이로움과 뜨거운 열정
하늘하늘 전율로 휘감아
밝은 햇빛 비춘 눈부신 장관
산야마다 불태우고 있다.

- 졸시 〈만추〉 전문

이 만추의 시를 세계문화예술연합회에서 동영상으로 배경음악
과 그림에 맞추어 아름답게 시를 낭송하고 유튜브에 올려 주기도
했다.

진달래 철쭉꽃이 만발한 4월 5일 병원 규칙에 따라 퇴원을 해
야 했다.

문응주 원장님은 퇴원한 나에게 주의를 주었다.

"지금 완치되어 퇴원한 것은 아닙니다. 집에 가서도 병원에 입
원해 있는 것처럼 가만히 누워 있어야 합니다. 지금 상태는 밀가
루 반죽처럼 묽은 뼈가 붙어가고 있으니 잘못하여 다음에 후회하
지 않도록 조심 또 조심해야 합니다."

이런 당부의 말을 안고 집으로 왔다. 역시나 집은 안식처였다.

서울에 있는 딸 문은영 박사가 일주일에 3일은 광주에 와서 식
사준비 등 집안일을 해주고 정성 다해 보살펴 주었다.

몇 개월 전 광주에 〈음악인 포럼〉이 생겨서 가곡이나 클래식
노래를 부르기를 원하는 자들에게 무대를 열어 주었다.

나는 연주회 날을 며칠 앞두고 요추 2번이 골절이 되었으니 난

감했다. 포기할 수밖에 없었다. 그런데 코로나19로 연기 또 연기되어 결국 5월 15일로 다시 날짜가 잡혔다. 그러나 무대에 서서 노래를 한다는 것은 아직 무리겠다 싶어 걱정이 되었다.

포기하려니 제4회 음악인 포럼 프로그램에 내 이름과 사진도 이미 나와 있었다. 이런 몸의 상태로 노래를 할 수 있을지 망설여졌다.

병원에 가게 되는 날 문 원장님께 이 상태에서 노래를 해도 되는지를 여쭸다.

원장님은 부드러운 표정으로 미소를 지으며 답을 주었다.

"노래할 수 있습니다. 대신 얇은 복대라도 착용하고 하세요."

"아, 그래요. 다행이네요. 이미 프로그램이 잡혀 있어서요."

2021년 5월 15일 오후 3시. '빛고을 아트스페이스 5층 소공연장'으로 갔다.

출연자들은 연습을 많이 했는지 노래 실력들이 대단했다. 출연자 중에는 성악을 전문으로 해서인지 수준 높은 곡들을 잘 소화해서 발표했다.

가지각색의 아름다운 의상들로 무대 역시 화려했다. 청중들은 코로나19 때문에 소수의 가족들만 참여했다. 내 차례가 되어 그런대로 열심히 부르고 나오니 대기하고 있던 분들이 잘했다며 손을 꼭 잡아주었다. 나 역시 참여하는데 책임을 했다는 의무감에 만족했다.

무엇보다도 나는 교회예배 중에 특송을 하는 것이 큰 보람이고 기쁨이다. 내가 아픈 관계로 오랜만에 특송 부탁을 받았다.

핸델(G. F. Handel)의 하나님은 거룩하시다(Holy Art Thou)의 성가를 감격과 은혜스러운 마음으로 불렀다.

담임 목사님은 격려해주었다.

"70대 후반의 나이에 이렇게 고운 소리로 은혜롭게 노래하니 감사하며 자주 특송을 해주시기 바랍니다."

무엇보다도 찬양으로 하나님께 영광 돌리고 교우들과 은혜를 나누게 되어 병중에서도 큰 보람을 느꼈다.

오래 전에 25시의 세계적인 작가 게오르규가 광주에 와서 연설하면서 광주는 시적인 도시(poetic city)라고 했다.

잠시 지나가는 길손이 광주에 대해 그렇게 느꼈다는 것이 나로서는 흥미로웠다. 과연 광주는 예향의 도시이다.

음악은 시에 곡조를 얹어 아름다운 음률로 표현한다는 점에서 음악과 문학은 예술이다.

광주에는 도처에 일반인들로 구성된 합창단들이 있으며 '우리 가곡 부르기'와 '음악인 포럼'으로 클래식 및 가곡을 노래하는 모임도 빛을 발하여 광주가 예향의 도시임을 실감케 한다.

박덕은 교수님 지도 아래 수많은 제자들이 양육되어 많은 작가들이 배출되고 있다. 박덕은 교수님은 문학의 각 장르마다 많은 작품을 썼고 수많은 상도 받았다. 한편 10개의 문학반을 지도하며, 전국적으로 500여 명의 제자들을 문단에 등단시켰으며, 문하생들이 850여 개의 전국구 문학상을 수상케 했다.

박덕은 교수님은 미술가로서도 이름을 떨치어 여러 곳에서 상도 받고 전시도 했다. 한 인간으로서 가히 초인적인 활동을 해 온 셈이다.

2021년 7월 3일 예술인으로 유명한 박덕은 교수의 '고희기념 출판기념회' 축하 행사가 광주 '더 파크림'(스카이랜드타워 호텔 5층)에서 있었다.

예쁜 꽃들이 어우러진 로비에는 교수님의 그림 전시가 아름답게 장식되었고, 전국에서 80여 명의 제자 문인들이 모였다.

광주문인협회 탁인석 회장의 축사를 비롯하여 8명의 축사자들이 박 교수님의 예술 분야에서의 엄청난 업적을 찬양했다.

문우들의 여러 가지 순서도 있었고, 특별히 참석한 문우들이 꼬까옷 한복을 새신랑처럼 예쁘게 차려입은 교수님께 줄지어 일일이 장미꽃을 드리면서 교수님의 만수무강을 기원했다.

나도 교수님의 가르침을 받은 자로서 축가를 하게 되었는데, 이수인 작사 작곡의 '내 맘의 강물'을 불렀다.

수많은 날은 떠나갔어도 내 맘의 강물 끝없이 흐르네~~
그 날 그땐 지금은 없어도 내 맘에 강물 끝없이 흐르네~~
새파란 하늘 저 멀리 구름은 두둥실 떠나고~~
비바람 모진 된서리 지나간 자욱마다 맘 아파도~~
알알이 맺힌 고운 진주알 아롱아롱 더욱 빛나네~~
그날 그땐 지금은 없어도 내 맘에 강물 끝없이 흐르네~~.

나의 이 노래가 우리 교수님께 조금이라도 위로가 되었으면 했다.

무궁화

무궁화 꽃나무 몇 그루가 우리 집 정원 옆에 자리 잡고 있었다.

어릴 때 무궁화 꽃잎을 따서 양쪽으로 얇게 펼쳐 코 위에 닭벼슬처럼 붙였다. '꼬끼오!'하며 친구들과 닭놀이를 즐기면서 낄낄거렸던 생각이 떠올라 혼자 미소를 지었다.

무궁화 꽃이 보이면 마음이 설레어 꽃잎을 손으로 잡아 얼굴에 가져와 대어 보기도 했다. 다정스러웠다.

꽃나무 어린 가지에는 뽀송뽀송 털이 많으나 자라면서 점차 없어진다. 꽃은 가지에 한 개씩 달려 피어나는데 새벽녘에 피기 시작하여 오후에는 오므라든다.

해 질 무렵에는 꽃이 한 송이씩 뚝뚝 땅에 떨어진다. 그럴 때마다 내 가슴도 철렁 끊어진 듯 아팠다.

무궁화 꽃은 7월부터 10월까지 개화기이다. 한 그루에서 꽃이 많이 피고 꽃자루는 짧다. 여름철 100여 일간 매일 새 꽃으로 핀다.

아담한 관목으로 정원수나 울타리로 사용되기도 한다. 나무는 회색이며 가지를 많이 친다. 꽃잎 색깔은 주로 분홍색, 엷은 자색, 흰색, 청색 등이 있다. 5개의 꽃잎 부분은 모두 사이좋게 어깨동무

하듯 꼭 붙어 있고 그 가슴속 내부는 짙은 홍색으로 반짝거리고 있다. 열매는 긴 타원형으로 아랫부분은 넓으며 5개 방으로 나뉘어 갈라지고 10월에 익는다. 종자는 납작하고 긴 털이 있다.

우리 집에 있었던 꽃은 보라색 꽃잎으로 노랑 씨방을 중심으로 밑 둘레가 빨간색으로 원을 그려 색깔이 매우 아름다웠다.

무궁화는 약용식물로 널리 알려져 각종 위장병과 피부병 치료제로 사용하고 껍질은 고급 제지를 만드는 데 원료로 사용된다.

내가 어릴 때 어느 날 배탈이 나고 피부에 붉은 반점이 생겼다. 걱정을 놓지 못한 엄마는 무궁화 껍질과 뿌리를 삶았다.

그 물을 컵에 담아 나에게 건네주시며 마시라고 했다. 먹지 않으려고 도망을 갔던 그때의 추억이 문득 떠올랐다. 꽃봉오리는 요리에 넣기도 하고, 꽃은 햇볕에 말려 꽃차로, 어린잎은 따서 먹기도 했다.

나의 넷째 오빠(유성원)는 70년대에 우리나라 꽃 무궁화를 각 지역으로 보급하겠다는 뜻을 가졌다.

우리 집 근처 500평의 논에 15cm가량 되는 무궁화 묘목을 2만 그루를 사 와서 심었다. 2년 동안 70cm쯤 자랐을 때 중앙 정부와 약속이 지켜지지 않았단다. 꿈을 이루지 못했다.

이웃에게 나눠 주기도 하고, 사람들에게 가져다 심으라고 해도 아예 가져가지도 않아 거의 파헤쳐 뽑아내어 버렸고, 꿈도 제대로 이루지 못하여 마음 아팠다고 했다.

나라의 상징인 무궁화 꽃이 골골마다 꽃동산을 이루어야 할 텐데 왠지 무궁화 꽃은 보기가 드물다. 화려하지 않아도 지적인 귀품이 있는 꽃은 언제나 보아도 사랑스럽다.

어디에서도 활짝 핀 무궁화 꽃을 볼 수 있으면 얼마나 좋을까 생각에 잠길 때가 많다.

미국 조지아주 차타누가(아들 문은배 목사 담임) 교회에 처음 방문 때의 일이었다. 교회로 들어가는 입구 넓은 뜰에는 여러 색깔의 무궁화 꽃이 한일자로 길게 울타리가 되어 있었다. 반짝반짝 참으로 아름다워 가까이 갔다.

"무궁화 꽃이 활짝 피었네, 어쩌면 이렇게 예쁘게 피었을까."

무궁화 겹꽃이 너무 예뻐 혼자 중얼거리며 만지고 있을 때였다. 꽃을 심었던 박 권사님이 방긋 웃으며 내 옆으로 다가서며 말했다.

"내가 한국에 갔을 때 특별한 무궁화 씨앗과 갓 자란 나무를 가방 속에 넣어와 심었어요, 이민 생활이 너무 오래되어 고향 생각이 날 때면 보려고 가져왔어요. 해마다 정성을 다해서 가꾸었는데 무궁화 꽃이 길가는 사람들에게 즐거움을 주고 있네요."

꽃봉오리를 만지며 계속 말을 이었다.

"이 무궁화 꽃잎은 형태에 따라 홑꽃, 반겹꽃, 겹꽃이 있어요. 꽃잎 색깔에 따라 다릅니다. 꽃잎에 무늬가 있는 꽃은 아사달계, 꽃의 중심부에 붉은 무늬가 있는 것은 홍단심계로 구분되기도 해요."

무궁화에 대한 지식도 대단하여 설명도 자상하게 해주었다.

때에 따라 외국의 이곳저곳 관광을 다니다 보면 무궁화 나무가 더러 보였다. 무궁화 꽃에 대해 안내자에게 물어보면 대부분 그 집들은 한국인이 사는 집이었다.

외국에서 오히려 무궁화 꽃은 귀염과 사랑을 받으며 한국을 알리고 있는 애국의 꽃이었다. 이렇게 곳곳마다 무궁화 꽃들이 곱게 피어 있다면 얼마나 아름답고 의미 있을까.

그런데 오늘 카톡에서 기쁜 소식을 보았다.

    30여 년간 무궁화를 연구 개발한 세계적 석학, 자신이 개발한 무궁화 품종으로 22년째 로열티를 받고 80이 넘은 고령임에도 앞으로 20년을 더 연구하여 노란색 향기 나는 무궁화 꽃을 개발하겠다는 의지의 한국인 심경구 전 성균관대 학장님이시다.
    80세 고령에도 자신의 일을 가지고 꾸준한 수입을 창출하며 한 가지 일에 매진하며 무궁화 꽃 연구에 골몰하고 있는 글을 보고 나는 눈이 동그레졌다.

    무궁화를 우리나라 꽃으로 선정한 것은 1896년 독립문 주춧돌을 놓은 의식 때 애국가 후렴에 '무궁화 삼천리 화려강산'이라는 구절을 넣으면서 나라꽃이 되었다고 했다.
    한편 무궁화 정신은 우리 겨레의 인내, 끈기, 진취성, 단결과 협동심으로 꽃잎이 떨어져 있는 것 같으면서도 꽃잎의 근원은 붙어서 하나로 된 통꽃이다. 화려하지는 않아도 지적인 귀품이 있어 언제 보아도 사랑스럽다. 태극기의 깃봉을 무궁화의 꽃봉오리로 제정하여 높은 하늘에 휘날리니 고귀하고 자랑스럽다.
    1949년 10월 대통령 휘장과 행정, 입법, 사법 3부의 휘장을 모두 무궁화로 도인하고 문교부가 제정하여 사용함도 뜻깊은 일이다.

    진분홍 가슴속에 활짝 핀 꽃봉오리
    새벽에 피어나서 해질녘 떨어진 꽃
    올곧게 각색 옷 입고 성글성글 웃는다

    온 겨레 사랑받아 나라꽃 불려짐은
    독립문 주춧돌을 세우는 의식 중에
    애국가 음률에 넣어 겨레꽃이 되었다

새로운 가지마다 새 꽃의 감미로움
약초로 나무뿌리 껍질은 애국 원료
긴 숨결 뜨거운 열정 신비 담아 띄운다

꽃 수술 꽃밥 모여 정겨움 깃들이며
통합꽃 다섯 날개 그리움 펼쳐 안고
태극기 깃봉에 올라 행사마다 설렌다.

- 졸시조 〈무궁화〉 전문

[제14회 대한민국 남농 미술대전 입선] 유양업 作

견학

　쌀쌀한 가을 이른 아침 옷깃을 여미며 집을 나섰다. 사직동 '도시 재생 주민 협의체' 주관으로 창원 마산시 '도시 재생 산업 박람 회장'을 견학하기 위해서였다.

　2021. 10. 27~29일 3일간의 박람회 일정인데, 우리 일행은 첫날 하루만 참여하기로 했다.

　양림동 파출소 앞에서 허달용 센터장과 정종철 사무국장의 안내로 주민 17명은 설렘으로 관광차를 타고 창원시 해양도시 박람 회장을 향했다.

　코로나19 확산으로 눌려 있었던 마음이 모처럼의 나들이로 부풀은 마음이었다. 창밖은 안개가 자욱하여 모든 물체들이 뿌옇게 보였으나 곧 안개가 걷히고 아름다운 자연경관이 눈앞에 환히 다가왔다.

　넓은 들판에 한 탈곡기가 노랗게 익은 벼를 베어 알곡은 기계 속으로, 볏짚은 밖으로 가지런히 분리해서 노란 숨결 내뿜었다.

　옛날엔 낫으로 낱낱이 베고 햇볕에 말려 발로 밟아 탈곡을 했는데, 지금은 문명이 발달하여 참 편리한 세상이구나, 속으로 중

215

얼거렸다.

젠틀한 정종철 사무국장은 사회를 보면서 준비해 온 유인물 한 장씩을 나누어 준 후 허달용 센터장에게 인사말을 부탁했다.

머리를 하얗게 깎은 멋쟁이 화가요, 미남인 허 센터장은 자리에서 일어나 마이크를 잡고 한마디했다.

"오늘 아침 일찍 도시재생 박람회에 참여하신 여러분 고맙고 반갑습니다. 이번 기회에 뜻깊은 박람회장에 가서서 도시재생에 관한 전문적인 모든 분야를 눈여겨 잘 살펴보시고 그 역량을 민간 도시재생 사업을 실행하는 데 많은 도움을 주시면 대단히 감사하겠습니다. 즐거운 견학이 되시기를 바랍니다……."

이어서 하루 일정에 관하여도 몇 마디 더 곁들였다.

금강산도 식후경이란 말이 있듯 가는 도중에 식당에서 한식 오찬도 맛있게 했다.

드디어 창원 박람회장에 도착했다.

멀리 보이는 현수막엔 '대한민국 도시재생 산업 박람회장'이라 새겨진 글자가 꿈을 담아 바람결에 나부꼈다. 한쪽엔 푸른 강이 흐르고, 넓은 공간에 가지각색 국화꽃이 만발했다. 진한 향기는 전율이 샘솟듯 가을의 정취에 흠뻑 젖게 했다.

아름다운 국화꽃으로 단장한 동물의 조형물들은 황홀한 광경으로 축제의 열정을 신비로이 펼쳐 오가는 길손들의 마음을 즐거움으로 시선을 끌었다.

임시로 만든 하얀 대형 비닐하우스 두 동이 높고 길게 설렘을 흔들고 있었다. 바로 도시재생 박람회 장소였다. 입구에 다가서니 안내원들이 띠를 몸에 두르고 한 사람 한 사람 열 체크를 하며 시곗줄 정도의 빨간색 띠를 시계처럼 손목에 채워 주었다.

대형 비닐하우스 안에는 각 도와 군별로 칸막이 소형 하우스들이 각각의 지역 명패를 달고 줄지어 있었다.

안내장을 들고 발길에 보이는 화살표를 따라 전국 각처에서 준비해 온 전시 물품과 계획한 포스터 사진들을 감상했다.

나름대로 맞춤형 도시재생이 하나의 패러다임으로 각각 특색도 있었다. 기존 도시재생 관련 산업의 정보 공유와 교류를 하며, 도시재생 산업을 발굴 육성하는데 많은 도움이 되겠다 싶었다.

도시재생 컨설팅 우수사례도 있고, 도시재생 기술을 공유하고 전문성을 강화하며 인재 발굴과 새로운 일자리를 창출할 수도 있는 좋은 설계와 자료들도 많았다.

해외 선진국 우수사례들도 눈여겨 볼 수 있었다. 민간 기업과 함께 발전적 미래상을 구상하기 위한 전시물들, 그 전문성의 훌륭한 기술에 연이어 감탄했다.

전국에서 모여든 인파로 북적거렸으나 질서 있게 진행되고 한편에서는 토산품 물건도 팔고 있었다.

나는 하나의 기념품으로 한방소화제를 샀다. 제조 날짜를 확인하려고 살펴보니 '호남대학교 한방바이오학과'라고 쓰여 있었다. 광주라는 지역성에 친근감을 느꼈다.

우리 일행은 박람회장을 떠나 창원 미개발지역이 개선되어 있는 모델 지역을 돌아보았다. 노후된 거리와 주택을 개선한 곳이었다. 낙후되고 소외된 지역이었는데 길을 넓히기 위해 전봇대도 이동하고, 더러운 외벽을 아름답게 단장하기 위하여 물감으로 색칠도 했다.

연주장, 도서관, 미술관을 개설하여 문화생활도 즐기고 있단다. 길거리 요소요소마다 예쁜 꽃으로 단장하여 산뜻하고 아름다웠다. 도시재생은 결국 주민의 즐거움은 물론 관광지로 보여준 케이스이기도 했다.

창원시 교육지원청은 2020년, 학생, 교사 들이 사라져 가는 구도심 골목을 탐방하며 골목에 깃든 역사, 풍속, 문화 놀이를 통해 자신이 살고 있는 고장과 사람들의 삶을 이해하며 창원에 대한 사랑과 자긍심을 갖도록 하자는 취지에서 '골목의 사회학' 프로그램을 마련했단다.

도시재생지원센터는 교육을 위해 골목길 투어, 내 고향 역사문화자원 탐방 등 작은 것의 소중함을 배워 가는 것이 골목 사회학의 교육 가치라고 했다.

이곳을 탐방하면서 순간 가까운 광주 양림동 거리가 시야로 들어왔다. 낙후된 거리와 길가 집들을 개선하고 아름답게 꾸미고 가꾸고 다듬어 관광지로 개발하고 관광객을 유치하게 된 모습과 비슷했다.

돌아오는 길에 버스 안에서 허달용 센터장은 마이크를 잡고, 산업 박람회 견학했던 본인의 소감을 발표한 후 참석한 우리에게도 각자가 보고 느꼈던 소감을 한마디씩 하라면서 마이크를 돌려주었다. 저마다 견학했던 소감들을 나름대로 잘 발표했다. 많은 것을 보고 배우는 즐겁고 보람된 하루였다.

금년 여름부터 우리가 살고 있는 사직골이 지역도 낙후된 곳인데 이제야 개선의 손길이 미치는 모습을 볼 수 있다. 몇 개월 전부터 골목길과 아파트 벽에 예쁜 벽화를 그렸다.

경비실 위에는 '2021년도 도시농업분야 시범사업 선정'이라고 씌어 있는 현수막을 걸고 주위를 개선해 가며 꽃밭을 아름답게 꾸몄다. 골목길도 보도블록으로 새롭게 깔고 있다. 막혔던 담도 깔끔하게 헐었다. 돌아서 멀리 다녔던 버스 정류장을 가깝게 걸어갈 수 있게 된 이 조그만 변화도 생활에 도움을 주니 매우 편리했다.

어제 2021. 12. 7일 우리집 앞길에 새까만 아스콘을 깔끔하게 깔아주었다. 파이고 상처난 길이 새길로 치료되어 그 위로 새 옷을 입는 기분으로 사뿐히 걸으니 발걸음도 즐거웠다.

지역별 특성에 부합하는 맞춤형 재생이 실현되면서, 주민 참여와 역량 강화를 도모하는 도시재생 대학이란 여러 분야 배움의 시간들이 삶의 생기를 주고 있다.

이곳에 살면서 많은 날들이 지났지만 이웃 간에도 별 소통 없이 지냈는데, 고려 말기에서 조선 초기의 전통으로 알려온 하회탈과 목걸이도 만들었다.

아로마 외 여러 꽃향기로 치료하는 법, 기타 치는 법도 배워 연주회도 하였고, 수채화도 열심히 그려 전시회도 하며, 마치는 날 회식도 함께하는 기쁨을 만끽하니 더불어 사는 따스한 여운, 살맛나는 기쁨이었다.

갈바람 이는 시월
배낭 속에 미소 한 줌 담아
설렘 가득 안고
박람회장 향하여 길 떠난다

창원 해양도시
전국에서 모여든
자랑스런 아이디어
분야별로 햇살 펴 장 열고
눈부시게 빛난다

화려한 꽃동산 동물 조형
어우러져 설렘 주고
새 방향 도시재생
성실한 정성 건져 올려

쉼 없는 정비 타오른다

빛바랜 자리 개선 그 물결
산업 활성화 향기 타고
뜨거운 열정 날으며
붉은 숨결로 채색한다

움트는 밝은 기술
공공기관 기업과 함께
쓰다듬고 공유하고
범국민 참여하여 햇살 휘어잡아
사랑의 향기 펼친다.

- 졸시 〈견학〉 전문

불편함 해소

　은행잎 노랗게 물들여진 가을날, 부엌 싱크대 수도꼭지에서 물방울이 똑똑 떨어졌다. 그 빈도수가 점차로 심했다. 손잡이를 이쪽 저쪽으로 돌려보았다. 왼쪽 부분으로 돌렸을 때 떨어지는 물이 멈췄다.

　불편은 했으나 물을 쓴 후에는 위와 같은 방법을 늘 사용했다. 그런데 2개월이 되어갈 무렵 이 응급 처치도 수명이 다 되었는지 계속 물방울이 떨어졌다.

　인테리어를 경영한 무등 설비 윤 사장을 소개받았다. 그는 집에 와서 싱크대 앞에 서서 상태를 진단했다.

　"수도꼭지 전체를 들어내고 새것으로 교체해야 되겠습니다."

　"물 흐르는 쪽 고무 파킹만 갈아 끼우면 되지 않을까요?"

　"노후가 되어서 이대로는 사용할 수가 없습니다."

　할 수 없이 전체를 바꾸기로 했다.

　윤 사장은 똑같은 모양의 형을 사왔다. 싱크대 안에 있는 모든 물건들을 꺼내고 일을 시작했다. 그는 기술을 발휘하여 한참 동안 고생 끝에 거뜬히 일을 끝내고 수돗물을 틀었다. 맑은 물은 시원하게 줄줄 흘렀다. 흐르는 물을 중간에 닫아보았다. 계속 떨어졌던 물방울이 한 방울의 물도 떨어지지 않았다.

새 기구로 교체하니 물을 자유롭게 쓸 수 있어 어수선했던 기분도 새롭고 부엌의 분위기 또한 한결 밝아졌다. 자상하게 빈틈없이 자기 일처럼 잘 고쳐준 윤 사장이 고마웠다. 수고료를 치르고 떠나려는 순간 항상 불편했던 화장실 변기가 갑자기 생각났다.

"화장실 변기를 얼마 전에 뜯고 고쳤는데 여전히 물이 잘 내려가지 않아요."

"그럼, 한번 볼까요?"

물을 내려 보고 이쪽저쪽 살펴보더니 손을 봐야겠단다. 변기를 뜯지 않고 잘 내려가도록 해보겠다며 열심히 나름대로의 기술을 발휘했으나 신통치 않아 결국 변기를 뜯었다. 진단 결과 집 리모델링할 때부터 공사가 잘못되었던 것이 확실히 발견되었다.

사실 은퇴 후 이곳으로 이사 오면서 오래된 이 집을 구입해서 전체 리모델링을 했을 때 화장실 위치를 조금 옮겼는데 그 당시 공사가 잘못되어 약간의 문제가 있구나 싶었으나 8년여 동안 불편을 안고 지내왔었다.

그런데 이제 뜯고 보니 바닥 밑으로 내려간 구멍 자체가 적은데다가 구멍 한쪽 3분의 1이 세멘덩이로 막혀 굳어 있었다. 이 세멘덩이를 파내어서 물이 내려가는 통로를 둥그렇게 넓혀야 한다는 것이다.

그럼, 몇 개월 전 변기를 고쳐 주었던 김 사장도 똑같이 변기를 뜯었기 때문에 이 허점을 알았을 텐데 이 문제를 해결하지 않고 그대로 덮어 버렸단 말인가.

윤 사장은 깎아내는 기계를 잡고 '쐐!' 쇳소리를 내며 갈아내니 화장실 공간은 먼지로 뿌옇게 안개 속이었다. 환풍기를 사용해도 먼지는 뿌옇게 덮이고 소음의 진동은 온 집안을 흔들었다. 보통

일이 아니었다.

이 작업이 끝난 후 윤 사장은 먼지를 털고 문밖으로 나오면서 눈을 껌벅이며 말했다.

"지금 현재 사용하고 있는 변기는 큽니다. 중간 것으로 바꾸는 것이 좋겠습니다."

"이 변기 그대로 사용하면 안 될까요?"

"좋은 제품 중간 것으로 하면 물도 잘 내려갑니다. 후회는 안 될 것입니다. 제 말을 듣고 바꿔 보세요,"

그 말이 어딘지 자신감이 있어 보였다.

"그러면 그렇게 해주세요."

남편도 동의해서 변기도 윤 사장이 중형으로 사 왔다.

"집이 여기서 가까우니 점심을 먹고 와서 일을 하겠습니다."

"괜찮으시다면, 찬은 없지만, 여기 우리 집에서 식사하시면 어떨까요?"

"미안해서요."

"별말씀을요."

있는 소반찬에 식사를 챙겼다. 식후에 일을 시작했다.

세심하게 일 하나하나를 정성 들여서 처리해 나갔다. 새로 사 온 변기 포장을 뜯어내고, 하얀 색깔의 새로운 변기를 제자리에 앉히고, 백회가루를 떡반죽 하듯 이겨서 바닥과 변기 사이를 조심스레 타원형으로 깔끔히 붙였다. 12시간 정도 사용하지 말라고 우리에게 당부를 했다. 요구한 수고비도 드렸다.

"수고 많으셨습니다. 명함 하나 주실 수 있나요?"

그는 명함을 주고 떠났다.

변기 역시 새것으로 교체하니 화장실 분위기 또한 깔끔하고 밝아졌다. 좁은 공간에 중형이 오히려 더 잘 어울렸다. 물도 시원하게 잘 내려갔다. 가슴에 얹혀 있던 체증이 쑥 내려간 기분이었다.

꽁꽁 얼었던 불만이 눈이 녹듯 풀리는 평온한 마음이었다.

　같은 인테리어 분야의 기술자인데 전자와 후자의 일한 상태는 달랐다. 이것은 기술적인 차이인지 일에 대한 무성의인지 필자로 선 알 수 없다.

　우리 몸이 아파서 병원에 갈 때도 의사와 병원 선택도 중요하겠구나 싶었다.

　오래전 서울 중곡동에서 살 때의 일이 생각났다.

　밤 열 시경 물건을 옮기다가 물이 엎질러져 물을 닦으려고 벽에 걸려 있는 수건을 급히 잡아챘는데 수건은 못에 걸렸고 오른손 무명지 손가락이 수건에 걸려 손톱 밑의 살과 손톱이 연결된 곳, 인대인지 힘줄인지 뚝 소리와 함께 손가락 첫 마디의 위쪽이 끊어졌다. 손을 펴 보았다. 다른 네 손가락은 펴지고 오므려지는데, 4번째 무명지 손가락만은 힘도 없고 축 처진 굽은 상태에서 전혀 움직여지지 않았다.

　"어머, 이거 어떻게 해, 손가락이 움직이지 않네, 병신이 따로 없네, 피아노는 어떻게 치지?"

　이런 말이 저절로 툭 튀어나왔다. 제일 먼저 염려되는 것은 피아노를 칠 수 없다는 걱정이었다.

　날이 밝자 집에서 가까운 정형외과로 갔다. 손가락만 한 모양의 나무판자를 손가락 안쪽에 대고 붕대로 친친 감아 주며 일주일 후에 오라고 했다. 일주일 후에도 병원에서는 같은 방법으로 치료를 해주었다.

　이렇게 평평한 상태에서는 손가락 힘줄이 붙지 않고 낫지 않겠다는 예감이 들었다. 마음이 불안하고 심상치 않아 다른 큰 정형외과 병원을 찾았다. 그곳에서는 90도 각도로 굽어진 단단한 얇은 스텐으로 손가락 길이만큼 된 의료기를 첫 마디 손톱 아래쪽이 쑥 들어가도록 대고 손가락 전체에 붕대를 꽁꽁 감아주며 기브스를 해주었다.

40일 후에 보면, 만에 하나 붙을 수도 있다고 했다. 40일 후에 병원에 갔다. 의사 선생님은 풀어보고 환한 미소를 지으며 말했다.

"정상으로 잘 붙었습니다. 축하합니다."

난 '감사합니다!'를 몇 번이고 되풀이했다. 그 후로 손가락은 별 탈 없이 지금까지 제 기능을 잘 하고 있다.

수도와 화장실도 고쳐서 불편함을 해소하고, 편리하게 지낸다는 것이 얼마나 감사하고 기쁜 일인지 모른다.

더 나아가 사람 관계에서도, 국가와의 관계에서도, 무엇보다도 하나님과의 관계에 있어서 불편함은 없는지 늘 살피는 생활이 있어야 하지 않을까……

사람살이

석양의 노을이 깃든 초가을 양정회(한국화반) 소현 총무로부터 전화가 왔다.

"양정회 강촌 윤영필 회장님이 '강진 효요양병원'에 입원 중이라 하는데 의식이 없다 합니다."

"네, 그동안 건강했는데 갑자기 무슨 이런 변이……?"

믿어지지 않았다. 훤칠한 키와 잘생긴 얼굴과 성실한 모습이 스쳐갔다.

"코로나19 사태로 면회는 되지 않아 환자는 못 보겠지만 사모님이라도 뵙고 오자 해서 알립니다."

"그렇고말고요, 제백사하고 가야죠."

그래서 2020. 9. 25일 양림동 사직도서관 앞에서 회원 중 10명이 모였는데 두 명은 사정상 위로금만 전달하며 돌아갔고 8명이 문병을 가게 되었다.

윤 회장이 사용했던 비품과 그리다가 둔 푸른 숨결들이 담긴 화판들을 모두 한 차에 실었다.

송산 박문수 지도교수, 휘운 장형욱 회원, 두 대의 자동차에 4

명씩 나눠 탔다. 내비게이션에 주소를 입력하고 강진으로 향했다.

누렇게 익은 벼들은 영글어 황금 물결로 출렁이고, 길가에 한들거린 배롱나무 꽃 위에 파란 하늘 솜털구름 사이로 새들은 떼지어 창공을 활개치며 평화롭게 날고 있었다

나는 충격이 가시지 않아 질문을 던졌다.

"윤 회장님은 언제 어떻게 하여 이런 변을 당했을까요."

앞자리에 앉았던 예강 김성두 회원이 입을 열었다.

"2020년 8월 21일 저녁 향교 서예반(윤영필 회장) 회원들과 회식을 하고 혼자 집으로 향하는 길에 넘어져 지나던 사람이 119를 불렀답니다. 119 운전 기사에게 윤 회장은 꼭 집으로만 가자고 하여 답답한 119 직원은 부인에게 전화를 걸었는데, 부인이 급히 전대병원 응급실로 가세요, 나도 지금 곧 전대병원 응급실로 가겠다고 했대요. 부인이 응급실에 도착할 때는 이미 의식이 없어 부인과 말한마디도 못했답니다."

"아휴, 사모님이 얼마나 놀랐을까요. 마음 아파요."

윤 회장은 강진에서 출생하여 6남매 중 막내로 슬하에 두 남매가 있으며 '목포과학대학'에서 교수로 오랫동안 봉직하다 은퇴하여 금년 75세로 서예와 동양화를 취미생활로 열심히 즐기며 살아왔다.

그는 서예 부문에 어등미술대전 추천작가, 전남미술대전 추천작가, 대한민국 서도대전 우수상, 초대작가, 한국화로는 진도소치미술대전 특선, 광주광역시미술대전 입선 특선, 한국화 미술대전입선 특선, 섬진강미술대전 입선 특선의 수상도 하며 끊임없이 활동했다.

내 옆자리에 앉아 있던 녹원 김영갑 회원은 윤 회장님과 나란히앉아 그림을 그려왔으므로 절친한 사이였다. 그는 언짢은 표정을

지으며 말을 꺼냈다.

"며칠 전에 윤 회장님에게서 전화가 왔었어요. 코로나19 사태로 회원들 함께 모여 식사를 못하면 우리 둘이라도 만나자고 했는데, 이런 일이 생기고 보니 그때 함께 만남을 갖지 못한 것이 지금 이렇게 맘에 걸리고 아프네요. 어쩐지 서두른 것 같은 느낌이 들었어요."

우리 일행은 이런 저런 얘기를 나누다 보니 어느덧 영산도 다리를 지나 강진 변두리 쪽에 위치하고 있는 강진 효요양병원에 도착했다.

휘운 장현욱 회원이 운전해서 온 차는 미리 도착하여 우리를 기다리고 있었다. 우리 일행은 함께 병원 정문 앞을 향하여 걸어갔다.

멀리 정문 앞에 홀로 외로이 서 있는 여인이 혹시 부인이 아닌가 싶었다. 예측은 맞았다. 우리가 위문 간다는 소식을 미리 알고 기다리고 있었던 것이다.

우리는 서로 초면이지만 부인과 인사를 나누고 상황을 물었다.

"윤 회장님 상태는 지금 어떠신가요?"

"전대 병원 응급실에서는 뇌출혈이라고 했어요. 오른쪽 머리 위 부분이 부어 있고 머리 위 중앙 부분 뼈에 금들이 그어져 있답니다. 전대병원에서는 수술을 해도 안 해도 효력은 똑같이 0%라고 했어요. 그래서 수술도 못했어요. 평소에 지병도 전혀 없고 건강했어요. 119에서 통화 연결을 해주어 남편과 통화했고 제가 전대병원에 도착했을 때는 이미 의식이 없었어요. 혹 의식이 돌아온다 해도 언어장애가 있을 거라고 했어요. 그래도 의식이 돌아오고 휠체어를 타더라도 깨어만 나면 좋겠어요. 이곳 강진 효요양병원으로 9월 11일 왔는데 지금 상태는 눈은 뜨고 깜박거리며, 폐렴이 왔다가 지금은 나아졌다 합니다. 폐렴이 오면 안 된다는데 걱정입니다."

"면회는 하셨나요?"

"면회가 되면 얼마나 좋겠어요. 코로나 때문에 면회사절이고요. 병원문도 열어 주지 않아요. 날마다 병원 문밖 여기에 와서 병실이 있는 유리창만 쳐다보다가 전화로 환자 상태만 전해 듣고 돌아갑니다. 광주에서 강진까지 고속버스 타면 1시간 10분 걸리네요."

"그런데, 왜 강진으로 옮기셨어요. 집이 광주고 전대병원이 더 편리할 텐데요?"

"강진이 고향으로, 큰형님이 지금도 이곳에서 5분 거리에 사시는데 강진 효요양병원으로 옮기자고 해서 시숙님댁 가까운 곳으로 옮겼습니다."

"아, 그런 사연이 있었군요."

말을 듣고 보니 궁금증이 풀렸다.

"윤 회장님 의식이 돌아오면 추석 지나고 또다시 만나도록 하고 오늘은 사모님 뵈었으니 이만 갈까요."

지도 교수님의 이 말에 따라 우리 일행은 안타깝게도 만나 보지 못하고 차를 파킹해 놓은 곳으로 갔다. 광주에서 가져온 윤 회장의 소모품을 모두 꺼내 조카 차에 옮겼다.

이 광경을 조용히 바라만 보고 있던 부인은 울먹이며 말했다.

"집에도 돌아서면 그림과 서예 작품들로 꽉 차 있는데, 이걸 다 어떻게 하지……."

짐을 옮기면서 이 말을 듣고 있던 조카가 말을 받았다.

"의식이 돌아오고 곧 좋아져서 일어나실 것입니다. 여기까지 위문해 주시고 짐들을 가져오셔서 감사합니다. 많이 응원해 주십시오."

40대 후반으로 보인 형님의 아들인 조카는 건장하고 인상이 윤 회장을 꼭 닮았다. 그는 매일 병원에 와서 얼굴은 보지 못하지만 근황을 살핀다고 했다.

나는 또한 그들에게 큰일 당하면 마음을 크게 먹어야 한다고 위로의 말을 전했다.

양정회에서 준비한 위로금을 부인에게 전달하고 허전한 마음 안고 우리는 피차 헤어져야만 했다.

돌아오는 길에 부인이 했던 말이 귀에 쟁쟁했다.

"돌아서면 작품들로 집안에 꽉 차 있는데 이걸 어찌하지?"

나에게도 세월의 레일 위를 이렇게 무심히 돌다가 어느 때 스톱이 될 때 내 그림들은 어떻게 하지, 한번은 당해야 하고 오고야 마는 철칙인데…… 골똘히 생각에 잠겼다. 또한 20여 년 전 남동생이 교통사고로 뇌사상태에서 의식을 잃고 1년이 넘도록 병원 생활로 근심 걱정 쓰라린 고통 속에 지내다 결국은 괴로움도 아픔도 슬픔도 없는 천국으로 떠났던 생각들이 되살아났다.

양정회 문병 1주일 후(2020년 10월 3일) 근황이 궁금하여 부인께 전화를 걸었다.

"여전히 눈은 떴다가 감고 움직이니 의식이 돌아오나 하여, 간호사의 도움을 받아 남편과 영상 통화를 시도했으나 남편에게선 아무런 응답이 없어요. 아무리 불러도 대답도 없고요."

부인은 크게 한숨을 쉬며 울먹였다.

남편이 건강한 몸으로 집을 나섰는데 그런 참변을 당했으니, 얼마나 기가 막힌 일인가. 위로와 용기와 격려의 말을 전하고 전화를 끊었다.

사회적 거리 두기가 1단계로 완화되어 병실에서 만날 수도 있었겠다 싶어 10월 13일 다시 부인에게 전화로 환자의 상태를 물었다.

"저도 만나길 기대하고 병원을 찾았는데, 코로나 사태 1단계로 내린 것은 사회의 경제문제 때문이지 병원은 아직 허락되지 않아 대통령이 와도 만날 수 없다고 하네요. 넘어진 지 두 달이 되어 가는데 아직도 차도가 없어요. 의사의 말로는 열은 없고 가래도 맑고 환자 상태는 평안하다고 합니다."

참으로 인생의 무상함이 심장을 찌르고 허무감에 마음이 매우 쓰라렸다.

성경에 지혜의 왕 솔로몬이 "헛되고 헛되도다. 모든 것이 헛되도다(전도서 12:8)."

"하나님을 경외하고 그의 명령들을 지킬지어다. 이것이 모든 사람의 본분이니라(전도서 12:13)."

나는 전도서의 이 두 구절의 말씀이 인생의 무상과 신앙의 중요성을 일깨워주어 깊은 상념에 잠겼다.

파란 생 힘찬 발길 삶 무게 내려놓고
한평생 회한들이 허무한 맥박으로
부대낀 낯선 여행길 의식 잃고 헤맨다

부서진 일상생활 꿈인지 생시인지
눈시울 시린 가슴 가냘픔 털어놓고
긴긴밤 초조함으로 망연자실 긴 한숨

코로나 담을 막아 요양원 창밖에서
속울음 쏟아내며 임 그린 하루 하루
소망의 한 줄기 회복 기원하며 버틴다

- 졸시조 〈사람살이〉 전문

송년회

　낙엽이 우수수 떨어지는 쌀쌀한 오후 한국문화해외교류협회 한진호 대표 대행의 이름으로 단톡방에 안내문이 올라왔다.

　2019년 12월 6일 오후 6시 30분. 대전 대흥동 장수 돌솥밥 식당에서 임원들 송년회를 단출하게 갖는다는 내용이었다.

　대전(大田)은 큰 밭이라는 그 이름대로 널찍한 거리와 더불어 깨끗하고 산뜻한 도시였다. 수년 전 대전 엑스포 덕분인 듯하다. 그리고 대전하면 오래전 용전동에서 7년이 가깝도록 살았던 곳으로 정겨움이 넘치는 곳이다.

　중국에서 김경률 지회장, 제주지회 고훈식 지회장, 문경훈 부지회장, 변철환 사무국장도 송년회에 참여한다는 내용도 단톡방에 올라왔다.

　그런 며칠 후 본부 윤준백 기획운영이사로부터 전화가 왔다.

　이번 송년회에 각 지역 지회장들이 참여하니 유 지회장도 참석하면 좋겠다는 초청 전화였다.

　이틀 후 또 이런 내용의 글이 올려졌다.

　7일 일정은 제주 임원과 중국 지회장 등 시간 여유가 있는 분들을 모시고 대천 바닷가를 경유해 수산 시장에서 점심식사 후 보령 지역 관광지를 둘러보고 청주 비행장으로 모실 예정이오니 일정 참고해 주세요.'라는 내용이었다.

이런 내용을 접한 본 협회 고문인 남편 문전섭 박사는 마음이 솔깃했는지, 빙긋이 웃으며 넌지시 입을 열어 말했다.

"나도 본회 고문이니 참석해도 되겠네……."

"그래요, 좋아요, 함께 가면 더 좋겠네요."

나도 맞장구쳤다.

호남지회 임원들께 본회 송년회에 함께 참여하자고 연락을 취했으나 각자의 사정으로 참석하지 못한다고 했다.

나는 남편과 함께 참석하겠다는 신청을 했다.

그 후에 자세히 알고 보니 다음날 7일 관광 스케줄은 본회의 프로그램이 아니고, 멀리 중국과 제주에서 왔던 임원들을 위한 윤준백 기획운영이사의 개인 배려로 계획된 플랜이어서 남편은 단순히 송년회 식사만 하고 다음날 여행 스케줄이 없다면 가지 않겠다며 포기했다. 어쩔 수 없이 결국 나만 홀로 참여하게 되었다

그동안 포근한 영상의 날씨였으나 밤사이 갑자기 서리가 내리고 영하 4도의 기온으로 뚝 떨어진 추운 초겨울, 해외문화교류협회 송년 모임에 참석하기 위해 나는 두툼하게 옷을 입고 집을 나섰다.

길가는 행인들 호흡의 입김은 흰 구름무늬를 만들어 바람이 실어가고, 어제만 해도 도로변에 장식되어 있는 국화꽃의 향기가 길손들을 즐겁게 맞이해 주었는데, 예쁜 꽃들은 밤사이 처량하게 고개 떨구어 꽁꽁 얼어 있었다.

계절을 탓하며 안타까운 마음으로 바라보고 있을 때 기다리던 택시가 와서 광주 종합터미널로 갔다. 2시 출발의 대전행 버스를

탔다.

밤 6시 30분의 모임이므로 시간은 급하지 않고 여유로웠다.

송년회와 망년회의 단어가 머리를 스쳤다. 그 뜻을 곰곰이 생각해 보았다.

송년회와 망년회는 12월 연말에 각 단체들이 한 해를 마무리하는 의미에서 모임을 갖는 행사라는 점에서 공통점이 있다. 한문 글자 차이가 달라 한자를 풀이해 보니 쉬웠다.

송년회(送年會)와 망년회(忘年會)는, 보낼 송(送)과 잊을 망(忘)의 차이 때문이었다.

보낼 송을 쓰고 있는 송년회는 연말에 '지난 한 해를 돌이켜 보며 한 해를 정리하고 보내자'라는 뜻이 있고, 망년회는 연말에 '지난 한 해 온갖 괴로움을 잊어 버리자'라는 뜻으로 주로 쓰이고 있는 것 같았다.

망년회는 일제 강점기 이후 우리나라에 남아 있는 잔재어 중 하나라고 들었던 기억이 났다. 송년회라는 단어는 지난 한 해를 정리하자는 좋은 취지의 뜻이 내포하고 있어 송년회라는 단어를 쓰면 더 좋겠다는 생각이 들었다.

성경에는 바울 서신에 이런 말이 있다.

"……뒤에 있는 것은 잊어버리고 앞에 있는 것을 잡으려고 푯대를 향하여…… 달려가노라(빌립보서 3:13-14)"

이 말은 과거 일은 잘했든 못했든 집착하지 말고 푯대를 향한 전진을 강조했다.

이런저런 생각을 하고 가는데 대전 복합터미널에 도착한다는 안내 방송이 들렸다.

가방을 들고 서둘러 나갔다. 두리번거리는 나를 보고 차를 가져온 윤준백 이사님은 차에서 내려 손을 흔들었다. 반가운 만남이었다. 헌신과 봉사로 배려해 주는 따스한 그 마음 덕분에 송년회 장소까지 평안히 갈 수 있었다.

모임 장소인 식당 앞에는 황한섭 금산 지회장이 보내준 '축 한국문화해외교류협회 송년의 밤'이라 표기된 크고 예쁜 화환이 환영해 주었고, 식당 안으로 들어가니 송년회 현수막이 벽에 걸려 있어서 분위기를 한결 환하게 고조시켜 주었다.

항상 흐트러짐 없이 겸손하고 따스한 한진호 대표님을 비롯해서 중국 지회장, 연령으로나 작품 수로나 단연코 제주도의 문학 고참인 제주지회 고훈식 지회장과 그 팀들이 미리 와서 담소를 나누고 있었다.

협회의 동지로서 신뢰와 친밀감이 한 가족처럼 얽혀 있어 피차격의 없이 정겨운 인사를 나누었다.

한진호 대표는 악수를 하며 남편을 찾았다.

"유 지회장님 혼자 오셨어요? 문 고문님은요?"

"예, 저 혼자 왔습니다."

"문 고문님 만나길 기대를 했는데……."

한 대표는 서운한 기색을 만면에 띄우며 아쉬운 표정이었다.

일부러 온갖 체험을 하며 열심히 작품 활동을 한, 최근에 세종시로 이사했다는 고정현 서울 경기 지회장, 김용학 총무이사, 지봉학 대전 지회장, 허웅만 자문위원, 변상호 작가, 김근수 작가, 박민석 경남 지회장, 김주연 이사, 김매화 경기민요가, 조인영 이사, 백성일 대구 지회장, 고안나 부산지회장, 유지원 시 낭송가 순으로 21명의 회원이 함께 모였다.

멀리 이국땅 아프리카 탄자니아에서 한글 보급을 위해 떠나 있는 김우형 대표의 빈자리가 아쉬웠지만, 총무 김용학 이사의 재치 있는 사회로 송년회가 진행되었다.

한진호 대표의 인사말과 내빈 소개, 변상호 작가의 축사, 다음 정해진 순서인 축가 시간에 나는 김재호 시, 이수인 곡 '고향의 노래'를 불렀다.

'국화꽃 져버린 겨울 뜨락에 창 열면 하얗게 무서리 내리고……'

그런데, 아뿔싸, 관중을 의식한 순간 일절 마지막 소절에서 2절 가사가 튀어나왔다. 당황했다. 그러나 청중들은 나의 실수를 눈치 채지 못하고 '앵콜! 앵콜!'하며 환호의 박수를 계속 주었다.

앵콜곡으로 스위스 민요 '오 브리넬리'를 흥겹게 불렀다.

뒤이어 중국에서 온 장경률 지회장의 인사말이 있었는데, 그는 중국 연변에서 조선인으로 5대째 살고 있다고 하면서 백두산에 가려면 연변을 거쳐서 가야 하는데 그의 안내를 받으면 좋을 것이라고 하면서 우리 모두를 초청한다는 기쁜 소식도 주었다.

순서에 따라 제2부에서는 만찬을 나누며 참석자들의 장기를 발표했다. 삼행시 발표, 네 분의 시 낭송, 경기민요 창, 하모니카 연주의 흥겨운 순서들로 다채롭고 흥에 겨운 행사였다.

지봉학 대전 지회장은 한진호 대표가 이번 모임과 협회 발전을 위해 후원금으로 일백만원을 기부했다고 알렸을 때 우리 모두는 감동의 박수를 올렸다.

우리 모두는 송년의 축배(나는 물컵을)를 함께 높이 들고 회원들의 상호 건강과 본회의 발전을 기원했다.

한해의 꼭지점에서 여운의 사색 공간이 출렁이었고 돈독한 친목을 도모하는 끈끈한 자리였다. 화기애애한 즐거운 시간을 뒤로하고 아쉬워하는 마음들을 남긴 채 다시 만날 날을 기약하고 헤어졌다.

한진호 대표는 호텔을 예약해 놓았으니 쉬고 가라고 거듭 권했으나 나는 광주로 가야겠다고 하니 택시를 손쉽게 잡아주어 복합 터미널로 갔다.

마침 밤 9시에 광주로 가는 버스가 출발 5분 전을 남겨두고 있었다. 하마터면 놓칠 뻔한 버스에 황급히 올라 정해진 자리에 앉으며 안도의 숨을 쉬었다.

집에서 기다리고 있을 남편에게 손쉽게 전화할 수 있는 핸드폰의 편리함과, 잘 닦여진 도로에서 밤늦게까지 여행할 수 있는 교통망의 편리함에 새삼 감사한 마음이었다.

　　달려온 여운 잡아 몰려든 발걸음들
　　오랜 날 시린 숨결 아련히 리듬 타고
　　걸어온 세월 한 자락 설렘 방울 울린다

　　한 여생 허허로움 소복이 쌓이는데
　　포근한 음률 가락 흥겨움 어우러져
　　여정의 그 언저리에 무딘 감성 깨운다

　　수많은 추억 안고 연민의 불꽃으로
　　정겹게 하얀 눈빛 아릿함 얹어 주고
　　오늘도 불타는 노을 눈부시게 빛난다.

- 졸시조 〈송년회〉 전문

보은(報恩)의 삶

　우리의 삶은 서로 베풀고 서로 보은하는 삶이어야 할 것이다.

　부모님이 계셔서 우리가 존재하게 되었고 학교 선생님들이 계셔서 우리가 학문을 깨치게 되었다. 곡식을 재배하는 농민들, 생필품 제조자들, 나라를 지키는 국군들, 치안을 담당하는 경찰들, 그리고 가족 친지들의 사랑 등등 이루 헤아릴 수 없을 것이다.

　우리는 직접 간접으로 수많은 사람들의 은혜를 입고 사는 삶이다.

　특별히 남편은 나이 들어 시력은 좋지 않는데 독서가 거의 유일한 삶의 낙이다. 필요한 책들을 서울에 있는 딸에게 연락하면 딸은 즉시 주문하여 보내준다. 책을 받은 남편은 무척 흐뭇한 표정이다. 부모가 베푸는 삶도 있지만 자녀가 극진히 부모를 섬기는 삶도 있다.

　수 주 전 우리 내외는 교회 손상철 집사님의 사랑의 수고로 내장산 관광을 한 바 있다. 우리는 손 집사님께 조금이라도 감사를 표시하는 마음에서 식사를 대접하겠다고 전했다. 남편은 생선 요리쪽으로 하면 좋겠다고 했다.

손 집사는 광주 지리에 능한 분이어서 우리는 그의 계획대로 따르기로 했다.

2021년 8월 16일 오전 9시에 손 집사로부터 전화를 받았다. 10시에 만나서 움직여 보자고 했다. 우리는 급하게 준비를 했다.

우리와 가까이 지낸 이웃 서 선생도 불렀다. 시간이 되어 손 집사는 우리 집 앞까지 차를 가지고 왔다. 우리 내외는 서 선생과 함께 차에 탔다. 손 집사는 자기의 생각을 말했다.

"담양댐(dam)과 추월산을 구경하고 장성댐 부근에 있는 메기 요리로 유명한 호산식당에 가서 점심을 하지요."

"네, 그렇게 하면 좋겠습니다."

우리 일행은 담양을 향해 출발했다.

도로변의 들판은 벼들이 고개 숙여 한창 익을 준비를 하고, 진초록 콩잎들이 탐스럽게 너울거렸다. 크게 자란 깨나무에 다닥다닥 붙어 있는 깨를 안고 있는 열매가 영글어 가고 있었다.

이렇게 자란 깨들이 우리에게 고소한 참기름과 깨소금으로 음식을 맛나게 해주니 사랑스럽게 보였다.

드디어 담양에 도착했다. 도로변에는 향긋한 메타세쿼이아 가로수가 줄을 지어 담양을 자랑하고 있었다. 아름드리 큰 나무들은 하늘 높이 솟아 있고 나뭇가지들은 터널을 만들어 주었다. 찜통 더위와 코로나로 갇혀 있던 마음을 시원하게 해 주었다.

아름다운 풍경에 빠져 있을 때 손 집사님은 자동차의 핸들을 슬슬 돌리며 말했다.

"영화 '와니와 준하'에서, 와니가 아버지와 함께 차를 타고 지나가는 장면이 촬영된 곳이 바로 메타세쿼이아 이 길입니다. 저쪽으로 가면 경비행기를 타는 곳도 있고 대나무가 울창하게 우거진 죽

녹원도 있어요."

손 집사님은 계속 미소를 지으며 자상하게 설명을 해 주었다.

"청동기 시대의 생활상을 알려준 유물들인 석촉, 석검, 토기 등이 이 부근에서 출토되었고 가산리, 오봉리 일대에서 고인돌도 발견되었답니다. 조금 더 가면 담양댐이 있어요."

담양댐에 도착하여 우리 일행은 차에서 내렸다. 수문을 열고 닫고 하는 등대처럼 생긴 건물이 물 가운데 의젓하게 있었다. 난간에는 빨강 글씨로 '위험, 추락주의'라고 씌여 있었다.

"난간이 이렇게 어깨까지 높고 단단한 스텐으로 되어 있는데 왜 이런 말을 써 놓았을까요."

"가끔 이곳 난간을 뛰어넘어 아래로 몸을 던져 자살하는 사람들이 있다네요."

이렇게 아름다운 자연환경 속에서도 생이 얼마나 괴로웠으면 스스로 몸을 던지는 일이 있을까 싶었다.

담양호수는 주변의 추월산과 전북 순창군과 연계되는 호반유원지로 자리잡고 있다.

우리 일행은 길게 뻗어 있는 담양호수의 정취를 바라보며 계속 달렸다. 호수 막바지에 다다랐을 때 차에서 내렸다.

배롱나무들이 햇빛을 받아 빨간 꽃을 더욱 곱게 피우고 있었다. 줄지어 벤치들도 놓여 있고 한가한 마을도 조용히 자리잡고 있었다.

건너편에는 국가 지정 문화재인 전라남도 5대 명산 중에 하나인 추월산이 우뚝 솟아 있었다.

손 집사는 산 중턱 숲속에 암자가 있다고 손가락으로 가리키며 보라고 했다. 높은 산 중턱에 나무와 숲이 빽빽이 우거져 있었다. 어떻게 자재를 운반해서 암자를 지었는지 놀라울 따름이었다.

그 암자에 스님이 살고 있단다. 사계절 모두 경관이 달라 절경이 수려하다. 특히 주봉인 용추봉의 남쪽 기슭의 기암절벽 사이로 계곡을 이룬 가마골이 유명하고, 용추 제1, 2 폭포도 있다는데 보지는 못했다.

높은 산 아래 강이 흐르고 조각품처럼 다듬어진 목조 다리가 인상적이었다. 다리 위에는 구경 온 관광객들로 줄을 이었다.

다리를 건너가니 나를 사로잡은 특이한 소나무가 있었다. 그 소나무는 청초한 모습으로 목조다리와 호수물과 추월산과 함께 어우러진 절묘한 작품이었다. 사진도 한 컷 담았다.

200년 이상 자란 팽나무, 느티나무, 이팝나무 등이 아름다운 풍광을 이루고 있었다. 여름철 피서지로 그만이란다. 담양에도 이렇게 아름다운 구경거리들이 있구나 싶었다.

금강산도 식후경이라 식당을 찾아 열심히 달렸다. 장성댐 부근의 호산식당에서 자리를 잡고 음식을 주문했다. 요즘 같은 코로나 시절에 손님들이 북적거리는 것을 보니 꽤나 유명한가 보다.

우리도 메기찜 요리를 마음껏 즐겼고 밖으로 나왔다. 손 집사의 아내 김 집사님을 위해서도 메기탕을 싸달라고 하여 선물로 드렸다.

차를 타려고 하면서 잠깐 언덕에 올라 황룡강의 흐르는 잔잔한 물결을 감상했다.

집에까지 오니 4시간이나 걸렸다. 손 집사님은 우리를 위해 꼬박 4시간을 소요하여 정성껏 봉사를 한 셈이다. 우리는 식사를 대접했으니 피차에 고마운 마음이었다.

손집사님 부인 김은희 집사님을 위해서 메기탕을 사서 보냈는데 감사 전화와 함께 며칠 후 추어탕 등 여러 가지 음식을 정성을 담아 가져왔다.

우리 인간의 삶은 서로 정을 주고 받으며, 서로 고마움을 간직하는 삶이어야 하지 않을까.

요즘 매스컴에서 '보은 인사'란 말을 듣는다. 보은이란 말은 매우 합당한 말이지만, 그렇다고 해서 부적격자를 중요한 자리에 임명하는 것은 바람직하지 못하다. 엄청난 나쁜 결과가 있을 수 있기 때문이다. 그런 의미에서 적재적소의 인물을 발탁하는 것은 매우 중요한 것이다.

나는 크리스천으로서 하나님께 감히 보은한다는 말을 할 수는 없다. 오직 하나님의 나에 대한 일방적인 만 가지 은혜, 무한한 은혜에 오직 감사할 따름이다.

음악인 포럼에 참여하며

각 지방의 색깔이 있듯 저마다 가는 길이 있고, 인간 내면에 흐르는 문화도 있을 것이다.

흔히 광주를 예향의 도시라고 한다. 예술의 분위기 및 향취가 넘치는 도시라는 말일 것이다. 과연 그러하다.

광주 문인협회(회장 탁인석)에 속한 회원만도 근 600여 명이라고 하며, 광주광역시 시인협회(회장 김석문) 외 여러 문학 그룹들도 많이 있다. 그만큼 문학 각 장르에서 활동하는 작가들이 많다는 것이다.

특히 박덕은 박사(전 전남대 교수)는 수십 년 동안 왕성한 문학 활동을 해오고 있다. 최근에 130권째의 책을 출간했으며 150회 이상의 문학상을 수상했다. 그의 활동으로 눈여겨볼 만한 것은 13개 문학회를 운영하며 수많은 문학 지원생들을 지도하여 문단에 등단 시켰고, 지금 현재 교수님의 제자들이 1076개째 문학상 수상을 받아 오고 있는 현실이다. 앞으로도 계속 이어질 것이다.

광주 서구청에서는 예산을 세워 어른들에게 자서전 쓰기를 권장하여 선생님(강만 시인) 지도 아래 열 분의 어르신들이 자서전을 집필하고 의의 있는 출판식에 축가를 부르기 위해 참여했다.

자서전이야말로 자기의 삶을 조금도 숨김없이 정직하고 진솔하게 드러내 놓은 점에서 매력을 느꼈다. 관공서가 글쓰기를 권장하고 장려하는 프로그램 역시 참 인상적으로 광주의 문학열을 볼 수 있었다.

또한 무등 도서관, 산수 도서관, 사직 도서관 이 세 곳에 미술반 동아리가 있다.

내가 참여하고 있는 양정회(지도교수 박문수)가 양림동 사직 도서관에서 매주 화, 수요일 모이며, 동 장소에서 서예반(지도 선생 김명숙)도 매주 목, 금요일에 한글 서예를 하고 있다.

이뿐만 아니라 여러 개의 합창단이 있는데, 내가 참여해 왔던 은파합창단(지휘자 이용우)은 50세 이상의 여성들이 모여서 노래를 연습하여 매년 정기 연주회를 가지는데, 요즈음은 코로나19, 델타 바이러스, 오미크론 확산으로 계속 모이지 않고 있다.

이 외에도 문화 활동이 수없이 많을 것이다. 이렇듯 광주는 예술이 춤추는 빛고을 예향의 도시이다.

그리고 매월 '우리 가곡 부르기' 모임은 우리나라 가곡만 불러야 하고 새로운 곡도 부르며, 초등학생도 두서너 명 참여한다. 이번 연주회가 144회째이다.

이 모임과 병행해서 '음악인 포럼'은 연주자 자신의 취향에 맞는 클래식이나 오페라, 외국 가곡, 우리 가곡 어느 곡이나 자신이 선택해서 부르는데, 현재 12회째의 연주를 한다.

교원직을 은퇴한 작가 박원자 대표는 우리 가곡을 사랑하고 좋아하여, 가곡의 전통을 이어가고 살리기 위해 가곡 부르기 운동의 일환으로 '우리 가곡 부르기'란 이 단체를 설립하고 주관해서 지금까지 이끌어 오고 있다.

이분은 시인으로서 그의 시가 일찍이 학교 교과서에도 나올 정도로 이름 있는 시인이며 이 詩들이 많이 작곡되어 우리 가곡으로도 불리고 있다. 때로는 본인 자신 역시 연주회에서 노래를 부르기도 한다.

　'우리 가곡 부르기'나 '음악인 포럼'에 대구, 목포. 순천 타지역에서도 와서 함께 참여한다.

　노래 부를 사람들은 장소 임대료와 반주자 두 분의 수고비와 운영비를 위한 출연비 3만원씩 내고 연주를 하는데 매회마다 20~24명이 자발적으로 참여한다. 연말에는 이웃돕기 연주회도 하여 훈훈한 정을 나누기도 한다.

　나는 최근에야 이 모임이 있다는 것을 지인을 통해 알았고 참여하기 시작했는데, 대중 앞에서 노래해야 함으로 다소 긴장감도 가지며 집에서 노래 연습도 할 수 있는 기회를 갖게 된다.

　지난번에 음악인 포럼에서 공연한 후 박원자 대표는 내게 다음 가곡 부르기 공연에 그분의 작사인 시 작품을 노래로 불러주었으면 하는 전화를 받았다.

　"유양업 선생님. '사랑이 시를 쓰네'라는 제 작품의 시인데 박형태 작곡가님이 작곡을 해주었어요. 선생님 성향에 잘 맞을 것 같아요. 이 곡을 불러 주시면 어떨까 해서요?"

　"아, 그러세요. 시의 악상을 잘 표현해야 할 텐데요……. 부족하지만 유명한 대표님의 詩이니 연습해서 그렇게 하도록 하겠습니다."

　무엇이든 부탁을 받으면 사양을 못하는 성격이라 응했다.

　악보를 카톡으로 보내왔다. 가사가 맘에 쏙 들었다.

　　　　　'사랑이 시를 쓰네' 박원자 詩, 김형태 曲

시처럼 아름다운 그림을 그리다가

그림 속에 숨어있는 그대를 보았네
그림처럼 아름다운 음악을 듣다가
음악 속에 춤을 추는 그대를 보았네

그대 시가 되기 위해 그림을 그리고
그대 노래가 되기 위해 시를 쓰네

사랑이란 한 폭의 수채화 같은 것
사랑이란 한 곡조의 노래 같은 것

그대 시가 되고 싶은 사랑이 시를 쓰네
그대 노래가 되고 싶은 사랑이 시를 쓰네.

시를 쓰고, 그림을 그리고, 노래를 하는 나로서는 내게 적격이었다.

'옳지, 이 노래를 잘 익혀서 내 노래 레퍼토리에 추가해야지.'

나는 허리를 다쳐 아직도 회복이 되지 않았고, 여러 가지 짜여있는 시간 속에 연습할 여유가 별로 없었다. 그러나 날짜가 임박해 오니 연습을 해야겠다는 촉박감에 악보를 펴고 피아노 앞에 앉았다.

처음 보는 이 곡도 가사도 생소하여 만만치 않았다. 조금 익히니 재미가 솔솔 붙기 시작했다. 그런데, 나이가 나이인지라(79세) 가사를 외워 익혀 놓고, 다음에 부르면 어설펐다.

특별히 부탁받은 책임감에 가사와 곡의 리듬을 악상에 올려 잘 해드리고 싶었다. 받아 놓은 밥상이라 열심히 연습하고 최선을 다했다.

'우리 가곡 부르기' 연주회 날 무대에서 약간의 긴장감 속에 노래를 불렀다. 맨 앞줄에 앉아 있던 작가인 박원자 대표는 기립하여 관중석과 함께 박수를 열심히 쳤으며 흐뭇한 표정이었다.

끝나고 나가니 무대 뒤에서 가곡 부르기 지도를 맡은 박호진 지휘자님이 잘했다며 칭찬과 격려를 해주었다. 밖으로 나갔을 때 박원자 작가는 내 손을 붙잡고, 고맙고 잘했다며 내가 기립박수 했어요 하며 만족한 표정으로 칭찬을 아끼지 않았다.

그러나 나는 내심 연습할 때처럼 기대한 만큼 잘한 것 같지는 않았다. 단련 없이 명검은 날이 서지 않으며, 몸이 악기이므로 컨디션 조절도 살펴야 한다.

우리는 예술의 각 분야에서나 혹은 삶의 목표에 있어서 완벽을 향하여 달려가는 것이지, 완벽함을 이루어 냈다고 만족하면서 앉아 있을 수는 없다.

나는 사도 바울의 고백을 상기하지 않을 수 없었다.

'내가 이미 얻었다 함도 아니요, 온전히 이루었다 함도 아니라, 오직 내가 그리스도 예수께 잡힌바 된 그것을 잡으려고 달려가노라. (빌 3:12)'

우리는 우리의 과거에 대해 하나님의 자비하심에 맡기고, 우리의 미래에 대해 하나님의 섭리에 맡기며, 우리의 현재 주어진 삶에 감사하면서 목표를 향하여 최선을 다하여 달려가야 하지 않을까.

감미로운 선율 따라
휘도는 가락
오선지 오르내려
영혼 두드리며
가슴속 파고든다

공명 넓혀 호흡 가다듬고

들숨 날숨 풀어 놓는
천상의 소리
심연에서 건져 올려
비단결로 펼친다

흘러간 세월
여전히 밀려온
사랑 노래

눈부시도록 고운 화음
열정에 담아
진한 감동 안겨 준다

동그란 리듬 되돌이표
햇살에 현을 켜고
휘어잡은 감성
세게 여리게
빠르게 느리게
윤기난 노랫가락
신비 담아낸다.

- 졸시 〈음악인 포럼에 참여하며〉 전문

토네이도의 위력

작년 5월 중순, 우리 내외가 미국 아들집에서 머물고 있을 때였다.

기상청 주의경보와 TV에서 강력한 토네이도가 우리가 살고 있는 조지아주 Rock Creek Ringgold 쪽으로 지나간다는 경고였다.

미국에서는 매년 수많은 인적 물적 피해를 야기시키는 토네이도라는 강한 바람이 자연재해를 일으킨다.

미국 여러 곳에서 이런 사태가 빈번했으나 우리가 생활하고 지내는 링골드 쪽에는 처음 있는 일이었다.

토네이도가 강타하고 지나가면 나무들이 뽑히고 집들이 부서져 그 잔해들이 사방에 널려 있다. 자동차들도 찌그러져 뒤집혀 있곤 했다.

그런 참혹한 현장들을 보았기에 걱정이 이만저만이 아니었다. 생명의 위협도 느꼈다.

이웃에 사는 분들도 염려가 되었는지 집 밖으로 모두 나와 동향을 살피고 있었다. 하늘을 쳐다보며 두려움에 싸인 표정으로 삼삼오오 모여 얘기들을 나누고 있었다.

우리가 살고 있는 섭디비젼(subdivision)에는 거의 미국인들이 주를 이루고 있었다. 한국인 가족들은 6가정 정도 거주하고 있었다.

우리 집 건너편에서 사는 김 선생 내외도 만났다. 그는 우체국 직원(35년째 근무)으로 미국에서 오랫동안 살고 있었다.

날씨는 흐리지만 싱그런 나뭇잎 위로 새들은 평화롭게 날고 있었다. 토네이도가 나타날 기미는 아직 보이지 않았다.

나는 토네이도에 대해서는 이미 들었고 스쳐간 폐허의 비참한 현장도 목격했지만, 실제 겪어보지는 않아서 자세히 알고 싶었다.

"토네이도란 도대체 어디서 어떻게 발생하는 것인지요?"

김 선생은 잠시 생각에 잠기더니 친절하게 말해주었다.

"미국은 다른 어떤 나라에 비해서도 토네이도가 많이 발생해요. 토네이도의 대부분은 '토네이도 앨리(Tornado Alley)'라고 알려진 미국의 중앙부에서 매년 약 200개의 토네이도가 발생하지요. 토네이도 앨리는 텍사스주 북부, 네브래스카주, 캔자스주와 오클라호마주를 꼽을 수 있습니다. 이런 주들 외에도 여러 주마다 발생하지요. 토네이도가 토네이도 앨리에서 많이 발생하는 이유는 이 지역에 뇌우(雷雨)가 발생하면 멕시코만으로부터 북쪽으로 이동하는 고온 다습한 공기와, 서쪽 로키산맥으로부터 넘어 불어오는 건조한 공기가 고도에 따라 뇌우 상에서 상승기류가 발생하여 토네이도가 생성되지요."

"그렇군요, 자상하게 알려 줘서 공부가 됩니다."

나는 마음이 급하고 두렵기도 하여 다시 물었다.

"토네이도가 몰려오면 어떻게 대피를 해야 하지요?"

나와 함께 산책을 다녔던, 김 선생 와이프가 곧 대답해 주었다.

"건물의 가장 낮은 곳으로 이동해야 해요. 집에 지하실이 있으면 그곳으로 숨는 게 제일 좋고요. 지하실이 없으면, 방의 중앙으로 이동하고 단단한 가구 아래로 피하세요. 창문가에서 떨어진 곳에 탁자 다리나 다른 단단한 것을 잡고 손으로 머리와 목을 감싸세요. 집 내부에서는 화장실 욕실이 일반적으로 가장 튼튼한 곳이니 욕조에 몸을 숨겨서 피할 수도 있어요."

나는 집으로 들어와서 급히 은신할 곳을 찾아보았다.

지하 보일러실 문을 처음으로 열고 내려갔다. 공간은 넓었으나 둥그런 파이프들이 몇 줄로 깔려 감싸 있고, 바닥도 깨끗하게 잘 정리되어 있었다. 여기서 피신할 수도 있겠다 싶었으나 만약 토네이도가 휩쓸어 집이 무너지면 깔려 죽을 경우 시신도 못 찾을 수도 있겠다는 생각도 들었다.

다시 실내에 있는 화장실 욕실로 가보았다. 늘 사용했던 욕조가 새롭게 보이고 하얀 색깔이 회색으로 보였다.

'어설프긴 하지만 이 급한 상황에서 방법이 없으니 어쩌겠나. 이곳 욕실이 좋겠다. 이곳으로 피신하자'

어두운 마음은 급하고 안정이 되지 않아 다시 밖으로 뛰어나갔다.

사람들은 여전히 밖에서 웅성거리며 동향을 살피고 하늘을 사방으로 두리번거렸다. 나도 함께 끼어 그 분위기 속에서 두려움 안고 주위를 살폈다.

아, 그런데 인도를 따라 늘 산책하며 걸었던 그 길가 가로수 나무들이 요란스럽게 멀리서 흔들리고 주위는 회색빛으로 어두워왔다.

모여 있던 사람들은 겁을 먹고 재빨리 모두들 각자의 집으로 뛰어갔다. 나도 집으로 급히 들어가 남편에게 욕조 안으로 들어가라 했다.

아들 목사도 교회에서 일 보다가 황급히 집으로 왔다.

"토네이도가 오고 있으니 지금 상황에 대책이 없습니다. 지금 빨리 욕조로 들어가세요."

251

그는 자기 방으로 뛰어들어 갔다. 그 방은 큰 욕조가 있고 비상 사태 대비는 본인이 더 잘 알고 있으니 설명이 필요 없었다.

나는 불안하여 타는 가슴으로 큰 타올을 모두 꺼내어 안고 급히 방 곁에 있는 욕조로 가서 남편 머리에 올리고 목에 두르고 나도 그렇게 준비하고 남편 곁에 앉았다.

거울에 비친 모습을 보니 참 가관이었다. 인간이 위기 앞에 얼마나 연약한 존재인가를 실감했다. 두려움과 공포 그리고 생명의 위기감이 엄습했다. 이 위기 상황에선 오직 하나님밖에 없었다.

"하나님, 우리의 잘못을 용서해 주시고, 이 토네이도가 이 지역과 인가들을 피해서 지나가도록 도와주세요……."

간절한 기도를 올렸다.

남편은 태연하게 토네이도에 대해 말했다.

"토네이도는 미국에서 가장 안전한 달이 12월과 1월이지요. 많이 발생한 달은 3월, 4월, 5월, 6월인데, 이 5월이 가장 위험한 달이에요. 토네이도는 형태에 따라서 점차 강해지기도 하고, 약해지기도 하며, 변덕스럽고, 파괴적이고, 우박도 병행하며, 많은 지역에 인명과 재산 피해를 주지요. 밧줄형 토네이도는 가늘고 굽어진 밧줄처럼 생긴 것으로 넓은 깔때기 구름을 가지고 자취를 지표면에다 피해를 주고요. 쐐기형 토네이도는 두껍고 쪼그라진 기둥처럼 생긴 것으로 깔때기 구름의 높이와 넓이가 거의 같으며 피해를 많이 주지요. 저기압이 생성될 때 그 중심부에서 강력한 상승기류에 의해 강하게 회전하여 고속회오리 바람으로 건물, 나무들을 순식간에 집어삼키며 엄청난 위력을 갖고 있어요."

"아, 아이, 이제 그만 하세요, 그렇지 않아도 이 위기 상황에서 무섭고 두려운데 겁나는 소리만 하시네."

"인간의 생명은 경각에 달려 있어요."

얘기를 하는 중에도 윙윙하는 굉음 소리, 전신주를 울리는 바람 소리, 지붕을 부수고 때리듯 찢어지는 소리, 쾅쾅 부수는 요란한 소리가 진동했다.

나는 남편의 팔을 꼭 붙잡았다. 이제 죽는구나, 내 이웃을 내 몸과 같이 사랑하지 못한 죄를 회개하고, 자녀 손자들을 위해 기도했다.

인간의 생명이 아침 이슬과 같다고 했는데 이렇게 사라지다니, 그래도 천국의 소망이 있으니 그 길 바라보며 위안을 가졌다.

요란하던 폭탄 소리가 점점 수그러지는 것 같았다.

똑, 똑, 똑 노크 소리가 나며 문이 열렸다. 아들이 들어왔다.

"괜찮으세요? 놀라셨지요, 큰일이 일어날 줄 알았는데 살았네요."

"아야, 난 죽는 줄 알았다."

"아마 이 토네이도는 다중와동(multiple Vortex) 토네이도인 것 같습니다. 이 토네이도는 소형 소용돌이로 다양한 속도와 폭을 가지고 땅에까지 도달하지 않고, 고층건물들의 지붕을 날려 버릴 만큼 위로 형성되어 있어요, 그래서 단층 주택들은 피해를 덜 봅니다. 그러나 안심할 수 없어요. 토네이도가 지나온 길을 되돌아와서 같은 곳을 두 번 때리는 경우도 있으니 잠시만 더 기다려 봅시다."

한참 후 밖으로 나갔다. 언제 그랬느냐는 듯 광풍은 사라지고 조용했다. 집 둘레를 살펴보았다. 지붕 위가 벗겨져 나갔고 가로수와 높은 나무들 위쪽이 시달려 모두 꺾어져 있었다. 나뭇가지와 잎들이 잔디 위에 널브러져 난장판이 되었다.

다람쥐가 꺾어진 나뭇가지 얽히고설킨 잎 위를 밟고 긴 꼬리 흔들고 있었다. 말똥말똥한 두 눈을 껌벅이며 이쪽으로 오고 있었다.

이 다람쥐는 어디에 숨어 있었을까.

오늘의 詩選集 Series

한실 문예창작 동인지

한실 문예창작 동인지 제1집
『한꿈』

한실 문예창작 동인지 제2집
『한꿈』

한실 문예창작 동인지 제3집
『당신의 쓸쓸함은 안녕하십니까』

한실 문예창작 동인지 제4집
『목련은 흔들리고 있다』

한실 문예창작 동인지 제5집
『그래도 한쪽 가슴은 행복합니다』

한실 문예창작 동인지 제6집
『좋은 걸 어떡해』

한실 문예창작 동인지 제7집
『아직도 사랑인가 봐』

한실 문예창작 동인지 제8집
『꽃만 봐도 서러운 그날』

한실 문예창작 동인지 제9집
『보고픔이 자라고 자라서』

한실 문예창작 동인지 제10집
『처음 사랑』

한실 문예창작 동인지 제11집
『마냥 좋아서』

한실 문예창작 동인지 제12집
『그대는 나의 누구인가』

한실 문예창작 동인지 제13집
『여백의 미학』

한실 문예창작 동인지 제14집
『사랑하기까지』

한실 문예창작 동인지 제15집
『시의 집을 짓다』

한실 문예창작 동인지 제16집
『그리움의 향기』

오늘의 수필집 Series

오늘의 수필집 제1권

그곳 봄은 맛있었다
최세환 지음 / 288면

오늘의 수필집 제2권

바람 따라 구름 따라 별빛 따라
유양업 지음 / 288면

오늘의 수필집 제3권

행복한 여정
유양업 지음 / 304면

오늘의 수필집 제4권

창문을 읽다
박덕은 지음 / 164면

오늘의 수필집 제5권

꿈을 꾼다
유양업 지음 / 256면